Jutta Maria Herrmann

Nichts wird bleiben von dir

Über die Autorin:

Mitte der Achtziger strandete die Saarländerin Jutta Maria Herrmann in Berlin, studierte Germanistik und Filmwissenschaften, sympathisierte mit der Hausbesetzerszene und stürzte sich ins Nachtleben. Sie war u. a. als Buchhändlerin, Putzfrau, Sekretärin, Synchrondrehbuch-Autorin und Veranstalterin von Punkkonzerten tätig. Heute arbeitet sie für eine Tageszeitung und lebt mit ihrem Mann, dem Autor Thomas Nommensen, vor den Toren Berlins im brandenburgischen Panketal. Die Autorin veröffentlichte vier Thriller im Knaur Verlag, bevor sie im Juni 2019 ihren Thriller BÖSE BIST DU mit großem Erfolg exklusiv bei Amazon herausbrachte. Das Buch schaffte es auf Anhieb in die Top 20 der meistverkauften E-Books und gewann den Kindle Storyteller Award 2019. Im August 2019 folgte der Thriller SCHULD BIST DU. NICHTS WIRD BLEIBEN VON DIR ist ihr Thrillerdebüt und erstmals 2014 unter dem Titel HOTLINE im Knaur Verlag erschienen.

JUTTA MARIA
HERRMANN

NICHTS WIRD BLEIBEN VON DIR

PSYCHOTHRILLER

NICHTS WIRD BLEIBEN VON DIR ist 2014 unter dem Titel HOTLINE im Knaur Verlag erschienen. Die vorliegende Ausgabe wurde komplett überarbeitet.

Überarbeitete Neuausgabe Juni 2020

Covergestaltung und Satz: Saskia Calden (saskia-calden.de)
Lektorat und Korrektorat: Heidemarie Rabe

Jutta Maria Herrmann
Grünewaldstraße 14
16341 Panketal

DAVOR

Er riecht sie, bevor er sie sieht.

Wie unsichtbarer Nebel wabert ihm der Duft ihres Parfüms entgegen, als er die Stufen zu seiner Wohnung hochstapft. Ein langer anstrengender Tag liegt hinter ihm. Er ist müde, will nur noch eins: bei einem kühlen Bier auf der Dachterrasse in die Sterne gucken und dann ab ins Bett. Auf dem letzten Absatz verlangsamt er seine Schritte, als wolle er die unvermeidliche Begegnung so lange wie möglich hinauszögern.

Sie kauert vor der Wohnungstür. Mit angezogenen Knien, die Hände baumeln zwischen den Oberschenkeln, der Kopf ist nach vorne auf die Brust gesackt. Sie scheint eingeschlafen zu sein. Ihre Zerbrechlichkeit rührt ihn jedes Mal aufs Neue. Er muss sich zwingen, sein Herz zu verschließen gegen das Gefühl der Zärtlichkeit, das ihr Anblick in ihm hervorruft. Der Beschützerinstinkt. Dagegen ist wohl kaum ein Mann gefeit. Er jedenfalls nicht.

Noch während er überlegt, ob er nicht einfach über sie hinwegsteigen und in seine Wohnung verschwinden soll, schlägt sie die Augen auf. Sieht ihn mit diesem unergründlichen Blick an, von dem er einmal gedacht hat, er würde bis auf den Grund seiner Seele hinabtauchen können.

»Guten Abend, Stefan«, sagt sie mit rauer Stimme. »Ich habe auf dich gewartet.«

»Was willst du?«, fragt er und nestelt in seiner Jacke nach dem Schlüsselbund.

Sie streckt ihm ihre feingliedrige Hand entgegen. »Bist du so lieb und hilfst mir hoch?«

Widerwillig ergreift er ihre Hand. Sie fühlt sich kalt an, schlaff. Wie ein Zombie, schießt es ihm durch den Kopf. Mit einem graziösen Schwung ist sie auf den Beinen. Sie steht so nah vor ihm, dass ihre Gesichtszüge vor seinen Augen zu einem undeutlichen Fleck verschwimmen. Ihr Duft, den er früher so gemocht hat, steigt ihm unangenehm beißend in die Nase. Er schluckt, weicht instinktiv einen Schritt zurück.

Sie lacht leise auf.

»Hast du etwa Angst vor mir?«, fragt sie spöttisch.

»Geh«, sagt er. »Bitte.«

»Wir müssen reden«, sagt sie.

Er schüttelt den Kopf, fühlt die Müdigkeit in seinen Knochen, die so schwer ist wie ein nasser Mantel. »Wir haben über alles geredet.«

Ihre Gesichtszüge versteinern im Bruchteil einer Sekunde. Die Augen werden zu schmalen Sicheln. Inzwischen fürchtet er diesen abrupten Stimmungswandel. Sein Körper versteift sich, er ahnt, was jetzt kommt.

»Sag mir endlich die Wahrheit«, fordert sie ihn auf. Ihre Stimme bebt.

»Was für eine Wahrheit?«

»Warum du mich verlassen hast.«

Er schließt resigniert die Augen und stöhnt innerlich auf. »Wie oft willst du es denn noch hören?«, fragt er schließlich. »Ich liebe dich nicht mehr.«

Ihr Lachen klingt höhnisch und verzweifelt zugleich. »Das ist nicht wahr. Der Grund ist ein anderer. Gib es endlich zu!«

»Es gibt keine andere. Wie oft muss ich dir das noch sagen?«

Das Licht geht mit einem leisen Klacken aus und taucht das Treppenhaus in undurchdringliches Dunkel. Obwohl sie nur wenige Schritte von ihm entfernt ist, kann er sie nicht mehr sehen. Er hört ihren Atem, riecht ihr Parfüm, unter das sich ein leichter Geruch nach Schweiß gemischt hat. Der Lichtschalter neben dem Treppengeländer sticht wie ein rot glühendes Auge durch die Dunkelheit. Schnell bewegt er sich darauf zu und drückt den Knopf. Licht flammt auf. Als er sich umdreht, steht sie direkt vor ihm. Tränen strömen über ihr Gesicht. Die Wimperntusche hinterlässt schwarze Spuren auf ihren Wangen.

»Sag es«, zischt sie. Speicheltröpfchen treffen sein Gesicht. Er wischt sie mit einer fahrigen Bewegung weg. »Sag die Wahrheit.«

Das Mitleid mit ihr, das kurz in ihm hochwallt, weicht in Sekundenschnelle einem unbändigen Zorn. Er hat es satt. Seit Wochen lauert sie ihm an den unterschiedlichsten Orten auf und stellt ihm immer wieder die Frage nach einer Wahrheit, die er nicht kennt. Die er nicht kennen will.

»Die Wahrheit ist: ICH LIEBE DICH NICHT MEHR!« Er spuckt ihr jedes Wort einzeln entgegen und hält ihrem bohrenden Blick stand. »Kapier das endlich.«

»Das ist nicht die Wahrheit«, flüstert sie. »Warum sagst du mir nicht die Wahrheit?«

Er verdreht die Augen und schüttelt fassungslos den Kopf. »Weißt du was?«, fragt er. »Du bist vollkommen durchgeknallt. Krank im Kopf.« Er bewegt die Hand vor seinen Augen hin und her, beugt sich zu ihr runter. Sein Gesicht ist jetzt dicht vor ihrem. »Du gehörst in die Geschlossene. Das ist die Wahrheit.«

Den heftigen Stoß gegen seine Brust nimmt er erst wahr, als er bereits im Fallen ist. Er rudert hilflos mit den Armen, schlägt hart mit der Schulter auf, sein Hinterkopf knallt auf die Marmorkante einer Treppenstufe. Unter seiner Schädeldecke explodiert der Schmerz. Für einen Moment bleibt ihm die Luft weg, seine Sinne schwinden.

Als er wieder zu sich kommt, strömt der Schmerz durch seinen Körper und ein Gewicht auf seiner Brust, schwer wie Beton, erschwert ihm das Atmen. Mühsam öffnet er die Augen. Sie beugt sich über ihn. In ihrer Hand blitzt etwas metallisch auf. Ein Skalpell. Die Erkenntnis durchzuckt ihn wie ein heißer Strahl. Er spürt den leichten Druck der Klinge an seinem Kehlkopf. Panik schnürt ihm die Kehle zu.

»Sag es«, fordert sie ihn auf. In ihren Augen glitzert der Wahnsinn. »Sag die Wahrheit.«

»Bitte. Hör auf damit«, fleht er. »Lass uns in Ruhe darüber reden, ja?«

»Die Wahrheit!«

»Ich weiß nicht, was du hören willst«, krächzt er und hebt die Arme, um sie von sich zu stoßen. Flüchtig nimmt er eine schnelle Bewegung ihrer Hand wahr. Dann spürt er den Schnitt in seinen Hals und hört das gurgelnde Geräusch, als das Blut wie eine Fontäne aus der Wunde schießt.

Sie steht jetzt breitbeinig über ihm. Er sieht ihren Mund, ihre Lippen, die sich bewegen, Worte formen. Der Sinn erreicht ihn nicht mehr. In jede Faser seines Körpers kriecht Kälte. Eine eisige Kälte, die den gleißenden Schmerz überrollt. Er schließt die Augen und lässt sich gleiten in das helle Licht, das ihn von allen Seiten wie ein schützender Kokon umfängt, und stirbt.

DANACH

Erst als Blut auf das Zeitungspapier tropft, mitten hinein in das Gesicht der Frau, und ihr Lachen ertränkt, erreicht mich der Schmerz. Ich lasse das Messer sinken, lege die halb geschälte Kartoffel beiseite und stecke den blutenden Daumen in den Mund. Meine Augen fixieren das grobkörnige Schwarz-Weiß-Foto, saugen sich daran fest. Nur flüchtig nehme ich den metallischen, leicht süßlichen Blutgeschmack wahr.

Bilder stürmen auf mich ein. Erinnerungsfetzen. Das vertraute Gesicht ist so nah, so lebendig, dass ich fast der Versuchung erliege, die Hand danach auszustrecken, um mit den Fingerspitzen die sanft geschwungene Linie der Oberlippe nachzuzeichnen. Ich höre sein Lachen, die Stimme, die zärtlich meinen Namen flüstert, und spüre die Hand, die sacht über meine Wange streicht. Eine Gänsehaut kriecht über meinen Körper wie eine prickelnde Woge. Die Ahnung von purem Glück für den winzigen Bruchteil einer Sekunde.

Mühsam löse ich mich aus der Erinnerung und öffne die Augen. Ich schaue auf das Foto und sehe nur sein Gesicht. Die lächelnden Augen scheinen mich direkt anzusehen. Spöttisch. Wissend. Mir wird heiß, dann kalt.

In den metallischen Geschmack des Blutes mischt sich ein anderer, ein erdiger. Ich nehme den Daumen aus dem Mund und betrachte die Hand wie einen fremden Gegenstand. Meine Finger sind schmutzig, klebrig von den Kartoffeln. Ich wasche mir über dem Spülbecken die Hände und trockne sie sorgfältig ab. Hinter meinem Rücken zerhackt das laute Ticken der Uhr die Stille in Stücke.

In der Schublade des Küchenschrankes finde ich einen Streifen Pflaster und klebe ihn über den tiefen Schnitt auf der Kuppe des Daumens. Dann sammele ich die Kartoffelschalen ein und werfe sie in den Mülleimer. Vorsichtig streiche ich das Papier glatt. Das Datum der Zeitung liegt mehr als zwei Monate zurück.

Meine Lippen formen die fünf Namen, die unter dem Foto vermerkt sind. Die Nachnamen sind mit dem Anfangsbuchstaben abgekürzt.

Sie sehen so glücklich aus. Unbekümmert. Unbeschwert.

Es schnürt mir die Kehle zu. Tränen schießen mir in die Augen. Meine Hand greift nach dem Messer und rammt es in einer blitzschnellen Bewegung in das Foto. Die Spitze der Klinge bleibt stecken. Ein kurzes Zittern, dann kippt das Messer zur Seite und reißt ein winziges Stück aus dem Papier. Ein Loch klafft dort, wo mir gerade noch ein Gesicht entgegengelacht hat. Jetzt sieht es aus wie eine Wunde in einem intakten Körper.

Mein Atem geht stoßweise. Die Heftigkeit meiner Reaktion überrascht mich mehr als das Gefühl des unbändigen Hasses, das kurz und heftig in mir auflodert.

Ein klirrendes Geräusch an der Wohnungstür lässt mich zusammenzucken. Hastig falte ich die Zeitungsseite zusammen und stecke sie in die Gesäßtasche meiner Jeans. Ich höre sie in der Diele miteinander reden. Ihre Stimme ist hart und zänkisch. Seine quengelnd und weinerlich.

Als sie Minuten später die Küche betreten, bin ich wieder mit dem Schälen der Kartoffeln fürs Mittagessen beschäftigt und erwidere murmelnd ihren Gruß. Ich drehe mich nicht zu ihnen um. Ich habe Angst, dass der Ausdruck in meinem Gesicht den Aufruhr verrät, der in meinem Inneren tobt.

Später sitzen wir am Tisch in der Küche mit gesenkten Häuptern, die Hände zum Gebet gefaltet.

»Komm, Herr Jesu, sei unser Gast und segne, was du uns bescheret hast«, leiern die beiden in langgeübter Synchronität herunter.

Ich bewege tonlos die Lippen und starre auf das verblasste Gelb der Sonnenblumen des Wachstuches, das, seit ich denken kann, auf dem Küchentisch liegt. Mechanisch schiebe ich mir Kartoffeln und Blumenkohl in den Mund, kaue und schlucke, ohne wirklich etwas zu schmecken.

Ich denke an die eine Nacht, die mein Leben aus den Angeln gehoben hat. An die Zeit danach, die Stunden, die nicht vergehen wollten, die Tage und Wochen, die sich ins Endlose dehnten. Und ich, zerrissen zwischen Hoffnung und Verzweiflung, nicht glauben wollte, was so offensichtlich war.

Doch jetzt ist es nicht der Schmerz des Verrates, der in mir brennt und mir die Tränen in die Augen treibt. Es ist unbändige Wut, die in mir aufflammt.

Von dir wird nichts bleiben. Außer der Erinnerung an mich.

Der Satz ist ganz unerwartet in meinem Kopf. Ich bewege die Worte hin und her, wiederhole sie immer wieder stumm für mich.

Ich weiß nicht, wo diese Worte herkommen, ich kann kaum ihre Bedeutung erfassen. Aber sie fühlen sich gut an. Gut und richtig. Weil es meine Worte sind.

Von dir wird nichts bleiben. Außer der Erinnerung an mich.

1

Rick lehnt sich im Schreibtischstuhl zurück, hebt die Beine auf den Tisch und verschränkt die Hände hinterm Kopf. Im Hintergrund läuft leise Musik. Stuart A. Staples singt mit tiefer rauer Stimme, die immer ein bisschen klingt, als wären seine Stimmbänder mit Metallspänen gespickt, von verlorener Liebe und neuer Hoffnung. *Can we start again?*

Es ist ruhig heute. Ungewöhnlich ruhig. Lisa und Nikki hat er schon vor einer Stunde nach Hause geschickt. Wenn das so mau weitergeht, werden sie ihre gerade erst eingestellten Aushilfen bald wieder auf die Straße setzen müssen. Dabei hatte es so Erfolg versprechend begonnen, nachdem die Beicht-Hotline zur innovativsten Geschäftsidee des Jahres gekürt worden war. Berlins Bürgermeister höchstpersönlich hatte ihnen den Preis überreicht: das Brandenburger Tor als Hologramm in einem durchsichtigen Kunststoff-Quader. Sogar in der Berliner Abendschau wurde die Hotline vorgestellt, und Chris durfte ein Dreiminuteninterview geben. Sie fühlten sich großartig, überzeugt davon, auf der Leiter zum Erfolg ein paar Sprossen auf einmal erklommen zu haben. Der Run auf die Hotline gab ihnen erst mal recht. Wochenlang standen die Telefone nicht mehr still. Sie kamen mit der Bearbeitung kaum hinterher. Chris war völlig von der Rolle, hielt schon Ausschau nach einer repräsentativen Büroetage in Mitte und plante großspurig die personelle Erweiterung. Dann - schlagartig - war's vorbei mit dem Ansturm. Die Zahl der Anrufe pendelte sich fast wieder auf Anfangsniveau ein. Der Traum vom schicken Büro und der schnellen Kohle war erst mal ausgeträumt. Sie sitzen immer noch in der zugigen Altbauwohnung, die sie zu einer Art Großraumbüro umgestaltet haben, in dem gerade mal ein knappes Dutzend Schreibtische Platz finden, die durch Schallschutztrennwände voneinander separiert sind. Es gibt ein Klo und eine winzige Küche, in der man schon Platzangst bekommt, wenn sich drei Leute gleichzeitig darin aufhalten. Der Balkon ist so baufällig, dass Paula sich weigert, auch nur einen Schritt darauf zu setzen.

Rick schließt die Augen und summt die Musik leise mit. Werbung, sagt Chris, Werbung ist das A und O. Wir müssen uns Werbekampagnen ausdenken, ungewöhnliche, innovative Wege einschlagen. Wer etwas erreichen will, muss erst mal investieren. Dann kommt der Erfolg. Rick hofft, dass Chris recht behält, aber insgeheim befürchtet er, dass sie mit ihrer Geschäftsidee nach einem kurzen Höhenflug ganz gewaltig auf die Schnauze fallen werden. Aber noch ist es nicht so weit. Positiv denken ist angesagt. Wer Angst hat zu scheitern, der wird auch scheitern. Selbsterfüllende Prophezeiung. Auch eins von Chris' Lieblingsthemen.

Rick gähnt ausgiebig und wirft einen Blick auf die Uhr. Es ist kurz nach Mitternacht. Noch drei Stunden. Dann übernehmen Nasti und Robert für den Rest der Nacht, und er kann endlich Feierabend machen. Rick schwingt die Beine vom Schreibtisch, stellt die Telefonanlage auf laut und schlendert mit den Händen in den Taschen der Cargohose quer durch den Raum. Die Holzdielen knarzen leise unter seinen Schritten. Die Scheiben der Balkontür sind beschlagen. Fahrig wischt er darüber. Seine hochgeschossene Gestalt spiegelt sich dran. Ein Erbstück des Vaters, die roten etwas borstigen Haare und die Sommersprossen hat er von seiner Mutter. Rick öffnet beide Flügel der Tür und tritt hinaus ans Geländer. Mit tiefen Zügen atmet er die kalte Nachtluft ein. Es ist still. In die kleine Straße direkt am Kanal verirrt sich nachts selten jemand. Um die Ecke, in der Schlesischen, tobt dagegen das Leben. Die Touris haben das legendäre SO36 in Kreuzberg neu für sich entdeckt und fallen in Scharen hier ein.

Drei Stockwerke unter Rick spiegeln sich die Lichter der Straßenlaternen im sanft plätschernden Wasser des Landwehrkanals. Ein Schatten löst sich aus dem Gebüsch, huscht quer über die Straße. Eine fette Kanalratte. Es wimmelt hier davon. Erst letztens ist er unten bei den Briefkästen über ein besonders prächtiges Exemplar gestolpert.

Das Klingeln des Telefons hinter seinem Rücken unterbricht seine Überlegungen, in welchen Club er heute nach getaner Arbeit auf einen Absacker einkehren soll. Rick seufzt und eilt zurück an den Schreibtisch.

Er setzt das Headset auf und rückt es zurecht. Dann nimmt er das Gespräch an. »Guten Abend!«, sagt er. »Sie sind mit der Beicht-Hotline verbunden. Mein Name ist Rick.«

Er lehnt sich mit verschränkten Armen zurück und wartet. Die meisten Leute brauchen ein bisschen Zeit, bis sie anfangen zu reden. Aber er hat es auch schon mehrfach erlebt, dass jemand minutenlang nichts weiter gemacht hat, als kurzatmig in den Hörer zu röcheln, um dann ohne ein Wort einfach aufzulegen.

Rick hört ein leises Räuspern. »Lassen Sie sich Zeit«, sagt er.

»Zeit?«, wiederholt die Stimme zögernd und lässt das Wort wie eine Frage klingen.

Obwohl die Stimme merkwürdig dumpf klingt, identifiziert Rick sie als die einer Frau. Die meisten Frauen reden erst mal um den heißen Brei herum. Philosophieren über Liebe, Treue, Werte, Moral, über alles Mögliche, bis sie dann endlich zum Kern kommen. Gestern hatte er eine recht junge Frau in der Leitung, mit der er sich fast eine Stunde über Fragen der Loyalität und der Moral unterhalten hatte. Erst dann rückte sie damit heraus, dass sie auf den Verlobten ihrer Schwester scharf war und der auch auf sie. Sie konnten die Finger einfach nicht voneinander lassen. Aber sie wollten ihr, der Schwester, auch nicht wehtun. Ein unlösbares Dilemma.

Rick stellt sich auf einen längeren Diskurs über das Phänomen *Zeit* mit unbestimmtem Ausgang ein und hebt die Beine auf den Schreibtisch. Es dauert eine Weile, bis die Frau weiterspricht. Ihre Stimme weht wie aus weiter Ferne an sein Ohr. Ein gedämpftes und doch seltsam klares Flüstern.

»Zeit, verreist du heut mit mir
und nimmst dem Sehnen diese Dimension,
dann wär ich zeitlos nah bei dir.
Doch Sehnsucht wär so Illusion.«

Einen Augenblick herrscht Stille. Rick hört die Frau am anderen Ende der Leitung atmen. Überrascht stellt er fest, wie tief ihn diese poetischen Zeilen berührt haben. Er räuspert sich, sagt: »Schön, das ist«, er ringt um die richtigen Worte, findet sie nicht, »einfach schön. Ist das von Ihnen?«

»Nein.« Die Frau lacht leise. »Ich kann so was nicht.«

»Ich hab für so etwas auch kein Talent«, erwidert Rick.

»Das hat jemand geschrieben, der mir einmal sehr, sehr nahe war«, erklärt die Frau. »Damals habe ich mir tatsächlich eingebildet, es wäre für mich geschrieben worden.« Sie lacht wieder, kurz und gepresst.

Rick betrachtet sein gespiegeltes Ich in dem dunklen Rechteck des Fensters gegenüber und wartet geduldig darauf, dass die Frau weiterspricht. Er hört ihr leises, gleichmäßiges Atmen und als er schon befürchtet, sie sei eingeschlafen oder weggetreten, sagt sie mit so eisiger Stimme, dass Rick ein Schauder über den Rücken läuft: »Er war in seine Worte verliebt, nicht in mich.«

Rick nickt mit dem Kopf, er will sagen *verstehe*, aber im letzten Moment schluckt er es runter. Es erscheint ihm unpassend.

»Glauben Sie, dass man solche Gefühle wirklich empfinden muss, um sie in Worte fassen zu können? In Worte, die andere Menschen berühren?«

Rick denkt kurz nach und sagt dann: »Ehrlich gesagt, habe ich mir darüber noch nie Gedanken gemacht.«

»Ist auch egal«, sagt die Frau schnell. »Wir waren ja bei einem ganz anderen Thema.«

»Zeit«, sagt Rick.

»Wissen Sie«, fährt die Frau nach einer kleinen Pause fort. »Irgendwann habe ich tatsächlich geglaubt, dass die Zeit alle Wunden heilen kann. Und dass Liebe, wahre Liebe, die Zeit überdauert, ohne Schaden zu nehmen.«

Die Stimme der Frau klingt jetzt rau, als würde sie nur mit Mühe die Tränen zurückhalten können. Rick fragt sich, wie alt sie wohl sein mag. Sie klingt jung, aber daraus lässt sich nicht immer auf das Alter einer Person schließen.

Es gibt Sechzigjährige, die sich am Telefon wie Teenies anhören.

»Aber das stimmt nicht. Im Gegenteil. Die Zeit ...« Die Frau bricht ab.

Rick hört sie atmen. »Ja?«, fragt er mit sanfter Stimme.

»Zeit macht alles schlimmer. Reißt jede Wunde tiefer auf. Immer wieder aufs Neue. Bis man den Schmerz nicht mehr erträgt. An ihm erstickt.«

Rick nimmt die Beine vom Schreibtisch und setzt sich gerade hin. Sein Gefühl sagt ihm, dass die Frau langsam auf den Grund ihres Anrufes zusteuert.

»Und dann, ohne dass man es will, verwandelt sich der Schmerz in Hass.«

Rick lässt sie reden. Alles, was er jetzt sagen könnte, würde sie nur irritieren.

»Aber das macht es nicht erträglicher. Im Gegenteil. Der Hass brennt wie eine Flamme in dir, die dich quälend langsam verzehrt. Dazu kommen die Träume ...« Die Frau verstummt.

Rick fragt sich, worauf sie hinauswill. Erst dachte er, es geht um eine unglückliche Liebe, aber mittlerweile ist er sich nicht mehr sicher. Es scheint sich eher um einen Verlust zu handeln. Zu seiner eigenen Überraschung ist er gespannt darauf, welche Geschichte sie erzählen wird.

»Aber ich will Sie nicht länger langweilen«, hört er die jetzt erstaunlich feste Stimme der Frau.

»Sie langweilen mich ganz und gar nicht«, widerspricht Rick hastig. Fast hätte er noch *im Gegenteil* hinzugefügt, aber das schluckt er runter. Er will nicht neugierig erscheinen. Interessiert, mitfühlend, aber niemals neugierig. Eine weitere Präambel von Chris.

Die Frau lacht leise auf. »Ich glaube Ihnen kein Wort.«

Rick weiß nicht, was er erwidern könnte, also schweigt er. Fast erwartet er, dass sie auflegt, ohne ihm den wahren Grund ihres Anrufes zu verraten.

Aber sie spricht weiter. »Um es zu Ende zu bringen, muss ich zum Anfang zurück.«

Rick wartet mit Spannung darauf, was jetzt kommen wird. Als sie nach einer Weile wieder etwas sagt, glaubt er, er habe sich verhört.

»Ich fürchte, ich habe Sie nicht ganz verstanden. Können Sie den Satz noch mal wiederholen?«, sagt er und fügt hastig ein »Bitte« hinzu.

»Aber selbstverständlich«, antwortet sie ihm in einem so liebenswürdigen Ton, als habe sie eine Einladung zum Essen ausgesprochen und nicht gerade einen Mord angekündigt.

»Ich werde ein neugeborenes Kind vergraben. Lebendig vergraben. Auf dem Friedhof am Friedrichshain.«

Rick schluckt. Ihn überläuft es heiß und kalt. Chris hat sie gebrieft, ihnen immer wieder eingeschärft, wie sie in Situationen wie dieser reagieren sollen, aber sein Kopf ist wie leer gefegt. Ihm fehlen die Worte.

»Jetzt fragen Sie sich sicher, warum ich so etwas Furchtbares tun will.«

Rick krächzt ein »Ja.«

»Nun«, sagt die Frau und lacht leise. In Ricks Ohren klingt ihr Lachen nun eindeutig irre. »Es ist eine Art Ritual: ein Abschied und gleichzeitig ein Neubeginn. Ich zerschneide ein Band und knüpfe es wieder neu.«

»Wieso laden Sie das ausgerechnet bei mir ab?« Rick ist so angespannt, dass sein Nacken zu schmerzen beginnt.

»Ist das nicht Sinn und Zweck einer Beicht-Hotline? Seine Sünden zu gestehen?« Die Stimme der Frau klingt amüsiert.

»Ja, schon«, antwortet Rick. »Aber …« Ihm fällt nichts ein, was er erwidern könnte. Professionell ist das nicht. Chris wird mir den Kopf abreißen, denkt er.

»Ich will Sie nicht länger auf die Folter spannen«, hört Rick sie sagen, und er hält automatisch die Luft an. »Jemand von Ihnen hat Schuld auf sich geladen. Schwere Schuld. Und dafür müssen Sie jetzt alle büßen.«

Es klickt in der Leitung. Rick springt auf, brüllt in das Mikrofon des Headsets: »Hey, hallo, nicht auflegen. Sie können doch jetzt nicht einfach auflegen.« Aber die Frau ist nicht mehr in der Leitung.

»Fuck!« Rick lässt seine Faust auf den Schreibtisch krachen und reißt sich das Headset vom Kopf. Chris hat gut reden: *Zuhören lautet unsere Devise. Nur zuhören, niemals moralisch werten.*

Nur das hier ist etwas anderes. Die Frau hat einen Mord angekündigt. Da hört der Spaß auf. Soll Chris doch entscheiden, was zu tun ist. Rick zieht sein Handy aus der Hosentasche. Er wählt die Nummer aus der Liste und läuft mit dem Handy am Ohr im Büro auf und ab. Das Echo seiner Schritte hallt von den Wänden. Die Mailbox springt an. Rick wartet ungeduldig, bis Chris' Tonbandstimme den üblichen *Bin-im-Moment-nicht-erreichbar-hinterlasse-mir-eine-Nachricht-nach-dem-Piepton-Sermon* abgelassen hat, um dann doch nicht auf die Mailbox zu sprechen.

Was gibt's da groß zu überlegen? In so einer Situation kann man nur eins tun. Die eindringliche Mahnung von Chris im Ohr, *auf gar keinen Fall informieren wir die Polizei.* Never ever! Ist das klar? Egal, was wir von den Leuten zu hören bekommen, wählt Rick die Notrufnummer der Berliner Bereitschaftspolizei.

2

Ich hetze über die Lichtung. Die Sonne brennt von einem wolkenlos blauen Himmel unbarmherzig auf mich herunter. Der Schweiß läuft mir in Strömen über den nackten Körper und unter meinen bloßen Füßen knistert das vertrocknete Gras. Eine Hummel steigt mit einem lauten Brummen vor mir hoch und trudelt durch die Luft davon. Dann ist es wieder still. Totenstill. Nicht einmal das Zwitschern eines Vogels ist zu hören. Der Schweiß brennt in meinen Augen. Halb blind stolpere ich weiter. Mit einer Hand versuche ich das Köpfchen vor den Sonnenstrahlen zu schützen, mit der anderen halte ich das Kind eng an mich gepresst. Mein Atem geht keuchend. Das Echo des Herzschlags hämmert gegen meine Schädeldecke.

Halte durch, feuere ich mich an. *Es sind nur noch wenige Schritte bis zum Wald. Dort kannst du dich verstecken.*

Da! Was ist das? Hinter mir. Sind das Schritte? Ja, sie kommen näher. Jetzt sind sie dicht hinter mir. Ich umfasse das Kind fester und renne weiter.

Gleich hast du es geschafft.

Eine Hand legt sich schwer auf meine Schulter, reißt mich herum. Ich stolpere, verliere das Gleichgewicht, falle rückwärts zu Boden. Das Kind! Ich halte es fest. Mit dem Hinterkopf schlage ich hart auf dem vertrockneten Boden auf und ein stechender Schmerz durchfährt mich. Mir wird schwarz vor Augen.

Als ich wieder zu mir komme, steht er breitbeinig über mir. Die Sonne blendet mich. Ich blinzele, kann sein Gesicht nicht erkennen. Er streckt die Arme aus, greift nach dem Kind. Ich winkele ein Bein an und trete zu, mit aller Kraft, die ich aufbringen kann. Er brüllt vor Schmerz, fasst sich mit beiden Händen in den Schritt, taumelt zurück.

Auf dem Hintern robbe ich von ihm weg, schaffe es, mich aufzurappeln. Kaum habe ich mich umgedreht, da ist er wieder hinter mir. Ich zwinge mich zu warten, bis ich seinen Atem im Nacken spüre, dann ramme ich ihm den Ellbogen in den Bauch. Er gibt einen erstickten Laut von sich. Ich hole tief Luft und renne, so schnell ich kann. Die ersten Bäume des Waldes scheinen zum Greifen nah.

Da schlingt sich etwas um meine Fußknöchel und bremst abrupt meinen Lauf. Ich komme aus dem Gleichgewicht und schlage wie ein gefällter Baum auf den Boden auf. Begrabe das Kind unter mir. Ein leises Knacken dringt an mein Ohr. Eine Blutlache breitet sich unter meinen Händen aus.

Ich schreie …

… und erwache mit einem Ruck. Mein Herz rast, das dünne Nachthemd klebt mir nass am Körper. Durch die geschlossenen Jalousien sickert diffuses Licht ins Zimmer. Ich setze mich auf, mein Blick irrt umher und bleibt an den verschwommenen Umrissen des Kleiderschrankes gegenüber hängen. Ich bin in meinem Zimmer, in Sicherheit. Aufatmend sinke ich in das Kissen zurück.

Plötzlich durchbricht ein Keuchen die Stille. Ich schrecke hoch. Woher kommt das Geräusch? Ist es hinter mir? Über mir? Mein Blick irrt durch den halbdunklen Raum. Bewegt sich da etwas in der dunklen Ecke zwischen Tür und Schrank? Ich ziehe die Bettdecke hoch bis zum Kinn und zittere am ganzen Körper.

Dann, nach Sekunden atemloser Stille, höre ich die Stimme. Sie sagt: »Das Kind ist tot!«

Das Entsetzen schnürt mir die Kehle zu. Die Stimme ist in mir, in meinem Kopf. Ich lasse die Bettdecke los und halte mir mit beiden Händen die Ohren zu. Mein Gesicht verberge ich zwischen den hochgezogenen Knien. Doch ich kann der Stimme nicht entkommen. Es klingt fast zärtlich, weich wie Samt, als sie flüstert: »Du hast das Kind getötet! Durch deine Schuld ist es gestorben.«

Nein, das ist nicht wahr, will ich schreien. Es ist nicht meine Schuld. Ich wollte das doch nicht.

Aber über meine Lippen kommt nur ein gurgelnder Laut.

3
ERSTER TAG

»Du hast was?« Chris knallt die Kaffeetasse so heftig auf den Küchentisch, dass die hellbraune Brühe überschwappt. Ein paar Spritzer landen vorne auf seinem weißen Hemd.

»Shit!« Chris springt auf und schnappt sich das fleckige Geschirrtuch vom Haken neben der Spüle. Er dreht den Wasserhahn auf, befeuchtet eine Ecke des Tuches und reibt damit hektisch über die Kaffeeflecke auf seinem Hemd.

Rick bemerkt erst jetzt, dass Chris sich in Schale geworfen hat. Er trägt eine schwarze Stoffhose zu dem weißen Hemd. Das passende Jackett hängt über der Stuhllehne. Die schwarzen Haare, die ihm sonst wirr in die Stirn hängen, sind glatt zurückgegelt und liegen glänzend am Kopf an. Er sieht ein bisschen aus wie ein italienischer Gigolo, fehlt nur noch der bleistiftdünne Oberlippenbart. Aber das behält Rick lieber für sich. Er will Chris nicht noch mehr verärgern.

Rick überlegt, ob Chris irgendetwas von einem wichtigen Termin erwähnt hat. Ihm fällt nichts ein. Gerade als er Chris danach fragen will, feuert dieser das Geschirrtuch genervt in die Spüle und dreht sich um. Auf seinem Hemd prangt ein großer feuchter Fleck. Chris lehnt sich gegen das Spülbecken und verschränkt die Arme. Die steile Falte zwischen den Augenbrauen verheißt nichts Gutes.

»Ich warte auf eine Antwort von dir.« In seiner Stimme klirrt Eis.

»Mann, Chris. Was hätte ich denn tun sollen?« Rick versucht vergeblich, ein Gähnen zu unterdrücken. Er ist todmüde, obwohl er sich gestern nach dem wirren Anruf der Frau den Absacker in der Space-Bar verkniffen hat. Irgendwie war ihm nicht mehr danach. Schlafen konnte er allerdings auch nicht. Er hatte sich hin und her gewälzt, im Ohr die Stimme dieser Irren. Nach einer Stunde war er dann vollkommen entnervt wieder aus dem Bett geklettert.

Und jetzt sitzt er hier, fühlt sich wie durch den Fleischwolf gedreht und muss Chris' schlechte Laune ertragen.

»Keine Polizei, egal was für eine Horrorstory sie dir auftischen. So lautet die Abmachung.« Chris' schneidende Stimme holt ihn in die Gegenwart zurück.

Rick senkt schuldbewusst den Kopf. »Ich weiß, ich weiß«, sagt er und umfasst den vor sich stehenden Kaffeebecher mit beiden Händen. »Aber …«

»Kein Aber!«, fährt Chris ihn an. »Die Beicht-Hotline sieht sich nicht als eine moralische Instanz. Wir urteilen nicht, wir werten nicht, und vor allem: Wir *ver*urteilen nicht.«

»Ja, schon. Aber …«

»Kein Aber!« Chris schreit jetzt.

Rick sieht erschrocken hoch. Chris hat die Hände auf den Küchentisch gestützt und beugt sich zu ihm herunter. Sein Gesicht schwebt so nah vor ihm, als wolle Chris die Sommersprossen zählen, die sich auf Ricks blasser Gesichtshaut dicht an dicht tummeln. Und nicht nur dort. Ricks gesamter Körper ist übersät mit diesen hellbraunen

Pünktchen. *Der liebe Gott hatte wohl Durchfall, als er dich erschaffen hat.* Rick hat keine Ahnung, warum ihm gerade jetzt der Spruch seiner kleinen Schwester in den Sinn kommt. Er schluckt und schiebt den Gedanken an Marie schnell wieder beiseite.

»Kein Aber! Kapier das endlich!«, zischt Chris.

»Jetzt mach mal halblang«, erwidert Rick. »Du tust ja gerade so, als hätte ich gegen irgendeinen hochheiligen, unumstößlichen Kodex wie das Beichtgeheimnis bei den Katholiken verstoßen.«

»Genau das hast du auch! Du hast gegen unseren Kodex der absoluten Verschwiegenheit verstoßen. Nenn es meinetwegen Beichtgeheimnis. Im Prinzip ist es das Gleiche. Die Leute zahlen bei jedem Anruf für unsere Diskretion. Wenn es sich herumspricht, dass wir mit der Polizei kooperieren, dann können wir den Laden gleich dichtmachen.«

»Jetzt komm wieder runter!« Langsam wird Rick sauer. »Ich kann nichts dafür, wenn nicht alles so läuft, wie du es dir vorgestellt hast.«

»Verdammt! Darum geht es nicht.« Chris richtet sich auf und fährt sich mit beiden Händen durchs Haar. Er atmet schwer.

Er sieht fertig aus, denkt Rick und fühlt so etwas wie Mitleid für seinen Freund.

»Was ist denn hier los?« Paula streckt vorsichtig den Kopf zur Tür herein. »Dicke Luft?«

Rick nickt und verdreht die Augen. Chris wendet sich halb zu Paula um. Bei ihrem Anblick glätten sich seine Gesichtszüge ein wenig. Er bekommt sogar ein vages Lächeln zustande.

»Darf ich trotzdem reinkommen?«, fragt Paula. »Ich muss gleich los und hätte vorher gerne noch einen Kakao.«

»Ja, klar«, sagt Chris.

Rick sieht Paula zu, wie sie mit durchgedrücktem Rücken zum Küchenschrank watschelt. Sie gleicht immer mehr einem übergewichtigen Pinguin. Ihr Outfit, schwarze Hose, weißes Sweatshirt, unter dem sich ihr immenser schwangerer Bauch deutlich abzeichnet, tut ein Übriges dazu. Rick kann sich ein Grinsen nicht verkneifen.

»Morgen, Paula«, sagt er. »Wie geht es unserem Untermieter heute?«

Paula grinst ihn an. »Danke der Nachfrage. Im Moment verhält er sich ruhig, nachdem er oder sie mich die halbe Nacht mit Tritten malträtiert hat.« Sie nimmt einen Becher aus dem Küchenschrank, füllt ihn mit Milch und gibt Kakaopulver dazu. Während sie an der braunen Flüssigkeit nippt, wandern ihre Augen zwischen Chris und Rick hin und her. »Darf man fragen, worum es bei eurem Streit geht?«

»Rick hat gestern Nacht die Polizei wegen des Anrufs irgend so einer durchgeknallten Tusse verständigt«, sagt Chris.

Paula hebt eine Augenbraue und sieht Rick fragend an. »Das hättest du vorher absprechen müssen.«

»Ich habe versucht, Chris auf dem Handy zu erreichen. Es sprang aber nur die Mailbox an«, verteidigt sich Rick.

»Was war das denn für ein Anruf?« Paula mustert ihn über den Rand der Kaffeetasse.

»Die Frau hat gedroht, ein Baby zu vergraben. Lebendig«, antwortet Chris an Ricks Stelle.

Paula wird bleich im Gesicht, instinktiv legt sie die rechte Hand auf ihren Bauch und streichelt sanft darüber.

»Sie hat sogar gesagt, wo. Nur nicht, wann.« Rick hebt herausfordernd das Kinn. »Was hättet ihr denn an meiner Stelle getan?«

»Wie hat die Polizei eigentlich reagiert?«, fragt Chris, ohne auf Ricks Frage einzugehen.

»Das war voll die Härte.« Rick schüttelt entrüstet den Kopf. »Der Typ hat sich angehört, was ich zu sagen hatte, und meinte dann, dass die Zuständigkeit der Polizei erst beginnt, wenn tatsächlich ein Verbrechen vorliegt. Wovon man in diesem Fall ja nicht ausgehen könne. Außerdem sähe sich die Berliner Polizei aufgrund des akuten Personalmangels nicht in der Lage, auf einen vagen Verdacht hin einen Friedhof rund um die Uhr zu bewachen.« Rick schnaubt verächtlich. »Die Polizei, dein Freund und Helfer.«

»Wieso Friedhof?«, fragt Paula, noch immer ganz blass um die Nase.

»Die Frau sagte, sie werde das Kind lebendig auf dem Friedhof am Friedrichshain vergraben. Ich habe im Internet nachgeschaut. Das ist der große Friedhof in der Nähe vom Volkspark.«

»Die hat sich einen blöden Scherz mit uns erlaubt«, sagt Chris. »Da bin ich mir sicher.«

»Das meinte der Typ von der Bereitschaft auch.«

»Ein ziemlich makabrer Scherz«, sagt Paula. Sie steht vom Tisch auf und stellt den Becher in die Spüle. »Ich kann verstehen, dass Rick die Polizei verständigt hat.«

»Und was hat es gebracht?« Rick hebt in gespielter Verzweiflung die Hände. »Nichts!«

Paula zupft ein Gummiband vom Handgelenk und bindet ihre braunen Locken zu einem Zopf zusammen. »Ich muss los, Leute«, sagt sie. »Aber ich glaube, wir sollten noch mal darüber reden, wie wir uns in solchen Fällen verhalten. Es kann nicht angehen, dass wir nichts unternehmen, wenn uns jemand einen Mord oder ein ähnlich schweres Verbrechen ankündigt.«

»Was macht dann die Beicht-Hotline noch für einen Sinn?« Chris wirft Paula einen düsteren Blick zu. »Wo steckt eigentlich Konrad? Den habe ich seit Tagen nicht mehr zu Gesicht bekommen.«

»Mit seiner Band auf Tour«, sagt Paula. »Aber das weißt du doch.«

»Muss ich verdrängt haben«, brummt Chris. »Darüber müssen wir übrigens auch noch mal reden. Es kann nicht angehen, dass wir drei hier den Hauptanteil der Arbeit stemmen, und Konrad tourt mit seiner Band ständig durch die Weltgeschichte.«

Rick und Paula tauschen einen Blick. Das Verhältnis von Chris und Konrad ist ein Thema für sich. Paula schürzt die Lippen und sagt zu Chris gewandt: »Er wollte heute im Laufe des Tages zurückkommen. Ich rede noch mal mit ihm.«

»Mach das«, sagt Chris und springt nach einem Blick auf die Küchenuhr von seinem Stuhl auf. »Ich muss los. Ich treffe mich mit einem Typen von TV Berlin live. Die wollen eventuell was über die Hotline bringen. Soll ich dich mitnehmen, Paula?«

Paula schüttelt den Kopf. »Nein, lass mal. Ich gehe zu Fuß. Ein bisschen Bewegung an der frischen Luft wird uns beiden«, sie tätschelt mit beiden Händen ihren Bauch, »ganz guttun. Aber danke für das Angebot.«

»Okay«, sagt Chris, schnappt sich die Anzugjacke und eilt mit großen Schritten aus der Küche. Wenig später hört Rick die Wohnungstür ins Schloss fallen.

»Chris steht mächtig unter Strom«, sagt er. »Die Hotline ist sein Baby. Er hat Schiss, dass sie floppt.«

»Ich weiß«, antwortet Paula und schneidet eine Grimasse. »Und wenn es nicht funktioniert, ist das auch kein

Weltuntergang. Dann machen wir eben etwas anderes. Ich staune ohnehin nach wie vor darüber, wie viele bereit sind, dafür zu zahlen.«

Rick geht grinsend auf Paula zu und legt ihr beide Hände auf die Schultern. »Weißt du, was ich am meisten an dir mag?«

Paula sieht ihn mit ihren großen braunen Augen an und legt die Stirn in Falten, als müsse sie angestrengt nachdenken. »Meinen Apfelkuchen«, sagt sie schließlich.

»Den auch«, sagt Rick. Er beugt sich zu ihr hinunter und streicht ihr eine Haarsträhne aus der Stirn. »Aber vor allem schätze ich deinen unverwüstlichen Optimismus.«

Paula lacht Rick an und boxt ihm spielerisch in die Rippen. »Kindskopf«, sagt sie, dreht sich um und spaziert aus der Küche.

Rick sieht ihr hinterher und überlegt, wie das wohl werden wird mit einem Baby an Bord. Es ist nicht das erste Mal, dass er sich diese Frage stellt. In drei oder vier Wochen müsste es so weit sein. Eigentlich ist das auch ein Thema für die WG-Agenda. Er wüsste schon ganz gern, wie Konrad und Paula sich das Zusammenleben nach dem Tag X vorstellen. Erst als Rick in seinem Zimmer am offenen Fenster steht und kleine Rauchwolken in die kalte Luft bläst, fällt ihm ein, dass er vergessen hat, etwas Wichtiges zu erwähnen.

Jemand von Ihnen hat schwere Schuld auf sich geladen, hat die Anruferin gesagt. *Und das müssen Sie jetzt alle büßen.*

Rick betrachtet die graue Fassade des Hinterhauses gegenüber. Chris hat unrecht, überlegt er. Die Frau wusste ganz genau, wovon sie sprach.

4

Der Anruf dieser Frau geht Paula auf dem Weg ins Büro immer wieder im Kopf herum. Ob es tatsächlich nur ein makabrer Scherz war? Es übersteigt ihre Vorstellung, dass eine Mutter es über sich bringen könnte, ihr neugeborenes Baby bei lebendigem Leib zu vergraben. Aber sie hat einige Semester Psychologie studiert und weiß zumindest theoretisch, welche Abgründe sich in der menschlichen Seele auftun können, und zu welch unfassbaren Grausamkeiten traumatisierte Menschen fähig sind. Und dass Mutterliebe kein Naturgesetz ist, davon liest man oft genug in der Zeitung.

Paula schiebt die unerfreulichen Gedanken schnell von sich, als sie die Bewegung des Kindes in ihrem Bauch wahrnimmt. Sie wird ihr Kind lieben. Sie ist jetzt schon ganz erfüllt von Liebe zu diesem Winzling, den sie mit sich rumschleppt. Sicher wird es ein Junge, so fest, wie das Baby zutreten kann. Ein kleiner Fußballer. Paula lächelt in sich hinein. Vor ihrem inneren Auge erscheint ein kleiner Konrad mit blonden zerzausten Haaren, verdrecktem T-Shirt, in der Armbeuge den viel zu großen Fußball.

Paula ist vor dem Haus, in dem sich das Büro befindet, angekommen. Sie stemmt sich gegen die schwere Haustür und drückt sie auf. Im Treppenhaus riecht es muffig. Nach modriger Feuchtigkeit und kalter Asche. Obwohl alle Wohnungen inzwischen modernisiert sind und über Gasheizungen verfügen, ziehen es einige der überwiegend älteren Mieter vor, weiterhin mit den Kachelöfen einzuheizen. Eine Hand am Geländer schleppt sie sich die abgetretenen Holzstufen zum dritten Stock hoch. Es wird immer beschwerlicher, hier hochzusteigen.

Paula hat es nach einer gefühlten Ewigkeit in den dritten Stock geschafft und kramt in ihrer Handtasche nach dem Schlüssel. Die Tüte mit den Backwaren fällt ihr aus der Hand. Schwerfällig geht sie in die Knie und richtet sich stöhnend wieder auf. Sie steckt den Schlüssel ins Schloss und schließt die Tür auf. Der enge Flur ist hell erleuchtet. Es riecht nach frischem Kaffee. Paula hängt ihren Mantel an einen der Haken an der Wand und wirft einen Blick in den großen weiß getünchten Raum, der rechts von der Diele abgeht. Robert, Lisa und Nasti sitzen an ihren Schreibtischen, zwischen ihnen Trennwände, die den Schall dämpfen.

Nasti hebt die Hand und deutet an, dass sie gerade jemanden in der Leitung hat. Paula nickt, formt die Lippen zu einem lautlosen »Hallo« und geht in die Küche. Sie legt die Papiertüte und die Handtasche auf dem Tisch ab und ist schon fast wieder zur Tür hinaus, da hört sie das Klingeln ihres Handys. Sie fischt es aus der Handtasche. *Konrad* steht im Display. Paulas Herz macht einen kleinen freudigen Hüpfer.

»Sie sind verbunden mit der Beicht-Hotline. Mein Name ist Paula. Ich bin für Sie da. Wann immer Sie wollen. Tag und Nacht.« Sie legt ihre Stimme zwei Nuancen tiefer und eine Spur rauchiger an.

Konrad lacht am anderen Ende der Leitung. »Hi, Süße. Ich will hoffen, dass du so nicht jeden Anrufer empfängst.«

»Was denkst du denn?«, lacht Paula. »Nur dich natürlich.«

»Wie geht es Nummer drei?«, fragt Konrad, noch immer ein Lachen in der Stimme.

»Nummer drei ist heute etwas unruhig«, sagt Paula. »Strampelt wie wild und tritt um sich wie ein Pferd. Das Kind vermisst dich wahrscheinlich ebenso sehr wie ich.«

»Ich vermisse euch auch«, sagt Konrad, und Paula kann schon dem Ton seiner Stimme entnehmen, dass er eine unangenehme Nachricht in petto hat.

»Was ist?«, fragt sie. »Raus mit der Sprache.«

»Vor dir kann ich auch nichts verheimlichen«, stöhnt Konrad in gespielter Verzweiflung. »Ich warte auf den Tag, an dem du meine Gedanken lesen kannst.«

»Das kann ich bereits«, behauptet Paula frech. »Ich habe es bisher nur für mich behalten. Also, was ist?«

»Ich schaffe es heute nicht mehr. Der Kühler vom Bus ist geplatzt. Jetzt sitzen wir in diesem Kaff - ich kann mir nicht mal den Namen merken - im tiefsten Brandenburg erst mal fest.«

»Warum steigst du nicht in einen Zug?«

»Süße, das geht nicht. Wir sind ein Team. Das weißt du doch.«

Paula seufzt. »Ja, schon gut. Was glaubst du, wie lange es dauert, bis die blöde Karre wieder flott ist?«

»Der Typ von der Kfz-Werkstatt meinte, er kann nicht garantieren, dass er es bis morgen schafft. Aber er versucht es.«

»Noch eine Nacht ohne dich.« Paula seufzt. »Das überstehen Nummer drei und ich nicht. Jedenfalls nicht, ohne bleibenden Schaden zu nehmen. Gerade jetzt brauchen wir den direkten Körperkontakt nötiger denn je.«

»Ich mache es wieder gut«, verspricht Konrad.

Nasti erscheint im Anorak in der Küchentür, eine bunt

geringelte Mütze in der Hand. Sie sieht Paula fragend an.

»Konrad, ich muss Schluss machen. Die Arbeit ruft«, sagt Paula. Mit der freien Hand gibt sie Nasti ein Zeichen, dass sie verschwinden kann.

»Tschüs«, flüstert Nasti. »Bis morgen.«

Paula nickt, lächelt und formt ein lautloses »Bis morgen« mit den Lippen. »Rufst du mich heute Abend noch mal an?«

»Hatte ich vor. Ciao, Süße!«

»Dann bis heute Abend«, sagt Paula und haucht einen Kuss in das Handy.

Kaum sitzt Paula an ihrem Schreibtisch, da kommt auch schon ein Anruf rein. Hastig stülpt sie sich das Headset über den Kopf. Während sie sich auf ihrem Stuhl zurechtrückt, sagt sie ihren Spruch auf. »Guten Morgen, Sie sind mit der Beicht-Hotline verbunden. Mein Name ist Paula. Was kann ich für Sie tun?«

»Paula?« In der Frage schwingt ein überraschter Ton mit. Als hätte die Frau sie an ihrer Stimme erkannt.

»Ja«, antwortet Paula gedehnt. Die Gefahr, jemanden am Telefon zu haben, den man tatsächlich kennt, ist äußerst gering. Aber es kann natürlich vorkommen. Paula kramt in ihrem Gedächtnis nach den Verhaltensregeln, die ihnen Chris für diesen Fall mitgegeben hat.

»Darf ich dir einen Rat geben, Paula?«

Paula ist so verdutzt, dass sie nur ein »Wie bitte?« herausbekommt.

»Vertrau ihm nicht. Er wird dich verraten.« Dann macht es Klick in der Leitung. Die Frau hat aufgelegt.

5

Ich ziehe den Reißverschluss der Stiefel hoch, richte mich auf und schlüpfe in den Mantel. Aus dem Wohnzimmer dringen die Geräusche des Fernsehers untermalt von einem gleichförmigen Schnarchen an mein Ohr. Ich gehe, ohne mich zu verabschieden. Es ist gleichgültig, ob ich da bin oder nicht.

Die Luft ist heute erstaunlich mild und nach wenigen Schritten schwitze ich in dem dicken Wollmantel. Mit einer Hand knöpfe ich ihn auf und haste weiter. Ich habe ein Ziel, endlich, nach langer Zeit habe ich wieder ein Ziel. Ich bin selbst überrascht, wie gut sich das anfühlt.

Im Waggon der S-Bahn setze ich mich nach hinten, schiebe die Hände in die Manteltaschen und schaue aus dem Fenster. In die schmutzigen Scheiben ist das Wort *HASS* eingeritzt. Die beiden S sehen aus wie das Emblem der Waffen-SS. Nach einer etwa halbstündigen Fahrt bin ich in Frohnau und fünf Minuten später stehe ich vor dem Haus. Es macht einen verwahrlosten Eindruck. Der Vorgarten ist mit Unkraut überwuchert, braune abgeknickte Stängel ragen aus der Erde, das dunkle Holz des Gartenzauns ist fleckig vom Grünspan. Die Haustür öffnet sich und ein Mann kommt heraus. Im Gehen zieht er sich den Mantel über. Ich bücke mich schnell und tue, als müsste ich meine Schnürsenkel binden. Ich hebe den Kopf, als er neben mir ist, und werfe einen flüchtigen Blick in sein

Gesicht. Tränen strömen über seine Wangen und er spricht mit sich selbst. Ich verstehe »Marie« und »Nicht mehr zum Aushalten«.

Ich richte mich auf und sehe ihm nach, bis er um die Ecke verschwunden ist. Nur kurze Zeit später tritt eine rothaarige Frau aus dem Haus. Sie ist schön, aber schrecklich dünn. Ein Windstoß, denke ich, und sie wird weggeweht wie die Feder eines kleinen Vogels. Sie sieht mich an, aber ihr Blick geht durch mich hindurch, als sei ich aus Glas. Mit gesenktem Kopf, die Hände in den Ärmeln einer ausgeleierten Wollweste vergraben wendet sie sich in eine andere Richtung als der Mann.

Die Frau wirkt so traurig, so schutzbedürftig. Es wird ein Leichtes sein, sich mit ihr anzufreunden. Sie ist die Mutter von Rick und einer der Schlüsselfiguren in meinem Plan. Sie wird mir helfen, sein und das Leben seiner Freunde zu zerstören.

Ich überlege nicht lange und eile ihr hinterher.

6
ZWEITER TAG

Paula steht mit einer Tasse Tee am Fenster in der Büroküche und schaut nachdenklich auf den tristen Hinterhof, der von einer trüben Funzel an der Hauswand über der Tür und einer über den Mülltonen beleuchtet wird. Am Tag bilden die blaue und die gelbe Mülltonne die einzigen Farbkleckse in dem grauen Viereck. Ein Mann in Unterhemd erscheint in einem der Fenster des Hinterhauses, winkt ihr zu. Paula hebt zerstreut die Hand zum Gruß. Aus dem Raum nebenan dringen leise Stimmen an ihr Ohr. Fast alle Schreibtische sind besetzt. Von 20 Uhr bis Mitternacht gehen erfahrungsgemäß die meisten Anrufe ein. Als würde sich gerade in diesem Zeitraum das Bedürfnis, mit jemandem zu sprechen, ein Ventil suchen. Viele rufen an, weil sie einsam sind, niemanden haben, mit dem sie reden können, der ihnen zuhört. Dann gibt es die Anrufer, die keinen persönlichen Ansprechpartner wollen. Deshalb haben sie die Option *auf Band sprechen* hinzugenommen und diese wird hauptsächlich von den Leuten genutzt, die sich etwas zuschulden haben kommen lassen und diese Last einfach nur loswerden wollen. Wenn man ein Vergehen in Worte fasst, verliert es ein bisschen von seiner Ungeheuerlichkeit. Für eine Tat oder wie Chris es ausdrückt eine Untat nach Formulierungen zu suchen, sie mit eigenen Worten zu beschreiben, ihr auf den Grund zu gehen, ist der erste Schritt zu einem Läuterungsprozess, an dessen Ende die Einsicht steht. Behauptet zumindest Chris.

Paula seufzt und trinkt einen Schluck von ihrem Tee. Sie muss auch reden. Mit Konrad. Schon seit Wochen schiebt sie dieses Gespräch immer wieder vor sich her. Sie hat keine Ahnung, wie er reagieren wird, wenn sie ihm ihre Zukunftspläne offenbart. Er wohnt schon lange mit Chris und Rick zusammen. Sie sind ein eingeschworenes Team, und sie, Paula, ist da quasi der Eindringling. Nicht dass sie sich je so gefühlt hätte. Na gut, anfangs vielleicht schon. Es hat ja auch was, die einzige Frau in einem Männerclan zu sein. Paula streicht sich lächelnd eine Haarsträhne hinters Ohr. Seit ihre Schwangerschaft sichtbar ist, tragen ihre drei Männer sie richtiggehend auf Händen. Wenn es nach ihnen ginge, dürfte sie nicht mal mehr den Müll runtertragen und sie ist sogar vom Einkaufen freigestellt. Rick raucht nicht mehr in der Wohnung, ohne dass sie das von ihm gefordert hätte. Der Auszug wird ihr nicht leichtfallen. Besonders Rick hat sie richtig ins Herz geschlossen. Er ist für sie wie ein Bruder. Der Bruder, den sie sich als kleines Mädchen immer gewünscht hat. Jemand, der auf sie achtgibt, sie beschützt. Ihr Verhältnis zu Chris ist distanzierter. Aber das liegt an ihm, nicht an ihr. Chris ist ein sehr verschlossener, versponnener Mensch, der niemanden wirklich nah an sich heranlässt. Bis auf Rick vielleicht.

Paula stellt die leere Teetasse in die Spüle und geht zu den anderen. Rick hat die Beine auf dem Schreibtisch und lauscht konzentriert einem Anrufer. Nasti nimmt das Headset ab und streckt sich ausgiebig. Sie bemerkt Paula, steht auf und kommt mit wiegenden Schritten auf sie zu.

Mit ihrem durchscheinenden Teint und den kurz geschorenen Haaren sieht Nasti ein bisschen aus wie eine Kopie von Sinead O'Connor. Aber hinter der zierlichen, fast ätherisch wirkenden Frau verbirgt sich eine Persönlichkeit mit eisernem Willen. Nasti weiß mit ihren zwanzig Jahren schon sehr genau, was sie will. Paula hat wenig Zweifel, dass sie ihre gesetzten Ziele auch erreichen wird. Nasti singt in einer Band und studiert Psychologie. Wie alle, die hier arbeiten. Das Singen sei ihre eigentliche Berufung, sagt sie. Aber da das Musik-Business unberechenbar ist und der Erfolg einer Band eher auf Glück als auf Können basiert, studiert sie etwas Handfestes. Psychologen werden immer gebraucht. In Zukunft noch häufiger als jetzt schon. Deutschland ist nämlich auf dem besten Weg zu einem Volk von Neurotikern und Burn-out'lern zu werden, sagt Nasti. Die Statistiken dazu geben ihr offensichtlich recht.

»Ich mache dann Schluss für heute«, verkündet Nasti.

»Okay«, sagt Paula und geht zu ihrem Platz. Sie sitzt kaum, da kommt auch schon das erste Gespräch herein.

»Sie sind verbunden mit der Beicht-Hotline. Mein Name ist Paula.«

»Hallo, Paula.«

Paula schluckt. Sie erkennt die Stimme der Frau sofort wieder. *Wie haben Sie das gemeint, als Sie sagten, ich soll ihm nicht vertrauen?*, liegt ihr auf der Zunge. Aber sie schluckt die Frage hinunter, das wäre unprofessionell. Bevor sie reagieren kann, spricht die Unbekannte weiter.

»Ich möchte mit Rick sprechen. Ist er jetzt da?«

»Ja«, sagt Paula gedehnt und schaut auf die Telefonanlage. Ricks Anschluss ist besetzt. »Aber er telefoniert gerade.«

»Könnten Sie ihm vielleicht etwas von mir ausrichten?«

»Gerne«, sagt Paula automatisch, obwohl ihr ein Schauder über den Rücken läuft. Sie fürchtet Schlimmes.

»Heute Nacht ist es so weit«, verkündet die Frau mit einem feierlichen Tonfall in der Stimme.

Das Herz klopft Paula plötzlich bis zum Hals. Sie will etwas sagen, bringt aber keinen Ton heraus. Das Kind in ihrem Bauch scheint ihre Aufregung zu spüren. Es bewegt sich unruhig und beginnt, sie mit Tritten zu traktieren.

»Ich bin bereits auf dem Weg zum Friedhof«, sagt die Anruferin und legt auf.

Paula legt die Hände schützend über ihren Bauch, spürt an ihren Handflächen die Bewegungen des Kindes und fühlt sich für den Bruchteil einer Sekunde wie erstarrt. Dann reißt sie sich mit einer schnellen Handbewegung das Headset vom Kopf und schreit: »Rick!«

Keine zwei Sekunden später ist er neben ihr. »Was ist? Ist es so weit? Musst du ins Krankenhaus? Soll ich ein Taxi rufen?« Er zückt sein Handy.

Paula schüttelt heftig mit dem Kopf und schnappt nach Luft. Ihr Herzschlag beruhigt sich nur langsam. Rick geht neben dem Stuhl in die Knie und nimmt ihre Hand. »Was ist? Sag doch was? Geht es dir nicht gut?«

»Die Frau«, keucht Paula. »Sie hat wieder angerufen.«

»Welche Frau?«, fragt Rick und im selben Atemzug fällt der Groschen. »Scheiße! Was hat sie gesagt?«

»Dass sie bereits auf dem Weg zum Friedhof ist! Rick, sie will es heute tun. Sie will ihr Kind begraben. Wir müssen sofort die Polizei verständigen.« Paula greift zum Telefon.

»Nein«, sagt Rick und hält ihre Hand fest. »Den Fehler mache ich nicht noch mal.«

7

»Wo bleibt denn das Taxi?« Paula stapft ungeduldig von einem Fuß auf den anderen und bläst kleine Atemwolken in die Hände.

»Willst du nicht doch lieber wieder nach oben gehen?«, fragt Rick, während er gleichzeitig Ausschau nach dem Wagen hält.

»Kommt überhaupt nicht infrage.« Paula hakt sich bei ihm unter. »Ich komme mit. Basta!«

Rick nickt ergeben. »Bei einem so stichhaltigen Argument wie *basta* kann ich natürlich nur kapitulieren.«

Paula grinst ihn von der Seite an. »Eben.«

Ein Mercedes biegt um die Ecke und kommt im Schritttempo auf sie zu. Sie lösen sich aus dem Schatten der Hauswand. Paula hebt die Arme und winkt den Taxifahrer herbei. Rick öffnet die Tür und Paula klettert umständlich auf den Rücksitz. Er selbst nimmt auf dem Beifahrersitz Platz. Aus dem Radio klingt gedämpfte Musik.

»Wo soll es hingehen?« Der Mann wendet sich Rick zu. Ein älterer Türke mit vom Wetter gegerbtem Gesicht, der Mund von einem schwarzen Schnauzer verdeckt. Die dunklen Augen blicken freundlich.

»Wir müssen so schnell wie möglich nach Friedrichshain. Zu diesem großen Friedhof.«

Der Taxifahrer nickt. »Kenne ich«, sagt er und fährt los. Falls es ihn wundern sollte, was seine beiden Fahrgäste zu so später Stunde auf einem Friedhof wollen, lässt er sich das nicht anmerken. Seine Miene bleibt unbewegt. Wahrscheinlich ist es ihm egal, wohin er sie fährt. Hauptsache sie sind nüchtern, kotzen ihm nicht den Wagen voll und können die Fahrt bezahlen. Rick ist selbst lange genug Taxi gefahren, um das zu wissen.

Schweigend fahren sie über die hell erleuchtete Oberbaumbrücke. Auf der rechten Seite blinkt an der Fassade eines Fabrikgebäudes in großen blauen Leuchtbuchstaben der Name von UNIVERSAL. Die dunkle Wasserfläche der Spree reflektiert die bunten Lichter, mit denen die Brücke nachts beleuchtet wird. Es wirkt, als würde der Fluss hier aus der Tiefe mit Tausenden von Strahlern ausgeleuchtet.

Schön ist anders, denkt Rick und dreht sich zu Paula um. Sie hat sich im Sitz zurückgelehnt und schaut konzentriert aus dem Seitenfenster. Für einen Augenblick glaubt er, ihre Anspannung spüren zu können. Er steht selber total unter Strom, auch wenn er Paula gegenüber den Coolen gibt. Ihm schwirren tausend Gedanken auf einmal durch den Kopf. Wie wollen sie auf dem riesigen Friedhofsgelände diese Frau finden? Wenn sie überhaupt da ist. Was für eine Schwachsinnsaktion. Er hätte auf Paula hören und die Polizei verständigen sollen.

»Wo genau wollen Sie denn hin?«, fragt ihn in diesem Moment der Taxifahrer und wirft ihm einen Blick von der Seite zu. »Der Friedhof ist groß.«

»Zum Haupteingang«, sagt Rick wie selbstverständlich. Er kennt den Friedhof nur aus dem Internet und hat keinen Schimmer, wo sich der Haupteingang befindet.

Wieder mustert ihn der Taxifahrer kurz von der Seite, bevor er weiterspricht. »Es gibt Eingänge in der Greifswalder und in der Heinrich-Roller-Straße. Am Prenzlauer

Berg gibt es, soweit ich weiß, auch einen. Aber fragen Sie mich jetzt nicht, welcher davon der Haupteingang ist.«

»Lassen Sie uns einfach da vorne an der Ecke raus. Wir finden den Weg dann schon«, sagt Rick.

»Gut.« Der Mann stoppt den Wagen nach wenigen Metern am Straßenrand und schaltet den Zähler aus. Rick zahlt und sie steigen aus.

»Hier geht`s lang«, sagt Rick. Er greift Paulas Arm und zieht sie mit sich.

Schon nach wenigen Schritten entdeckt er hinter einem grünen Glascontainer den Eingang zum Friedhof, ein zweiflügeliges Gittertor. Rick drückt die Klinke herunter. Das Tor schwingt mit einem lauten Quietschen auf. Paula tritt neben ihn. Der Weg in den Friedhof wird nur auf den ersten Metern durch das Licht der Straßenlaternen erhellt. Dahinter verliert sich Ricks Blick in der Dunkelheit.

»Auf dem Friedhof ist es stockdunkel«, sagt er. »Ohne Taschenlampe können wir das haken.«

Paula kramt in den Tiefen ihrer riesigen Tasche. »Et voilà.« Mit einem verlegenen Lächeln fördert sie eine kleine Stabtaschenlampe zutage.

»Das glaube ich jetzt nicht«, sagt Rick. »Ist das Zufall, oder schleppst du die immer mit dir rum?«

»Ich trage noch ganz andere Dinge mit mir spazieren. Du würdest dich wundern«, sagt Paula. »Aber lass uns jetzt da reingehen, bevor ich es mir doch noch anders überlege.«

Rick zieht das Gittertor hinter ihnen zu, als könne er so verhindern, dass ihnen jemand folgt. Paula greift nach Ricks Hand und hält sie fest. Ihr Blick ist auf den Weg vor ihnen gerichtet, den das Licht der kleinen Taschenlampe nur spärlich beleuchtet. Hand in Hand setzen sie einen Schritt vor den anderen. Die Luft ist schwer und feucht.

Es riecht intensiv nach Erde und vermodertem Laub.

Es fühlt sich gut an, Paulas Hand zu halten. Sie ist so klein, sie verschwindet fast vollständig in seiner Pranke. Rick registriert irritiert das warme Gefühl, das seinen Körper bei dem Gedanken durchströmt. Ein spitzer Schrei von Paula katapultiert ihn zurück in die Realität.

»Da war eine Ratte.« Paula zeigt auf den Weg vor ihnen und lacht nervös auf.

Rick drückt kurz ihre Hand. »Keine Angst. Ich beschütze dich vor jeglichem Ungetier, das uns hier über den Weg kriecht.«

Paula grinst ihn von der Seite an und sagt spöttisch: »Mein Held!«

Schon bald geht der gepflasterte Weg in einen unbefestigten Pfad über. Dicke Baumwurzeln, die in der Dunkelheit wie in sich verschlungene Schlangen erscheinen, winden sich kreuz und quer über den Boden. Sie folgen dem Weg bis zur bröckeligen Friedhofsmauer, biegen dann in stillschweigendem Einvernehmen nach rechts ab. Der Lichtkegel der Taschenlampe trifft unvermittelt auf eine gesichtslose Marienstatue, die auf einem mit grünem Moos überwucherten Steinsockel thront.

Rick hört, wie Paula scharf einatmet. »Huch«, keucht sie und lässt die Taschenlampe kurz sinken. »Jetzt habe ich mich aber echt erschreckt.«

Sie laufen weiter, vorbei an efeuüberwucherten Gräbern, mit Gittern eingefassten zu Ruinen zerfallenen Grabmälern, an verrotteten Holzkreuzen. Hier und da flackern rote Grablichter auf, die bizarr zuckende Schatten auf den Weg werfen.

Die ruhelosen Seelen der Toten, denkt Rick und wundert sich, wie der Gedanke in seinen Kopf gekommen ist.

»Wie sollen wir die Frau denn hier finden? Der Friedhof ist ja riesig«, flüstert Paula neben ihm.

»Keine Ahnung«, sagt Rick, ebenfalls flüsternd.

»Es ist unheimlich hier, findest du nicht?«, raunt Paula. »Ich habe ständig das Gefühl, dass uns jemand verfolgt.«

»Ich glaube, das Ganze ist eine Schwachsinnsaktion. Lass uns wieder abhauen.«

»Warum flüstern wir eigentlich«, flüstert Paula und kichert.

Plötzlich nimmt Rick eine flüchtige Bewegung wahr. Eine schemenhafte Silhouette in dem schmalen Lichtstreifen, den die Straßenlaterne wie einen Keil in die Dunkelheit schneidet. Er reißt Paula die Taschenlampe aus der Hand.

»Bleib hier«, ruft er ihr zu und rennt los. »Rühr dich nicht von der Stelle!«

»Aber was …« Paulas Worte gehen im klatschenden Geräusch seiner Schuhe auf dem nassen Boden unter.

8

Am Ende des Pfades verzweigt sich der Weg. Rick stoppt. Er schwenkt die Taschenlampe nach rechts - nichts. Dann nach links. Der Lichtkegel erfasst eine schmale dunkle Gestalt, die über den Boden zu fliegen scheint, so schnell bewegt sie sich auf dem Pfad von ihm fort. Rick holt tief Luft und rennt hinterher. Paulas aufgeregte Stimme dringt an sein Ohr. Er versteht kein Wort von dem, was sie ihm nachruft. Sie ist zu weit weg. Er zögert kurz, dann beschleunigt er seine Schritte. Paula wird schon nichts passieren.

Rick zweifelt keine Sekunde daran, dass es sich bei der flüchtenden Person um die mysteriöse Anruferin handelt. Sie trägt einen bodenlangen Mantel. Ohne ihre Schritte zu verlangsamen, greift sie nach der Kapuze und zieht sie sich über den Kopf. Rick bemerkt, dass sie ihm über die Schulter einen schnellen Blick zuwirft. Über ihrem Gesicht liegt ein Schatten. Sie kommt ins Stolpern, fängt sich wieder, rennt weiter. Doch Rick kommt ihr mit jedem Schritt näher. Er hört schon das laute Keuchen ihres Atems. Jetzt ist er dicht hinter ihr. Er hebt die Hand und will sie am Arm packen. Doch da schlägt sie unvermittelt einen Haken, springt über den zerfallenen Grabstein auf der rechten Seite. Rick spurtet ihr hinterher. Er stolpert über ein Hindernis am Boden, verliert das Gleichgewicht und stürzt der Länge nach hin. Der Geruch nach vermodertem Laub steigt ihm in die Nase. Etwas bohrt sich schmerzhaft in seine rechte Kniescheibe. Mit einer Hand tastet er auf dem Boden nach der Taschenlampe und richtet sich stöhnend wieder auf. Der Lichtstrahl gleitet über eine mit Grünspan überzogene steinerne Grabplatte und verliert sich in einer Gruppe hoher Bäume. Die Frau ist wie vom Erdboden verschluckt. Er hat sie verloren.

»Shit«, flucht Rick. Er beugt sich vor und massiert mit der Handfläche das schmerzende Knie. Als er hochkommt, sieht er nur einen Steinwurf entfernt in den Nebelschwaden ein weißes Licht aufblitzen. Er verbirgt die Taschenlampe in der hohlen Hand, damit ihr Schein ihn nicht verrät, und schleicht in geduckter Haltung darauf zu. Aus dem Grau der Dunkelheit schälen sich die Umrisse einer Statue. Ein überlebensgroßer Engel, das steinerne Gewand in kunstvolle Falten gelegt, die riesigen Flügel auf dem Rücken weit ausgebreitet, als wolle er jeden Moment losfliegen. Den Kopf hält er demütig gesenkt, die Hände im Schoß wie zum Gebet gefaltet, sitzt er halb auf einem Sockel, aus dessen Mitte sich ein steinernes Kreuz in den nachtschwarzen Himmel erhebt. Eine niedrige Mauer, überwuchert von Efeu und Unkraut, umfasst die Grabstätte und grenzt sie von den anderen kleineren Gräbern ab.

Eine dunkle Gestalt balanciert mit ausgebreiteten Armen, als müsse sie um ihr Gleichgewicht kämpfen, auf dem schmalen Mauergrat. Im Schatten eines Busches, der seine kahlen Zweige wie dürre Skelettfinger in die Höhe reckt, macht Rick eine zweite Gestalt aus.

Das ist sie.

Rick spürt, wie sein Herzschlag sich beschleunigt. Vorsichtig schleicht er noch näher ran. Ein Zweig zerbricht mit einem leisen Knacken unter seinem Tritt. Er erstarrt mitten in der Bewegung. Die beiden kehren ihm den Rücken, reagieren nicht auf das Geräusch. Offensichtlich haben sie ihn nicht bemerkt.

»Komm, lass uns verschwinden!« Eine Gestalt bewegt sich aus dem Schatten und bleibt neben der Mauer stehen. Rick hört den drängenden Ton in der Stimme. Sie klingt wie die eines jungen Mädchens, fast kindlich.

»Ich denke, du hast ihn abgehängt?« Die Stimme ist um wenige Nuancen tiefer.

Die tänzelnde Gestalt hat das Ende der Mauer erreicht. Sie dreht sich, die Arme immer noch ausgebreitet, langsam um die eigene Achse. In diesem Moment reißt die Wolkendecke auf. Mondlicht sickert durch den schmalen Spalt und taucht die Umgebung in ein silbernes Licht.

Das ist alles unwirklich, schießt es Rick durch den Kopf. Das Gefühl verstärkt sich, als die Gestalt auf der Mauer sich ihm ganz unvermittelt zuwendet, ihn aus Augen fixiert, die im hellen Weiß des Gesichtes wie dunkle Löcher wirken. Der kahlrasierte Schädel ist mit roten Zeichen bemalt, deren Bedeutung sich Rick nicht erschließt, die ihn aber vage an Runen erinnern. Der Fotoapparat, der dem Jungen an einem langen Lederband um den Hals baumelt, wirkt seltsam fehl am Platz.

»Was wollen Sie von uns?« Der Junge, Rick schätzt ihn auf höchstens sechzehn, springt von der Mauer und kreuzt die Arme vor seinem Gesicht. »Ich kann Taekwondo. Kommen Sie keinen Schritt näher.« Wie zur Bestätigung tritt er mit ausgestrecktem Bein mehrmals in die Luft. Der Fotoapparat um seinen Hals schwingt rhythmisch mit.

Rick verkneift sich das Lachen, hebt beschwichtigend die Hände. »Nur die Ruhe«, sagt er.

Das Mädchen, das jetzt an die Seite des Jungen tritt, starrt ihn aus großen kajalumrandeten Augen mehr interessiert als ängstlich an. Ihre schwarz geschminkten Lippen zieren mehrere Piercing-Ringe. »Das ist der Typ«, sagt sie und zeigt auf ihn. »Der hat mich verfolgt.«

»Eine Verwechslung«, sagt Rick und hebt bedauernd die Schultern. »Tut mir leid. Ich wollte dich«, er verbessert sich hastig, »Sie nicht erschrecken.«

»Eine Verwechslung«, wiederholt sie. Skepsis in der Stimme.

»Ja« bestätigt Rick. »Ehrlich.«

»Mit wem haben Sie mich denn verwechselt?«, erkundigt sich das Mädchen neugierig. Ihr Freund beäugt ihn weiterhin misstrauisch, die Arme nach wie vor in Verteidigungsposition.

»Das ist eine lange und komplizierte Geschichte«, sagt Rick. »Entschuldigt, dass ich euch erschreckt habe. War nicht meine Absicht.«

»Okay.« Sie winkelt einen Arm an und stößt ihren Freund mit dem Ellbogen an. »Entspann dich. Der Typ ist harmlos.«

Ohne Rick aus den Augen zu lassen, lässt er die Arme sinken. »Sicher?«

»Sicher«, bestätigt sie genervt.

»Sagt mal.« Rick zögert. Er überlegt, ob es klug ist, die beiden direkt nach der Frau zu fragen. »Ist euch irgendwas aufgefallen? Seid ihr jemandem begegnet hier auf dem Friedhof?«

»Nein«, antwortet das Mädchen und schüttelt den Kopf. »So spät treibt sich niemand mehr hier rum. Außer uns.« Sie verzieht die Lippen zu einem Lächeln. »Und dir.«

Rick nickt und lacht. Der Junge wirft ihm einen finsteren Blick zu. »Komm jetzt«, sagt er zu dem Mädchen und greift nach ihrem Arm. »Wir verschwinden.«

Rick schaut ihnen nach, bis ihre Silhouetten mit der Dunkelheit verschmelzen. Dann macht er sich auf den Rückweg. Der Mond hat sich wieder hinter schwarzen Wolken verkrochen, die in raschem Wechsel vom Wind getrieben über den Himmel jagen. Rick zieht fröstelnd die Schultern hoch. Nach dem schnellen Spurt spürt er die Kälte jetzt umso mehr. Sein T-Shirt klebt schweißnass am Rücken. Er beschließt, die Suche nach der Frau abzubrechen, während er im Licht der Taschenlampe zurück auf den Weg stapft. Es ist wie die Suche nach der Stecknadel im Heuhaufen. Es war eine blödsinnige Idee, hierher zu kommen. Und dann auch noch Paula mitzuschleppen! Je mehr er drüber nachdenkt, desto überzeugter ist er, dass sich die Anruferin einen makabren Scherz mit ihnen erlaubt hat. Mit einem Mal ärgert er sich, dass er auf so einen Schwachsinn hereinfallen konnte.

Ein Schrei zerreißt die Stille. Rick fährt der Schreck wie ein Messer in die Magengrube. *Paula!* Er rennt los. Stolpert, hastet mit rudernden Armen weiter. An der Weggabelung stoppt er, richtet die Taschenlampe auf die Stelle, an der er Paula zurückgelassen hat. Sie ist weg.

»Paula?« Mit großen Schritten eilt Rick an den Gräbern vorbei, lässt den Lichtstrahl nach rechts und links wandern.

»Paula«, ruft er noch mal, so laut er kann. Der Wind trägt seine Stimme weit über den Friedhof. Aber niemand antwortet ihm.

9

Paula hat den Versuch Rick hinterherzurennen nach wenigen Schritten aufgegeben. In ihrem Zustand kann sie mit seinem Tempo einfach nicht mithalten. Langsam geht sie weiter. Wie still es hier ist. Kein Laut dringt von den nahen Straßen, die den Friedhof von allen Seiten umschließen, zu ihr durch. Die mächtigen Bäume, die sicher schon mehrere Jahrzehnte über den Gräbern wachen, schlucken den Lärm wie ein lebendiger Schallschutz. Das Geräusch ihrer Schritte kommt Paula mit einem Mal unnatürlich laut vor. Der Widerhall der Absätze auf dem festgetretenen Erdboden dröhnt förmlich in ihren Ohren. *Du wirst noch die Toten aufwecken*, schießt es ihr durch den Kopf. Sie wirft verstohlene Blicke nach rechts und links. Zwischen den Gräbern wabern Nebelschwaden. Dort hinten, kurz bevor das Grau der Dunkelheit sich in einem undurchdringlichen Schwarz verliert, scheinen wilde Schatten zu tanzen. Paula wendet den Blick ab, heftet die Augen fest auf den Boden. Jetzt bloß keine Panik bekommen. Sie atmet tief ein und wieder aus. Ein und aus.

Wie lange ist Rick weg? Sie hat keine Ahnung. Eine ganze Weile, ihrem Gefühl nach zu urteilen. Und wenn ihm was passiert ist? Das ungute Gefühl in ihrem Magen verstärkt sich. Sie muss ihn suchen. Aus den Augenwinkeln nimmt sie eine Bewegung zwischen den Gräbern wahr. Das Licht einer Grableuchte wirft zuckende Gebilde auf den Weg. Ein schwarzer Schatten legt sich darüber. Wie ein riesiges konturenloses Wesen breitet er sich auf dem Boden und über den angrenzenden Gräbern aus.

Paula überlegt keine Sekunde. Sie huscht vom Weg runter und duckt sich hinter den nächstgelegenen größeren Grabstein. Das Herz klopft ihr bis zum Hals. Sind das Schritte? Sie lauscht. Die Stille senkt sich wie ein schwerer Mantel auf sie herab, nimmt ihr die Luft zum Atmen. Ihr wird schwindelig vor Angst. Ihre Beine geben nach. Mit einer Hand krallt sie sich an dem mit Moos überzogenen Grabstein fest. Er fühlt sich unangenehm glitschig an. Angewidert zieht sie ihre Hand wieder zurück. Im Unkraut auf dem Boden vor sich erspäht sie ein Stück Holz. Ein abgebrochener Ast, armdick. Sie beugt sich vor, greift danach und umklammert das Holzstück, das sich feucht und rissig in ihre Handfläche presst.

Alles ist still. Nur ihr eigener Atem ist zu hören. Und ganz leise, hoch über ihr in den Baumwipfeln das sanfte Rascheln des Windes in den Zweigen. Zögernd wagt Paula sich hinter dem schützenden Grabstein hervor. Den Holzknüppel hält sie mit beiden Händen umklammert wie einen Schild vor ihren Körper. Sie blickt nach rechts, nach links. Da ist niemand. Sie hat sich das alles nur eingebildet. Allmählich beruhigt sich ihr Herzschlag. Mit einem Seufzer der Erleichterung lässt sie die Hände sinken. Sie dreht sich zur Seite, will den Holzknüppel wegwerfen und erstarrt mitten in der Bewegung. Ein funkelndes Augenpaar taxiert sie aus der Dunkelheit. Paula stößt einen Schrei aus, weicht einen Schritt zurück. Ein Fauchen! Sie sieht einen grauen Schatten davonhuschen und zwischen den Gräbern verschwinden. Es dauert einige Sekunden, bis sie begreift, dass sie keine Begegnung der dritten Art hatte. Einen Augenblick lang schwankt sie zwischen Lachen und Weinen.

Das Baby scheint von der ganzen Aufregung nichts mitzubekommen. Es gibt keinen Mucks von sich. Wahrscheinlich schläft es tief und fest. Mitten in ihren Seufzer hinein hört sie jemanden ihren Namen rufen. Rick! Endlich.

***

»Paula!« Rick eilt ihr mit großen Schritten entgegen. »Ist alles in Ordnung mit dir?«, ruft er ihr schon von Weitem zu. Der Lichtkegel der Taschenlampe wirft unruhige Pirouetten auf den Weg. Schwer atmend kommt er vor ihr zum Stehen.

»Ja«, antwortet Paula. »Wenn man davon absieht, dass mich gerade eine Katze fast zu Tode erschreckt hat.« Sie streicht sich eine feuchte Haarsträhne aus der Stirn und wirft den Ast, denn sie noch immer in der Hand hält, in einem weiten Bogen von sich.

»Eine Katze?«, wiederholt Rick erstaunt.

»Vergiss es«, sagt Paula und winkt ab. »Nicht der Rede wert. Und du?«

Rick kratzt sich verlegen am Kopf und grinst. »Ich habe ein Grufti-Pärchen aufgeschreckt.«

»Wir sind schon zwei Helden.« Paula verdreht die Augen.

»Ich bin am Überlegen, ob wir die Aktion nicht besser abbrechen sollten«, gibt Rick nach kurzem Zögern zu.

Paula wiegt unschlüssig den Kopf hin und her. »Was ist, wenn wir morgen oder übermorgen in der Zeitung lesen, dass ...« Sie bricht ab, starrt mit zusammengekniffenen Augen über Ricks Schulter.

»Was ist?« Rick wendet sich um.

»Da ist jemand.« Paula krallt sich an Ricks Arm fest. Mit der anderen Hand zeigt sie auf eine dunkle Gestalt auf dem Weg vor ihnen, etwa fünfzig Meter entfernt. Rick lenkt den Strahl der Taschenlampe in die Richtung. Die Gestalt hebt die Hände vors Gesicht.

»Siehst du das?« Paula klingt atemlos. »Sie winkt uns zu sich.«

Rick greift nach Paulas Hand. Sie laufen los. Gleichzeitig setzt sich auch die schattenhafte Gestalt vor ihnen in Bewegung. Sie gleitet schnell, scheinbar körperlos über den Boden, löst sich dann in der Dunkelheit auf.

»Wo ist sie hin?«, fragt Paula und bleibt stehen. Sie lässt Ricks Hand los und sieht sich suchend um.

»Sie muss hier irgendwo in einen der Seitenpfade abgebogen sein«, sagt Rick und lässt den Lichtkegel der Taschenlampe über die eng stehenden Grabreihen gleiten.

»Da«, sagt Paula plötzlich und deutet mit dem Zeigefinger in die Dunkelheit. Rick richtet die Taschenlampe aus und nimmt eine flüchtige Bewegung zwischen den Gräbern wahr.

»Komm«, sagt er und zieht Paula mit sich in einen schmalen Pfad. Auf beiden Seiten ragen dicht an dicht Kreuze aus dem Boden, so verwittert, dass nicht mal mehr die Namensgravur der Verstorbenen auf dem Holz zu erkennen ist. Der Weg scheint sich endlos zu ziehen, bis er sich allmählich verbreitert und schließlich in einer von hohen Bäumen umrandeten Freifläche endet. Sie ist übersät mit flackernden Lichtern, die sich wie ein Feuer in die Dunkelheit brennen und die Umgebung in einen glutroten Schein tauchen. Ein Meer von brennenden roten Grablichtern sind in mehreren Reihen zu einem großen, etwas schief geratenen Kreis arrangiert. Die Bäume dahinter wirken wie Scherenschnitte, ihre kahlen Äste heben sich tiefschwarz vor dem dunklen Hintergrund ab.

Rick fühlt, wie sein Herzschlag sich beschleunigt. Paula neben ihm gibt einen erstickten Laut von sich.

»Ich habe Angst«, flüstert sie.

»Ich auch«, sagt Rick. Sein Mund fühlt sich wie ausgetrocknet an.

Ein Geräusch hinter seinem Rücken lässt ihn zusammenzucken. Paula stößt einen kleinen Schrei aus und beide wirbeln herum. Rick reißt die Taschenlampe hoch. Eine Eule erhebt sich mit schwerem Flügelschlag in die Lüfte und krächzt einen heiseren Gruß, bevor sie in die Dunkelheit verschwindet. Rick lässt die Taschenlampe sinken und lacht nervös.

»Ich bin definitiv zu alt für diese Art von Aufregung«, witzelt er und wendet sich wieder dem Lichtkreis zu. Erst jetzt bemerkt er das Gebilde in der Mitte. Zwei dünne Äste mit einem weiß glänzenden Band zu einem Kreuz zusammengebunden. Die Erde davor ist bröckelig, lose, als hätte gerade erst jemand sie umgegraben. Eine weiße Rose liegt da, wie zufällig hingeworfen.

Rick lässt die Taschenlampe fallen, springt über die brennenden Grablichter in den Kreis hinein. Er fällt auf die Knie, reißt mit einer schnellen Bewegung das Kreuz aus dem Boden und beginnt mit bloßen Händen zu graben. Wie verbissen schaufelt er die lose feuchte Erde vom Boden, bis seine Finger auf einen Widerstand stoßen.

»Da ist was«, ruft er und blickt kurz zu Paula hin, die außerhalb des Lichtkreises stehen geblieben ist. Sie hat beide Hände vor den Mund geschlagen und sieht mit angstvoll aufgerissenen Augen zu ihm hinüber.

Mit beiden Händen fegt Rick die Erdklumpen beiseite und legt einen Pappdeckel frei, der sich unter der Last der Erde bereits nach innen gedellt hat. Ihm läuft der Schweiß in die Augen, er blinzelt und gräbt weiter. Es kommt ihm wie eine Ewigkeit vor, bis er die Pappschachtel so weit freigelegt hat, dass er den Deckel abnehmen kann. Er holt tief Luft, wappnet sich innerlich gegen das, was er vielleicht gleich zu sehen bekommt, und reißt ihn mit einem einzigen Ruck herunter. Er greift hinein, schiebt eine Hand vorsichtig unter das Köpfchen und hebt den kleinen nackten Körper heraus.

»Um Gottes willen, Rick!« Paulas aufgeregte Stimme dringt wie aus weiter Ferne an sein Ohr. »Sag doch was! Lebt das Kind?«

Rick dreht sich langsam zu ihr um, den kleinen Körper in den mit Erde verkrusteten Händen. Er öffnet den Mund, bringt keinen Ton über die Lippen.

10

Sie können mich nicht sehen. Ich stehe nur wenige Meter von ihnen entfernt, ganz in Schwarz gekleidet verschmelze ich mit der Dunkelheit.

»Lass uns verschwinden«, wispert er mir ins Ohr. Er ist dicht hinter mir. Sein Atem streift meine Wange wie eine unangenehme Berührung.

Ich schüttele unwillig den Kopf und bedeute ihm zu schweigen. Er wird noch alles verderben. Aber ich brauche ihn. Noch. Also reiße ich mich zusammen und lehne mich an ihn.

»Gleich«, flüstere ich. »Nur noch eine Sekunde.«

Er umschlingt mich von hinten mit beiden Armen und presst sich an mich. Ich spüre seine Erregung und unterdrücke mühsam den Impuls, mich gewaltsam aus der Umklammerung zu befreien. Stattdessen richte ich mein Augenmerk wieder auf die Szene im rot schimmernden Licht.

Sie haben das Kind entdeckt.

Ich atme lautlos aus.

Das andere wird sich nun von selbst ergeben.

Ich winde mich aus seiner Umarmung, lege den Zeigefinger auf die Lippen und eile ihm mit schnellen Schritten voraus. Der Boden hier ist abschüssig, mit Moos und Gras überwachsen und so weich, dass er jedes Geräusch meiner Schritte schluckt. Den Ausgang finde ich mittlerweile blind, so oft bin ich den Weg gegangen.

»Danke«, sage ich und wende mich ihm zu. »Ohne dich hätte ich das nicht geschafft.« Das entspricht sogar der Wahrheit. Ich stelle mich auf die Zehenspitzen und hauche ihm einen Kuss auf die Wange. »Ich melde mich bei dir.«

Er schafft es nicht, seine Enttäuschung zu verbergen. Vermutlich hat er etwas anderes erwartet nach der gemeinsamen Aktion auf dem Friedhof. Sein Problem. Ich habe ihm nichts versprochen. Kurz fliegt die Angst mich an, er könne mich verraten. Aber das wird er nicht tun. Er kennt ja nicht mal meinen richtigen Namen.

Ich schenke ihm ein Lächeln und gehe.

11

»Es ist tot«, wispert Paula mit tonloser Stimme. Sie kann ihren Blick nicht von dem reglosen Körper in Ricks Händen wenden. Tränen schießen ihr in die Augen, laufen ihr die Wangen hinunter. Mit einer Hand wischt sie sie weg.

Rick kniet inmitten der rot flackernden Lichter auf dem Boden und starrt auf das Kind. Er gibt ein erstickt klingendes Geräusch von sich.

Paulas Kehle schnürt sich vor Mitleid zusammen. Sie nimmt die Taschenlampe vom Boden auf und geht zu ihm in den Lichtkreis. »Du kannst nichts dafür«, sagt sie leise und legt ihm eine Hand auf die Schulter. Jetzt, wo sie so nah ist, vermeidet sie es, das Kind in Ricks Händen anzuschauen. »Mach dir keine Vorwürfe.«

Unvermittelt bricht Rick in schallendes Gelächter aus. Jetzt dreht er durch, denkt Paula. Die Anspannung. Das war zu viel für ihn. Bevor sie etwas sagen kann, hebt Rick ihr das Kind entgegen. Paula zuckt zurück.

»Sieh dir das an«, keucht er.

Paula weicht erschrocken einen weiteren Schritt zurück, stolpert über die Grablichter. Einige kippen um, Wachs fließt auf die Erde, die Dochte erlöschen zischend. Für einen Augenblick erfüllt beißender Brandgeruch die Luft.

»Ich will es mir nicht ansehen, Rick«, flüstert Paula mit abgewandtem Gesicht. Sie hebt abwehrend die Hände. »Nimm es weg. Bitte.«

Rick stemmt sich vom Boden hoch und dreht sich zu Paula um. »Du brauchst keine Angst zu haben, Paula. Das ist eine Puppe. Eine Puppe aus Plastik. Komm her, sieh sie dir an.«

»Eine Puppe?« Paula schaut zögernd auf. Im flackernden Lichtschein kann sie nicht viel erkennen. Sie hebt die Taschenlampe und richtet sie auf Rick. Auf den ersten Blick sieht es tatsächlich aus, als halte er ein nacktes Baby in den Händen. Doch wenn man genauer hinschaut, kann man den starren Blick der Augen erkennen und sehen, dass der Körper aus Plastik gegossen ist. Paula pustet die Luft aus ihrer Lunge.

»Warum macht jemand so etwas? Das ist doch krank.« Rick spricht aus, was Paula denkt.

Eine Weile sagen beide kein Wort. Im Licht der Taschenlampe betrachten sie die Puppe in Ricks ausgestreckten Armen. Ihre geschlechtslose Nacktheit kommt Paula fast obszön vor.

»Was machen wir damit?« Rick klopft sich mit einer Hand die Erde von der Hose, mit der anderen hält er die Puppe an einem der dünnen Ärmchen hoch.

»Wir nehmen sie mit«, sagt Paula mit fester Stimme.

Rick wirft ihr einen verwunderten Blick zu.

»Ich weiß, es klingt albern, aber ich hätte einfach ein schlechtes Gefühl, wenn wir sie hierlassen. Oder«, Paula zögert kurz, bevor sie weiterspricht, »meinst du, wir sollten die Polizei verständigen?«

»Vergiss es. Es ist vermutlich nicht strafbar, eine Puppe auf dem Friedhof zu vergraben. Das können wir uns schenken.«

»Wahrscheinlich hast du recht.« Paula zieht fröstelnd die Schultern hoch. »Lass uns gehen, ja? Ich will nach Hause.«

»Okay«, sagt Rick. »Die Schachtel nehmen wir auch mit. Ich käme mir schon etwas merkwürdig vor, mit einer nackten Puppe unterm Arm herumzuspazieren.« Er beugt sich hinunter und stutzt. »Was haben wir denn da?« Er legt die Puppe in die Schachtel und richtet sich wieder auf.

»Was ist das?«, fragt Paula und kommt neugierig näher. Sie richtet den Kegel der Taschenlampe auf das Papier in Ricks Hand. Die Schrift auf dem Zettel ist klein, schwer lesbar. Die Buchstaben sind mit Tinte geschrieben, einige sind zerflossen, als wären Tränen auf das Geschriebene getropft.

Die Zeit der Sühne ist gekommen. Nichts wird bleiben von dir. Außer der Erinnerung an mich.

Paula wiederholt die Worte laut. Eine Gänsehaut kriecht ihr den Rücken hinauf. Sie legt die Arme um den Oberkörper und sieht fragend zu Rick hoch. »Kannst du damit was anfangen?«

Rick schüttelt den Kopf. »Nein.«

Paula fühlt sich plötzlich hundemüde. Sie macht ein Hohlkreuz und stützt mit einer Hand ihren Rücken. »Ich kann mich kaum noch auf den Beinen halten.« Mit einem kläglichen Lächeln sieht sie zu Rick hoch. »Außerdem muss ich mal. Das Kind drückt mir schon eine ganze Weile ziemlich auf die Blase.«

Eine Welle von Zärtlichkeit überrollt Rick mit einer solchen Intensität, dass er erschrickt. Er räuspert sich und murmelt »Dann lass uns verschwinden« und wendet sich schnell ab, als fürchte er, Paula könne seine Gefühle vom Gesicht ablesen. Er faltet das Papier zusammen und verstaut es in seiner Hosentasche. Dann bückt er sich, verschließt die Schachtel und klemmt sie sich unter den Arm.

»Ich hoffe, dein Orientierungssinn ist besser als meiner«, sagt er zu Paula. »Ich habe nämlich keinen blassen Schimmer, aus welcher Richtung wir gekommen sind.«

12

Konrads lautes Lachen ist das Erste, was Paula hört, als sie die Wohnungstür aufschließt. Sie lächelt vor Freude und drückt die Tür sachte ins Schloss. Die schmutzige Pappschachtel mit der Puppe legt sie auf der Kommode in der Diele ab und hängt ihre Jacke an die Garderobe. Dann huscht sie durch den Flur zur Küche. Vorsichtig späht sie um die Ecke. Konrad kehrt ihr den Rücken zu. Das braune Haar wie üblich zerzaust, seine Stimme einen Tick zu laut. Chris sitzt ihm gegenüber und führt eine Bierflasche zum Mund. Paula legt den Zeigefinger auf die Lippen. Chris zwinkert ihr über den Rand des Flaschenhalses zu und trinkt dann einen großen Schluck von dem Bier.

Konrad erzählt gerade wild gestikulierend von seinem Trommelsolo beim letzten Auftritt mit seiner Band vor fast ausverkauftem Haus. Er klingt aufgekratzt und euphorisch. Paula schleicht sich von hinten an ihn ran und hält ihm mit beiden Händen die Augen zu. Sie beugt sich vor und haucht in sein Ohr: »Wer bin ich?«

»Mhm?« Konrad hebt die Nase und schnuppert. »Keine Ahnung, aber du riechst gut.«

Paula lacht und küsst Konrad auf die Wange. »Du hast mir gefehlt«, sagt sie und lässt sich neben ihm auf den Stuhl plumpsen.

Konrad streckt die Hand aus und streicht ihr eine Haarsträhne hinters Ohr. »Ihr mir auch«, sagt er. »Und wie.«

»Dann lass ich euch zwei Turteltäubchen mal allein.« Chris macht Anstalten aufzustehen.

»Nein, warte«, sagt Paula. »Ich muss euch noch was erzählen.«

Chris setzt sich wieder und schaut Paula fragend an.

»Diese Verrückte hat wieder angerufen«, sagt sie.

»Du meinst, die das Kind auf dem Friedhof vergraben wollte?«

Paula nickt. »Genau die.«

»Und was wollte sie dieses Mal?«

»Worüber zum Teufel redet ihr?« Konrads Blick pendelt fragend zwischen den beiden hin und her. »Kann mich mal jemand auf den neusten Stand bringen?«

»Mach du das, Chris«, sagt Paula, stützt sich mit beiden Händen auf den Tisch und erhebt sich schwerfällig.

Während Chris Konrad von dem Anruf der Frau erzählt, holt Paula die Pappschachtel aus der Diele und stellt sie auf den Küchentisch. Im hellen Licht der Lampe sieht man deutlich die feuchten Stellen und die dunklen Dreckschlieren, die die Friedhofserde auf der hellen Pappe hinterlassen hat.

»Was ist das?«, fragt Konrad.

Paula holt tief Luft und berichtet den beiden von ihren Erlebnissen auf dem Friedhof. »Und in dieser Schachtel da«, sie weist mit dem Finger auf den Tisch, »haben wir es dann gefunden.«

»Ein totes Kind?« Chris reißt entsetzt die Augen auf und hebt abwehrend die Hände.

»Nein, nein«, beruhigt ihn Paula. »Es ist nur eine Puppe.« Sie zieht die Schachtel zu sich, nimmt den Deckel ab und die Puppe heraus.

Konrad runzelt die Stirn. »Und was soll der Scheiß?«, fragt er.

Chris zuckt mit den Schultern. »Frag mich nicht.«

»Wieso seid ihr überhaupt zu dem Friedhof gefahren?« Chris dreht die leere Bierflasche in den Händen, tiefe Missmutsfalten auf der Stirn.

»Was hättest du denn an unserer Stelle getan?«, fragt Paula. Ihre Stimme hat einen scharfen Unterton. »Die Polizei verständigt? Dass das nicht in deinem Sinne ist, hast du ja heute Morgen schon unmissverständlich klargemacht.«

Chris verzieht den Mund und zuckt mit den Schultern. »Nichts! Ich hätte einfach nichts gemacht. Ich meine, was habt ihr denn erreicht? Außer dass wir jetzt alle hier sitzen und uns fragen, was es mit dieser irrwitzigen Aktion dieser Bekloppten auf sich haben könnte.«

»Wir wollten das Schlimmste verhindern. Mann, Chris. Stell dir doch mal vor, wir hätten am nächsten oder übernächsten Tag in der Zeitung gelesen, dass ein lebendig begrabenes Baby auf dem Friedhof tot aufgefunden worden ist. Ich hätte mir jedenfalls bis an mein Lebensende Vorwürfe gemacht.« Paulas dunkle Augen sprühen Funken vor Zorn.

Chris hebt abwehrend die Hände. »Schon gut, schon gut«, sagt er. »Du hast ja recht.«

Paula steht auf und holt sich aus dem Kasten, der neben dem Kühlschrank auf dem Boden steht, eine Flasche Wasser. »In der Schachtel war übrigens noch eine Botschaft«, sagt sie und nimmt ein Glas aus dem Hängeschrank über dem Herd.

»Was für eine Botschaft?«, fragt Konrad und unterdrückt mit Mühe ein Gähnen.

Paula lehnt sich mit dem Glas in der Hand gegen den Herd. »Die hat Rick eingesteckt. Wartet mal kurz. Vielleicht krieg ich den Wortlaut zusammen.« Ihr Blick wird leer, während sie angestrengt nachdenkt. »Die Zeit der Sühne ist gekommen. Nichts wird bleiben von dir. Außer der Erinnerung an mich.« »Das wird ja immer mysteriöser«, sagt Konrad mit hochgezogenen Augenbrauen.

Paula nippt an ihrem Wasser. »Das finde ich auch«, sagt sie.

Chris schüttelt unwillig den Kopf. »Mir fällt dazu beim besten Willen nichts ein. Ich glaube nach wie vor, dass sich die Frau einen makabren Scherz mit uns oder Rick erlaubt. Vielleicht hat er einen seiner One-Night-Stands abserviert, und die rächt sich jetzt an ihm.«

»Das könnte gut sein.« Konrad grinst. »Bei dem Verschleiß, den Rick hat, würde mich das nicht wundern.«

»Leute, ich glaube, wir können uns darüber die Köpfe heiß diskutieren, ohne zu einem brauchbaren Ergebnis zu kommen«, sagt Chris. »Ich glaube sowieso nicht, dass die sich noch mal bei uns melden wird.«

Paula zieht die Nase kraus. »Da wäre ich mir an deiner Stelle nicht so sicher.«

Chris reckt sich, gähnt laut und steht auf. »Ich weiß nicht, was ihr jetzt macht, aber ich geh ins Bett. Gute Nacht.« Er hebt die Hand und schlurft aus der Küche. Kurze Zeit später geht die Klospülung und gleich darauf fällt eine Tür ins Schloss.

»Willst du mich nicht endlich angemessen begrüßen?«, unterbricht Konrad das Schweigen und breitet die Arme aus.

Paula stellt das Glas auf dem Küchentisch ab und geht lächelnd auf ihn zu. Konrad zieht sie auf seinen Schoss, nimmt ihr Gesicht in beide Hände und küsst ihre Nasenspitze. »Du stinkst nach Bier«, sagt Paula und rümpft angewidert die Nase. »Das macht keinen guten Eindruck auf unser Kind.«

Konrad zuckt zurück. »Meinst du, Nummer drei riecht meine Bierfahne auch?«, fragt er in gespieltem Entsetzen.

»Klar«, behauptet Paula. »Babys im Bauch riechen genau das, was auch die Mutter riecht.«

»Das wusste ich nicht«, sagt Konrad und hebt die rechte Hand zum Schwur. »Ich gelobe Besserung.«

»Wie war die Tour?«, fragt Paula.

»Super«, sagt Konrad mit leuchtenden Augen. »Es war einfach nur genial.«

»Hast du es ihnen denn schon gesagt?«

Konrad zögert kurz, schüttelt dann den Kopf. »Nein, noch nicht.«

»Wann willst du es tun?«

»Mann, Paula. Das ist nicht so einfach. Ich muss den richtigen Zeitpunkt erwischen.«

»Schon gut«, sagt Paula. »Ich wollte dich nicht unter Druck setzen. Entschuldige bitte.«

Konrad weicht ihrem Blick aus. »Sorry«, sagt er nach einem Augenblick des Schweigens. »Ich bin hundemüde. Lass uns morgen darüber reden, ja?«

»Okay.« Paula rutscht von Konrads Schoß herunter und steht auf. »Ich geh dann mal Zähne putzen.«

Als sie einige Minuten später in ihr gemeinsames Zimmer kommt, liegt Konrad bis auf die Boxershorts nackt mit ausgebreiteten Armen auf dem riesigen Futonbett, das fast den gesamten Raum einnimmt, und schnarcht leise. Im matten Schein der Nachttischlampe sieht er unglaublich jung und sehr verletzlich aus.

Musik ist ein wichtiger Teil seines Lebens, denkt Paula und deckt ihn vorsichtig zu. Vielleicht verlange ich zu viel von ihm. Vielleicht nehmen wir beide, sie fährt sacht über ihren Bauch, nicht den Stellenwert in seinem Leben ein, den wir gerne hätten. Konrad gibt einen schmatzenden Laut von sich und dreht sich zur Seite. Paula schlüpft unter die Bettdecke und löscht das Licht. Gerade noch hatte sie das Gefühl, vor Müdigkeit nicht mehr richtig denken zu können, jetzt ist sie plötzlich hellwach. Ein Gedanke hat sich in ihrem Kopf eingenistet und lässt sich nicht mehr daraus vertreiben.

Was ist, wenn die Anruferin nicht Rick im Visier hat, sondern sie? Sie und ihr Baby. Das würde auch die Bemerkung am Telefon ihr gegenüber erklären. Plötzlich friert sie unter der Bettdecke. Konrad hat ihr den Rücken zugekehrt. Wie gerne würde sie sich jetzt an ihn kuscheln, leider ist der dicke Bauch dabei im Weg. Paula seufzt leise und schließt die Augen. Sofort sieht sie die nackte Puppe vor sich, wie Rick sie ihr im rötlichen Schein der Grablichter entgegenstreckt. Sie erschaudert.

Was will diese Frau bloß, denkt sie. Sie legt die Hände auf ihren Bauch und streichelt sanft über die Wölbung. Als hätte das Baby nur auf diese Berührung gewartet, beginnt es sich zu bewegen und sie mit kräftigen Tritten zu malträtieren. In dieser Nacht dauert es lange, bis Paula endlich einschlafen kann.

13
DRITTER TAG

Rick ergeht es ähnlich wie Paula. Auch er bekommt die unbekannte Frau nicht mehr aus dem Kopf. Ständig hat er die nackte Puppe vor Augen, denkt über die Botschaft nach, versucht eine Bedeutung darin zu finden. Als er gegen vier Uhr von seiner Schicht nach Hause kommt, schlüpft er in seine Jogging-Klamotten und rennt los: die Schlesische Straße runter über den Landwehrkanal zum Treptower Park.

Die Straßen sind wie leer gefegt. Nur ein struppiger Köter überquert humpelnd, mit eingekniffenem Schwanz vor ihm die Straße und versenkt seine Schnauze schnüffelnd in der Bordsteinrinne. Rick genießt die Stille, das Gefühl, allein auf der Welt zu sein. In Höhe des S-Bahnhofes läuft er in den Park hinein. Über dem dunklen Wasser der Spree schwebt der Nebel in dünnen Schleiern. Die Gaslaternen tauchen den Park in ein farbloses Licht, das Rick an die Unterwasseraufnahmen erinnert, die er bei einem Tauchgang letzten Sommer in einem Brandenburger See gemacht hat. Der schrille Schrei einer Möwe durchschneidet jäh die Stille.

Rick saugt die kühle Luft tief in die Lungen ein, seine Füße bewegen sich im perfekten Einklang über den Boden. Er umrundet das sowjetische Ehrendenkmal. Der Soldat mit dem Kind im Arm ragt wie ein einsamer Monolith aus der Dunkelheit. Nach einer Stunde im Park fühlt Rick sich wieder in Einklang mit sich und seinem Körper. Er fühlt sich ausgepowert. Total verschwitzt, aber angenehm müde und sein Kopf ist frei von quälenden Gedanken.

Das Klingeln seines Handys drängt sich in sein Wohlgefühl.

»Ja?«, fragt er mit atemloser Stimme. Er verlangsamt seinen Lauf und kommt unter einer Gaslaterne trippelnd zum Stehen.

»Hallo?«, ruft Rick ins Telefon, als keiner antwortet, und wischt sich den Schweiß von der Stirn. »Wer ist denn da?«

Er hört ein schnelles Einatmen, ein Räuspern, dann sagt sein Vater: »Du musst kommen.«

In seiner Stimme schwingt so viel Resignation mit, dass Ricks Magen sich verkrampft. Er hasst es, wenn sein Vater klingt, als läge alle Last der Welt auf seinen Schultern. Väter müssen stark sein und zuverlässig. Ein Fels in der Brandung. Man sollte zu ihnen aufsehen, sich auf sie verlassen können. Rick kann sich kaum noch daran erinnern, wie sein Vater früher war. Bevor das mit Marie passierte.

»Ich schaffe das einfach nicht mehr«, sagt sein Vater und legt auf.

Rick steckt langsam sein Handy weg. Das relaxte Gefühl ist wie weggeblasen. Es ist einer hilflosen Wut gewichen, die sich in seinem Magen zu einem festen Kloß ballt. Er nimmt seinen Lauf wieder auf und dreht auf die Promenade ab, die am Spreeufer entlangführt. Er joggt am Hochhaus der Allianz vorbei und an den von ihr finanzierten *Molecule Men*, die auf dem Grund der Spree verankert sind und dreißig Meter über dem Wasser in die Höhe ragen. Die wie ein Schweizer Käse durchlöcherte Aluminium-Statue wird im Volksmund scherzhaft die *Dreikäsehoch* genannt. Die Löcher symbolisieren die Moleküle, aus denen die Körper bestehen. Die Skulptur soll daran erinnern, dass es das Ziel aller kreativen und geistigen Traditionen ist, Ganzheit und Einheit innerhalb der Welt zu finden. Rick hat das bei Wikipedia nachgelesen. Ihn interessieren solche Sachen. Er geht den Dingen gerne auf den Grund. Eins werden mit sich selber und der Welt. Ganz werden, denkt Rick. Aber wie soll das gehen? Er läuft unter der Hochbahn hindurch auf die andere Straßenseite.

Noch im Spurt fischt er seinen Schlüssel aus der Hosentasche. Er schließt die Haustür auf und eilt zwei Stufen auf einmal nehmend ins dritte Stockwerk hoch. In der Wohnung ist es still. Nur das laute Ticken der Küchenuhr ist zu hören. Die anderen scheinen noch zu schlafen. Rick geht ins Bad und schließt die Tür hinter sich ab. Er steigt aus den Jogging-Klamotten und stellt sich unter die Dusche. Das heiße Wasser prasselt auf ihn herunter. Er seift sich ein und nimmt den Duschkopf in die Hand, um die Seife von seinem Körper abzuspülen. Auf den Lippen schmeckt er zu seinem Erstaunen den salzigen Geschmack von Tränen. Er hebt das Gesicht in den Wasserstrahl und bleibt so lange darunter stehen, bis das Wasser allmählich kalt wird. Dann dreht er den Hahn wieder zu, steigt aus der Wanne und greift sich sein grünes Handtuch, das neben Chris' schwarzem an der Wand hängt. Das mit den unterschiedlichen Farben war Paulas Idee. Damit es keine Verwechslungen gibt. Rick ist es ziemlich egal, mit welchem Handtuch er sich abtrocknet, aber Paula hat darauf bestanden, dass jeder sich eine andere Handtuch-Farbe aussucht.

Rick rubbelt sich mit seinem Handtuch ab und wischt

dann den beschlagenen Spiegel über dem Waschbecken trocken. Seine Augen sind leicht gerötet vom Weinen. Er stützt die Hände aufs Waschbecken.

»Niemand zwingt dich dazu, dahin zu fahren«, sagt er. »Du kannst es genauso gut auch lassen.«

Sein Spiegelbild verzieht den Mund zu einem halbherzigen Grinsen. Rick seufzt und verlässt nackt das Badezimmer. In der Küche wirft er einen Blick auf den Dienstplan, der am Pinnbrett hängt. Chris ist heute Morgen dran. Die Zeiger der Küchenuhr stehen auf halb sechs. Rick geht in sein Zimmer, das nach vorne zur Skalitzer Straße rausgeht. Durch die geschlossenen Doppelfenster dringt der Straßenlärm leise an sein Ohr. Alle paar Minuten donnert ein Zug auf der Stahltrasse der Hochbahn nur wenige Meter entfernt von seinem Fenster vorbei. Dann zittern jedes Mal die Fensterscheiben. Es hat eine ganze Weile gedauert, bis Rick sich an den Lärm gewöhnt hat. Anfangs war er davon so genervt, dass er kurz davor war, sich eine andere Wohnung zu suchen. Aber als die U-Bahn wegen irgendwelcher Gleisarbeiten mehrere Wochen nicht fuhr, hatte ihn die Stille so irritiert, dass er richtiggehend froh war, als alles wieder beim Alten war, und die Züge in gewohnter Lautstärke vor seinem Fenster vorbeiratterten.

Rick wirft einen sehnsüchtigen Blick auf sein durchwühltes Bett und widersteht nur mit Mühe der Versuchung, sich einfach auf die Matratze fallen zu lassen und die Bettdecke über den Kopf zu ziehen. Stattdessen öffnet er den klobigen 80er-Jahre-Kleiderschrank aus dunklem Holz, der fast eine gesamte Wand seines kleinen Zimmers einnimmt, und zerrt aus dem wüsten Durcheinander Boxershorts, Hose und T-Shirt heraus. Er zieht sich an und verlässt die Wohnung.

14

Das Klingeln des Weckers reißt Paula mitten aus einem Albtraum. Sie schreckt hoch und weiß im ersten Moment nicht, wo sie sich befindet. Durch einen Spalt zwischen den zugezogenen Vorhängen sickert Tageslicht herein. Sie tastet nach dem Wecker und schaltet ihn aus. Ihr Blick sucht Konrad im Bett neben sich. Die Decke ist zurückgeworfen, das Laken zerwühlt - aber kein Konrad. Seltsam. Normalerweise muss sie ihn unter Androhung von Gewalt aus den Federn scheuchen. Sie streckt sich und gähnt ausgiebig. Dann hebt sie mühsam die Beine von der Matratze auf den Boden und richtet sich mit einem leisen Stöhnen auf. Sie zieht das hochgerutschte XXXL-Schlaf-T-Shirt über ihren Hintern und schlurft in die Küche. Im Türrahmen bleibt sie wie angewurzelt stehen.

Konrad legt bei ihrem Anblick schnell die Zeitung beiseite und springt vom Stuhl hoch. Mit einem breiten Grinsen auf dem Gesicht weist er mit einer einladenden Geste auf den gedeckten Küchentisch. Es ist alles da, was das Herz begehrt: Erdbeer- und Himbeermarmelade, Kochschinken, Räucherlachs, drei verschiedene Sorten Käse, frisch gepresster Orangensaft, Brötchen, Eier. Sogar an ihre Lieblingsblumen hat Konrad gedacht. Auf dem Tisch steht eine Vase mit roten Gerbera.

»Wow«, sagt Paula. Sie kratzt sich am Kopf und legt nachdenklich den Zeigefinger auf die Lippen. »Geburtstag habe ich nicht. Jahrestag«, sie schüttelt den Kopf, »ist auch nicht. Womit habe ich das verdient?«

Konrad umrundet den Küchentisch. Er nimmt ihr Gesicht in beide Hände, schaut ihr in die Augen. Paula spürt, wie sie errötet, und lächelt Konrad etwas verlegen an.

»Du bist das Beste, was mir je passiert ist«, flüstert Konrad an ihrem Ohr. Sein Atem kitzelt sie. Sie erschaudert. »Ich möchte, dass du das weißt. Und damit«, er zeigt hinter sich, »wollte ich dir einfach nur eine Freude machen.«

In Paula keimt sofort der Verdacht, dass Konrad das nicht ganz so absichtslos getan hat, wie er es gerne aussehen lassen möchte. Dafür kennt sie ihn einfach zu gut. Aber sie drängt die unguten Gedanken schnell beiseite. Er wird noch früh genug damit rausrücken, was er gutmachen möchte. Sie will ihnen den Morgen und das schöne Frühstück jetzt nicht mit misstrauischen Nachfragen verderben.

»Du bist lieb«, sagt sie. Sie schlingt die Arme um Konrad und küsst ihn leidenschaftlich.

»Mannomann!«, murmelt Konrad, als er wieder zu Atem kommt. Er neigt seinen Kopf und erkundet mit der Zungenspitze Paulas Ohrmuschel.

Paula lacht und schiebt ihn energisch von sich. »Heb dir das für später auf«, sagt sie mit einem spöttischen Blick. »Das Baby und ich müssen gleich zu einem Arzt-Check. Die Zeit reicht gerade noch für das Frühstück.« Sie setzt sich und nimmt ein Brötchen aus dem Korb. »Wo du dir schon so viel Mühe gemacht hast, werde ich mir das natürlich auf gar keinen Fall entgehen lassen.«

Seufzend lässt sich Konrad auf den Stuhl neben Paula fallen. »Ich fühle mich vernachlässigt«, mault er. »Sträflich vernachlässigt.«

»Daran wirst du dich gewöhnen müssen.« Paula schmiert seelenruhig Butter auf das Mohnbrötchen und belegt es mit einer dicken Scheibe Käse. Genüsslich beißt sie hinein. »Wenn Nummer drei auf der Welt ist, wird sich alles nur noch um ihn oder sie drehen«, sagt sie mit vollem Mund.

Er schenkt sich Kaffee ein, trinkt einen Schluck und betrachtet Paula prüfend über den Rand des Bechers. »Alles in Ordnung mit dir, Süße? Du siehst ziemlich blass aus um die Nase.«

Paula streicht sich eine Haarsträhne hinters Ohr und lächelt ihn an. »Mir geht es gut«, sagt sie.

»Sicher?«

Paula seufzt. »Ich habe einfach nur beschissen geschlafen. Was zum Teil auch auf das Konto von dem kleinen Monster in meinem Bauch geht.«

»Du Arme«, sagt Konrad. »Warum hast du mich nicht geweckt?« Er nimmt das Messer und köpft sein Frühstücksei mit einem gezielten Schlag.

»Was hättest du denn gegen die Turnübungen unseres Nachwuchses machen können?«, fragt Paula und sieht ihn spöttisch an. »Für Erziehungsmaßnahmen ist es noch etwas zu früh.«

Konrad grinst, hangelt nach einer Scheibe Lachs und schiebt ihn sich in den Mund. Paula nippt an ihrem Orangensaft.

»Mir geht diese Frau einfach nicht mehr aus dem Kopf«, sagt sie schließlich.

Konrad greift nach Paulas Hand und drückt sie. »Mach dir nicht so viele Gedanken, ja? Wir warten einfach ab, was die nächsten Tage passiert.«

Paula nickt zögerlich. »Etwas anderes bleibt uns ja kaum übrig«, sagt sie schließlich.

Konrad streicht ihr eine Haarlocke aus dem Gesicht und küsst ihre Nasenspitze. Für einen Moment lehnt sie ihre Stirn an seine. Dann fällt ihr Blick auf die Küchenuhr.

»Mist. Ich muss los«, sagt sie. Sie küsst Konrad auf die Wange und steht auf.

»Soll ich nicht mitkommen zum Arzt?«

Paula winkt ab. »Nein, lass mal. Ist nur ein Routinecheck. Das schaffen wir zwei auch alleine. Aber danke für das Angebot.« Dann richtet sie sich auf und geht aus der Küche ins Bad.

Nachdem sie die Wohnung kurze Zeit später verlassen hat, klingelt das Telefon. In Gedanken versunken tappt Konrad in den Flur. Paula hat ihm zwischen Tür und Angel noch zugerufen, dass sie heute Abend etwas mit ihm besprechen muss. Etwas Wichtiges. Kneifen gilt nicht. Die Ankündigung hat Konrad die Laune verhagelt. Auf der Suche nach dem Telefon, das natürlich wie üblich nicht in der Station steckt, eilt er Richtung Wohnzimmer, aus dem der Klingelton allem Anschein nach kommt. Unter einem Kissen auf dem Sofa wird er schließlich fündig. Er nimmt den Hörer in die Hand und drückt die grüne Taste. »Ja?«, sagt er.

»Konrad? Bist du das?«, fragt seine Mutter am anderen Ende der Leitung.

»Leibhaftig und in Lebensgröße«, antwortet er und schlendert zurück in die Küche. »Was gibt's, Mamutschka?«

»Ich muss etwas mit dir besprechen.« Seine Mutter zögert kurz, bevor sie weiterspricht. »Etwas Wichtiges.«

»Mhm«, macht Konrad und zieht die Augenbrauen hoch. Was ist denn heute los? Alle müssen sie etwas mit ihm besprechen. Er unterdrückt ein Stöhnen. »Okay«, sagt er gedehnt. »Wann?«

»Um zwölf im Café Zweistein. Passt dir das?«

»Ja«, sagt Konrad.

»Schön. Dann bis gleich«, sagt seine Mutter und unterbricht die Verbindung.

Mit einem mulmigen Gefühl im Bauch legt Konrad den Hörer auf den Küchentisch. Was kann sie nur wollen? Hoffentlich ist sie nicht krank. Er fährt sich mit einer Hand durchs Haar und wirft einen Blick auf die Uhr. Noch drei Stunden bis zum vereinbarten Treffen. Er beschließt, sich noch mal kurz aufs Ohr zu hauen. Falls seine Mutter tatsächlich mit einer Hiobsbotschaft aufwartet, lässt sich das ausgeschlafen um einiges besser verkraften. Er stopft sich eine Scheibe von dem Schinken in den Mund und verstaut den Rest der Lebensmittel im Kühlschrank. Das schmutzige Geschirr räumt er nach kurzem Zögern in die Spülmaschine. Paula kann ziemlich zickig werden, wenn die WG-Regeln nicht eingehalten werden.

Danach geht er in sein Zimmer, lässt sich auf das Bett fallen und verschränkt die Arme hinterm Kopf. Direkt über ihm hangelt sich eine Spinne von der weißen Zimmerdecke, lässt sich an einem unsichtbaren Faden immer tiefer gleiten. Als sie nur wenige Zentimeter von seinem Gesicht entfernt ist, pustet er sie an und beobachtet fasziniert, mit welcher Geschwindigkeit sie wieder hoch in Richtung Decke schnellt.

Ich muss Paula reinen Wein einschenken, denkt er. Ich habe mich schon viel zu lange davor gedrückt.

Über diesem Gedanken schläft er ein.

15

Ein grüner Maschendrahtzaun trennt das Grundstück von der Straße. Das Haus sieht noch heruntergekommener aus als bei seinem letzten Besuch. Der ehemals weiße Anstrich ist in ein schmutziges Grau übergegangen, unter den Fensterbänken prangen schwarze Stockflecke. An mehreren Stellen platzt der Putz großflächig ab. Die Gartentür knarrt unwillig, als hätte er sie aus dem Winterschlaf geweckt. Rick schlendert über den schmalen gepflasterten Weg zum Hauseingang. Er holt tief Luft, dann klingelt er. Jedes Mal, wenn die Klingel im Hausinneren anschlägt, durchzuckt ihn für einen Augenblick die Angst, dass ihm niemand öffnen könnte.

Wann ist er das letzte Mal hier gewesen? Irgendwann im Winter. Der Schnee hatte den Garten mit einer dicken weißen Schicht überzuckert und die Verwahrlosung für ein paar Wochen zugedeckt. Jetzt, Mitte März, ist sie in ihrem ganzen Ausmaß sichtbar. Überall in den Beeten wuchert das Unkraut, braune Schichten aus vermodertem Laub und erfrorenen Pflanzen bedecken die Erde. Dabei war der Garten früher Mutters Ein und Alles. Ihr zweites Wohnzimmer nannte sie ihn. Im Sommer traf man sie fast immer mit einer Gartenschere oder einem Rechen in der Hand irgendwo draußen oder im Gewächshaus an. Jetzt sind die Scheiben des Gewächshauses blind und grün vom Moos, die ehemals liebevoll gepflegten Pflanzen hängen braun und verdorrt in Töpfen mit ausgetrockneter Erde. Rick lässt den Blick über den verwahrlosten Vorgarten schweifen. Die Umgebung eines Menschen ist auch immer ein Spiegel seiner Seele. Wahrscheinlich sieht es genauso auch tief in ihr drinnen aus: trist und ohne Leben.

Er hört Schritte hinter der geschlossenen Tür. Sein Vater öffnet. Rick schafft es kaum, den Schreck, der ihm bei seinem Anblick in die Magengrube fährt, zu überspielen. Sein alter Herr ist noch dünner, als er ihn in Erinnerung hat. Die Haare stehen ihm wirr vom Kopf ab. Er sieht ungepflegt und krank aus.

»Schön, dass du es einrichten konntest, Junge«, sagt Ricks Vater mit müder Stimme und streicht mit einer Hand seine Haare glatt. Er macht einen Schritt zur Seite, um Rick ins Haus zu lassen.

»Wo ist sie?« Rick drückt sich an ihm vorbei ins Hausinnere.

»Oben.« Er weist mit dem Kinn zur Treppe, die ins Obergeschoss führt, und schließt die Tür. »Sie schläft jetzt. Endlich«, fügt er mit einem kaum merklichen Zögern hinzu.

»Was war denn los?« Rick bleibt im Flur stehen und dreht sich zu seinem Vater um.

»Lass uns in die Küche gehen«, sagt er. »Ich habe frischen Kaffee aufgebrüht.«

Er drängt sich in dem engen Hausflur an Rick vorbei und schlurft mit hängenden Schultern Richtung Küche.

Rick hängt seine Jacke an die Garderobe und folgt seinem Vater. Die Küche ist, anders als bei seinen früheren Besuchen, erstaunlich aufgeräumt, stellt Rick auf den ersten Blick fest. Keine Berge von ungespültem, vor sich hin schimmelndem Geschirr in der Spüle. Keine klebrigen

Pfannen auf dem Herd. Kein mit schmutzigen Tassen und Tellern übersäter Tisch. Selbst der Gasherd ist nicht mehr mit Öl verkrustet, sondern blitzt vor Sauberkeit. Das Werk seiner Mutter? Wenn ja, wäre das ein Zeichen dafür, dass es wieder aufwärtsgeht. Obwohl der Anruf seines Vaters nicht danach klang. Im Gegenteil.

»Edda kommt jetzt manchmal vorbei und hilft mir ein bisschen im Haushalt«, sagt Ricks Vater, als hätte er die Gedanken seines Sohnes gelesen.

»Edda?« Rick wischt mit einer Hand ein paar Krümel von der Auflage der Eckbank und quetscht sich an den zerschrammten Holztisch.

»Ja. Edda Schmiedel. Du kennst sie. Sie wohnt zwei Straßen weiter. Ruth und sie haben früher gemeinsam im Kirchenchor gesungen.«

»Ah, die.« Rick nickt zustimmend, obwohl er nur eine sehr vage Erinnerung an die Frau aus der Nachbarschaft hat.

Schweigend sieht er seinem Vater zu, wie der zwei Tassen und Untertassen aus dem Küchenschrank nimmt und auf den Tisch stellt. Seine Hand zittert wie die eines alten Mannes. Er setzt sich Rick gegenüber und schenkt Kaffee aus. Schweigend nippen sie an der bitteren Brühe. Rick weiß, dass sein Vater nach Worten sucht und er ihm die Zeit lassen muss, bis er die richtigen gefunden hat. Er war schon immer sehr schweigsam, in sich gekehrt. Der typische Einzelgänger. Ruth, seine Mutter, dagegen war das quirlige Leben. Fröhlich, laut und ungestüm. Bei den Eltern passte der Spruch: Gegensätze ziehen sich an. Und dann kam der Tag, der von einer Sekunde auf die andere ihrer aller Leben aus den Ankern gehoben hatte. Der Tag, an dem Marie nicht nach Hause kam.

Marie war gerade elf geworden, als sie an einem Nachmittag zu der Pyjamaparty ihrer besten Freundin Nadine ging, die nur zwei Straßen weiter wohnte. Die Eltern haben Marie erst vermisst, nachdem sie nicht wie verabredet zum Mittagessen erschien. Eine verschnupfte Nadine erklärte am Telefon, Marie habe sich mit ihr gestritten und sei mitten in der Nacht abgehauen. Sie wollte nach Hause. Aber dort ist sie nie angekommen. Tagelang hat die Polizei mit Hundestaffeln die Gegend im gesamten Umkreis nach ihr abgesucht. Vergebens. Nicht eine Spur fand man von Marie. Bis heute nicht.

Jetzt, nach nunmehr sechs Jahren zählt die Akte Marie Winter schon längst zu den ungelösten Fällen, die, so stellt Rick sich das jedenfalls vor, im Archiv der Berliner Mordkommission langsam, aber sicher in Vergessenheit geraten.

Manchmal wünscht er sich das auch: vergessen zu können. Aber die Erinnerung an seine kleine Schwester schmerzt auch nach all den Jahren noch so sehr, dass seine Kehle bei dem Gedanken an sie eng wird. Rick schluckt und zeichnet mit dem Zeigefinger die Holzmaserung auf der Tischplatte nach.

»Sie würde sich am liebsten umbringen, sagt sie«, beginnt sein Vater stockend. »Sie hält es nicht mehr aus. Diese Ungewissheit. Die Hoffnung, die sich einfach nicht begraben lässt.«

Rick blickt hoch und begegnet den müden Augen des Vaters. In ihnen ist nichts als Resignation. Rick fühlt, wie die Hilflosigkeit, die von ihm Besitz ergriffen hat, in Zorn umschlägt. Zorn auf den Mann, der sein Leben nicht mehr richtig auf die Reihe bekommt und ihn mit seinen Problemen belästigt. Im selben Atemzug schämt er sich für diesen Gedanken in Grund und Boden.

»Ich ertrage das nicht mehr länger, Richard.« Sein Vater ist der einzige Mensch, der ihn nicht Rick nennt. Jetzt hebt er den Kopf und sieht Rick an. Tränen glitzern in seinen Augen. Spontan beugt sich Rick über den Tisch und legt ihm eine Hand auf den Arm. Er öffnet den Mund, will etwas sagen, etwas Tröstendes, Aufheiterndes, aber ihm will einfach nichts einfallen.

»Ich war kurz davor, ihr an den Kopf zu werfen, sie soll es tun, damit dieses Elend hier endlich ein Ende hat«, flüstert Ricks Vater mit erstickter Stimme.

Rick hat plötzlich das Gefühl, keine Luft mehr zu bekommen. Er stößt den Atem aus seiner Lunge. »Komm«, sagt er. »Ich muss hier raus. Lass uns eine Runde an der frischen Luft drehen.«

Sein Vater nickt, stützt seine Hände auf den Tisch und erhebt sich schwerfällig von seinem Stuhl.

»Kannst du sie denn allein lassen«, fragt Rick und nimmt seine Jacke von der Garderobe.

»Ich habe ihr eine halbe Valium gegeben. Die nächsten Stunden wird sie wie ein Stein schlafen.« Der Vater schlüpft in seinen schwarzen Wollmantel, in dem er fast versinkt, und schließt die Haustür ab.

Schweigend stapfen sie nebeneinander durch die kleine Straße vorbei an dem roten Backsteinbau des Dominikus-Krankenhauses in Richtung Wald. Die graue Wolkendecke über ihnen reißt auf und ein winziges Stück blauer Himmel wird sichtbar. Rick hebt sein Gesicht und blinzelt kurz in den Sonnenstrahl, der sofort wieder von einer dunklen Wolke verschluckt wird. Sein Vater läuft mit gesenktem Kopf, die Hände tief in den Taschen seines Mantels vergraben, neben ihm her. Er wirkt in sich gekehrt.

Rick würde ihn gern in den Arm nehmen. Ihm versprechen, dass alles gut wird. Aber er traut sich nicht. Er hat seinen Vater noch nie in den Arm genommen. Wahrscheinlich würde der es auch gar nicht wollen.

16

Paula verlässt die Arztpraxis mit eiligen Schritten. Es hat dieses Mal länger gedauert als geplant. Sie muss sich sputen, wenn sie zu der Besichtigung nicht zu spät kommen will. Die Wohnung liegt direkt am Paul-Lincke-Ufer in einem modernisierten Altbau und ist ein Traum, wenn man den Fotos im Internet Glauben schenken darf. Eine Wohnküche mit abgezogenen Holzdielen, drei große helle Räume mit Parkettboden, ein Bad mit blauen Kacheln an der Wand und eine Nuance dunkleren Fliesen auf dem Boden. Paula macht sich wenig Hoffnung, Wohnungen am Paul-Lincke-Ufer sind sehr begehrt, aber sie will sie sich wenigstens ansehen. Schon von Weitem sieht sie die Menschentraube, die sich bereits vor dem Haus versammelt hat. Sie reiht sich in die Schlange und schiebt sich mit den anderen die Treppe zu der Wohnung im dritten Stock hoch. Der Makler, dunkler Streifenanzug und Stirnglatze, tritt zur Seite und fordert die Anwesenden mit einer ausholenden Geste auf, einzutreten und sich in aller Ruhe umzuschauen. Paula erwidert sein breites Lächeln, als sie an ihm vorbei in den Flur der Wohnung tritt. Sein Blick wandert zu ihrem Bauch, der sich unter der Jacke deutlich abzeichnet, bleibt Sekunden daran kleben. Seine Augenbrauen schnellen in die Höhe. Rasch wendet er sich ab. Paula hebt trotzig das Kinn. Ich sehe mir die Wohnung trotzdem an, denkt sie und schlendert gemächlich durch die Räume. Gesprächsfetzen untermalt von Entzückenslauten dringen an ihr Ohr. Sie hört eine Frau sagen: »Ich will die Wohnung unbedingt. Um jeden Preis.«

Paula seufzt lautlos und betritt den Balkon. Sie hebt die Nase in die kühle, feuchte Luft, die ihr entgegenweht und schnuppert. Sie riecht das leicht brackige Wasser des Landwehrkanals und lauscht dem Wind, der leise durch die noch kahlen Äste der Bäume raschelt.

»Tolle Wohnung«, sagt eine Stimme in ihrem Rücken. »Aber wohl nicht so ganz unsere Kragenweite.«

Paula dreht sich um. Eine dunkelhaarige Frau steht in der offenen Tür zum Balkon und grinst sie an.

»Rachel«, sagt Paula erstaunt. »Was machst du denn hier?«

»Wahrscheinlich das Gleiche wie du.«

»Du bist auf Wohnungssuche?«, fragt Paula. »Das wusste ich ja gar nicht.«

Rachel tritt auf den Balkon, küsst Paula rechts und links auf die Wange. »Ja«, sagt sie dann und rümpft die Nase. »Das Zimmer in der WG in Pankow war nur vorübergehend.«

»Verstehe«, sagt Paula und mustert sie eingehend. »Ich hätte dich fast nicht erkannt mit der neuen Frisur. Steht dir aber gut.«

»Danke«, sagt Rachel und fährt sich mit der Hand über die raspelkurzen schwarz gefärbten Haare. Sie lehnt sich neben Paula an das Balkongeländer und nickt mit dem Kinn in Richtung der Wohnung. »Drinnen wechseln schon die ersten Scheinchen ihre Besitzer. Das Grinsen des Maklers wird immer breiter.«

»Ich glaube, ich gehe wieder«, sagt Paula.

»Ich komme mit.« Rachel hakt sich bei ihr unter. Seite an Seite streben sie auf die Ausgangstür zu.

»Schade, ich hätte die Wohnung wirklich gerne genommen«, sagt Rachel laut in die plötzliche Stille. »Aber Kakerlaken in der Küche, das geht gar nicht.«

Paula unterdrückt mit Mühe ein Kichern. Erst unten auf der Straße brechen sie in lautes Gelächter aus. »Hast du das Gesicht von dem Maklertypen gesehen?«, prustet Rachel.

»Ich habe noch Zeit«, sagt Paula mit einem Blick auf die Uhr. »Lust auf einen Tee oder Kaffee?«

»Gerne.«

»Direkt um die Ecke ist das Café Paul«, sagt Paula.

Kurze Zeit später betreten sie das Café und setzen sich an den letzten freien Tisch am Fenster. Rachel sieht sich um. »Gefällt mir«, sagt sie schließlich. »Ich mag die Fünfzigerjahre. Auch wenn ich es sonst nicht so mit der Nostalgie habe.«

Die Bedienung eilt heran, fragt nach ihren Wünschen. Rachel bestellt einen Cappuccino, Paula einen Kräutertee.

»Ich muss mal kurz verschwinden«, sagt Paula und erhebt sich. Bevor sie die Tür zu den Toiletten hinter sich schließt, erhascht sie einen kurzen Blick auf Rachel. Das Lächeln auf deren Gesicht ist verschwunden. Sie wirkt so verloren, kommt es Paula in den Sinn. Sie hat ein bisschen was von einem aus dem Nest gefallenen Vogelkind.

17

Marianne Martens sitzt bereits vor ihrem zweiten Mineralwasser, als Konrad mit einer halben Stunde Verspätung im Café Zweistein auftaucht.

»Sorry.« Er küsst sie flüchtig auf die Wange, legt seinen Fahrradhelm auf dem Tisch ab und lässt sich ihr gegenüber auf den Stuhl fallen. »Wartest du schon lange?«

»Ja«, sagt seine Mutter. »Aber ich kenne dich inzwischen gut genug, um zu wissen, dass du es nie schaffst, pünktlich zu sein.«

Konrad grinst sie an. »Da hat deine Erziehung wohl komplett versagt.« Er winkt die Kellnerin herbei und bestellt einen Latte macchiato.

»Wie geht es Paula? Und dem Baby?«, fragt Marianne.

»Denen geht es prima.« Konrad schenkt der Kellnerin einen strahlenden Blick aus seinen blauen Augen, als sie das Glas mit dem Latte auf den Tisch stellt. Die Kellnerin errötet, aber das bemerkt Konrad nicht. »Die Schwangerschaft bekommt Paula super. Sie ist das reinste Energiebündel. Echt irre.«

Marianne greift nach ihrem Glas und trinkt einen Schluck. Sie räuspert sich. »Ich muss dir was sagen, Konrad.«

Konrad mustert sie besorgt, während er in seinem Kaffee rührt. »Hoffentlich nichts Schlimmes. Du klingst so ernst.«

»Nein, eigentlich ist es etwas sehr Schönes. Ich bin mir nur nicht sicher, wie du es auffassen wirst.«

Konrad legt die Stirn in Falten. »Du machst es aber spannend«, sagt er und sieht sie forschend an. »Raus damit.«

Marianne holt tief Luft, richtet sich kerzengerade auf und sagt: »Ich habe mich verliebt.« Ihre Augen strahlen.

Konrad pustet geräuschvoll die Luft aus der Lunge. »Wenn es weiter nichts ist«, sagt er. »Ich dachte schon weiß Gott was. Seit wann geht das schon?«

»Seit vier Monaten.« Marianne kommt aus dem Strahlen gar nicht mehr heraus.

Konrad runzelt die Stirn. »Wieso erfahre ich das erst jetzt?«

»Ich wollte mir erst mal selbst sicher sein«, sagt seine Mutter entschuldigend.

»Das war ein Scherz.« Konrad grinst sie an. »Wann lerne ich ihn denn mal kennen?«

»Kommt doch am Sonntag zum Mittagessen vorbei, dann stell ich ihn euch vor.«

»Ich frag Paula, ob sie Zeit hat«, verspricht Konrad.

»Schön«, erwidert Marianne herzlich. Sie greift über den Tisch und drückt seine Hand.

Konrad erwidert den Druck und wirft einen Blick auf die Uhr über dem Tresen. »Ich muss langsam los«, sagt er und sieht sich suchend nach der Kellnerin um.

»Lass«, sagt Marianne. »Ich lad dich ein.«

»Danke.« Konrad greift nach seinem Fahrradhelm.

»Hat Judith sich eigentlich bei dir gemeldet?«, fragt Marianne, während sie in ihrer Handtasche nach dem Portemonnaie kramt.

»Judith?«, wiederholt Konrad gedehnt. »Ist sie wieder in Berlin?«

»Anscheinend. Wir sind uns neulich zufällig über den Weg gelaufen. Sie hat mich nach deiner Adresse gefragt und um deine neue Handynummer gebeten.«

»Hast du sie ihr gegeben?«

Marianne nickt und verzieht den Mund. »Ich hoffe, das war okay?«

»Na ja«, sagt er.

»Ehrlich gesagt, hat sie mich ziemlich überrumpelt«, gibt Marianne zu. »Du musst dich ja nicht mit ihr treffen, wenn du nicht willst.«

»Da hast du auch wieder recht.« Konrad steht auf. »Ich muss los. Wir sehen uns dann nächstes Wochenende. Vorausgesetzt das Baby macht uns keinen Strich durch die Rechnung, weil es unbedingt früher auf die Welt kommen will.« Er wirft seiner Mutter eine Kusshand zu und verlässt mit eiligen Schritten das Café.

Judith ist wieder da, denkt er. Ob sie offene Rechnungen begleichen will? Es wäre eine Katastrophe, wenn sie Paula begegnen würde. Das muss er verhindern. Koste es, was es wolle. Der Gedanke erschreckt ihn und nistet sich dennoch in seinem Kopf ein.

18

Die U-Bahn hält am Kottbusser Tor. Im letzten Moment springt Rick vom Sitz auf und quetscht sich durch die sich schließenden Türen. Er braucht dringend frische Luft. Vielleicht bekommt er dann den Kopf wieder frei. Ein kalter Wind bläst ihm entgegen, als er die Stufen zur Straße hochsteigt. Er zieht den Reißverschluss seiner Jacke bis zum Kinn hoch, vergräbt die Hände tief in den Taschen und trabt in Gedanken versunken den Kottbusser Damm hinunter. In seinem Kopf spukt immer noch das Gespräch mit seinem Vater herum.

»Ich werde mich von deiner Mutter trennen«, hatte er gesagt, als sie nebeneinander durch den Wald stapften. »Ich muss es tun. Ich muss es für mich tun. Und für Ruth. Wenn wir so weitermachen, gehen wir beide zugrunde. Und damit ist keinem von uns geholfen.«

Tief in seinem Innern weiß Rick, dass er recht hat. Aber er hat auch Angst. Angst um seine Mutter, Angst, dass sie es alleine nicht packt.

»Sie packt es auch mit mir zusammen nicht«, hatte sein Vater gesagt. »Vielleicht ist es wie mit einem Süchtigen. Man muss sich von ihm abwenden, ihn ganz fallen lassen. Nur dann hat er eine Chance, aus eigener Kraft wieder auf die Beine zu kommen.«

Ricks Einwand, Ruth sei ja nicht süchtig, hatte Leo mit einer ungeduldigen Handbewegung weggewischt. »Im gewissen Sinne ist sie das schon. Sie ist süchtig nach dem Gefühl der Verzweiflung, aus dem heraus sie sich erneut auf die Hoffnung stürzen kann, um dann wieder in die Trauer zu versinken. Ich fürchte, sie braucht diese Achterbahn der Gefühle, damit sie sich selbst noch spürt. Verstehst du, was ich meine?«

Rick biegt nach links ins Paul-Linke-Ufer ein und überquert hinter einem alten, bunt bemalten VW-Bus die Straße, um seinen Weg am Ufer des Landwehrkanals fortzusetzen.

»Rick«, hört er jemanden laut seinen Namen rufen. Er dreht sich um und sieht Paula vorm Café Paul stehen. Sie lacht, winkt ihm zu. Rick ist jetzt nicht nach Gesellschaft. Er überlegt kurz, ob er zurückwinken und einfach weitergehen soll, aber er möchte Paula nicht vor den Kopf stoßen. Da kommt sie auch schon über die Straße auf ihn zugelaufen. Im Schlepptau eine ihm unbekannte Frau in einer abgewetzten Lederjacke, die ihr mindestens zwei Nummern zu groß ist.

»Hi, Paula«, sagt Rick und mustert verstohlen die Frau, die einen Schritt hinter Paula stehen geblieben ist. Sie ist außergewöhnlich hübsch. Ihr ungeschminktes Gesicht scheint nur aus dunklen Augen zu bestehen und einem roten Mund, der sich zu einem spöttischen Lächeln verzogen hat. Rick fährt sich mit einer Hand durchs Haar. Er will etwas sagen, irgendeinen lockeren Spruch anbringen, aber sein Kopf ist mit einem Schlag so leer, dass ihm nicht ein einziges Wort einfallen will.

»Rick, das ist Rachel.«

»Hi, Rick.« Rachel streckt ihm eine schmale Hand entgegen. Der auffällige Ring sticht ihm sofort ins Auge. Bis zur Mitte ihres Zeigefingers windet sich eine Schlange aus

Silber mit grünblitzenden Smaragdaugen. Rick ergreift Rachels Hand. Er bringt immer noch keinen Ton heraus. Rachel lacht ihn an und entzieht ihm sanft ihre Hand. Zu Paula sagt sie: »Ich muss los. Wir hören voneinander?«

»Auf jeden Fall«, sagt Paula.

»Na dann, tschau tschau.« Rachel schenkt Rick ein Lächeln und eilt Richtung Kottbusser Damm davon.

Rick schaut ihr hinterher. Widersprüchliche Gefühle kämpfen in ihm. Etwas an dieser Frau zieht ihn fast magisch an, und doch schlägt in seinem Hinterkopf eine Warnglocke an, die ihm rät, seine Finger von ihr zu lassen.

Paula boxt ihn in die Seite. »Hey, aufwachen«, ruft sie lachend.

Rick lächelt verlegen. »Eine Freundin von dir?«

»Ich habe sie vor einiger Zeit auf einer Party kennengelernt. Seitdem laufen wir uns ständig über den Weg. Sie ist hübsch, was?« Paula grinst Rick schelmisch an und hakt sich bei ihm unter. Während sie Seite an Seite am Landwehrkanal entlangspazieren, erzählt sie ihm von der Wohnungsbesichtigung und Rachels Kakerlaken-Nummer.

»Und wann wolltet ihr uns mitteilen, dass ihr ausziehen wollt?« Er versucht, seine Stimme so neutral wie möglich klingen zu lassen. Paula soll ihm seine Enttäuschung nicht anmerken.

»Ach, Rick«, sagt Paula und seufzt laut. Mit einem Mal sieht sie ganz unglücklich aus.

»Komm«, sagt er und zieht Paula auf eine Bank unter einer ausladenden Trauerweide. »Erzähl! Was ist los?«

Und Paula erzählt. Von ihrem Wunsch nach einer Familie, einem Nest, das sie selbst nie hatte. Von ihrer Befürchtung, dass Konrad ihren Traum nicht teilt, dass er ganz andere Träume hat, die nichts mit ihren eigenen gemein haben.

Rick beugt sich vor, legt die Arme auf die Oberschenkel und hört Paula konzentriert zu. Er lässt sie reden, ohne Zwischenfragen zu stellen.

»Ja, und dann habe ich mir gedacht, ich könnte ja schon mal auf die Suche gehen. Wenn ich eine tolle Wohnung für uns an der Hand habe, aber so …«

Rick sieht sie von der Seite an. Paula starrt aufs Wasser, sie knetet nervös ihre Hände. Er beendet den Satz für sie: »… so funktioniert das nicht.«

Paula wendet sich ihm zu, verzieht den Mund zu einem kläglichen Lächeln. Sie pustet die Luft aus ihren Lungen und nickt. »Nein, so funktioniert es nicht.«

»Und was nun?«, fragt Rick.

»Heute Abend rede ich mit ihm.«

»Das ist gut«, bestätigt Rick. »Auch wenn ich es schade finde, wenn ihr zwei auszieht. Ich stelle mir das ganz unterhaltsam vor mit einem kleinen schreienden Balg in der WG.«

»Vielleicht will Konrad ja gar nicht ausziehen.«

»Und was machst du dann?«

»Ich weiß es nicht«, sagt Paula und zupft nervös an einem Zweig der Trauerweide. »Keine Ahnung.«

Rick nimmt Paulas Hand und drückt sie. Konrad wäre ein Idiot, wenn er dich gehen lässt, denkt er. Aber er hütet sich davor, es laut auszusprechen. Eine Weile bleiben sie nebeneinander auf der Bank sitzen, Hand in Hand, und sehen schweigend den beiden Schwänen zu, die sich von den Wellen des Kanals schaukeln lassen.

19

Schon als ich die Tür aufschließe, spüre ich es. Etwas liegt in der Luft, eine Spannung, in der etwas Unheilvolles mitschwingt.

Ich ziehe leise die Wohnungstür hinter mir zu, hänge meine Jacke an die Garderobe und werfe einen Blick in die Küche. Sie ist leer, auch im Wohnzimmer ist keiner. Merkwürdig. Sollte mich mein erster Eindruck so getäuscht haben? Aus dem Schlafzimmer dringt ein röchelndes Schnarchen. Das ist mein Vater. Er ist krank. Grippe. Hoffentlich verreckt er daran.

Ich öffne die Tür zu meinem Zimmer und erstarre augenblicklich. Haarsprayduft steigt mir in die Nase.

Meine Mutter steht neben dem Bett und beugt sich über den geöffneten Koffer.

»Was machst du da?«, frage ich und ärgere mich, dass meine Stimme nicht ruhig und gelassen klingt, sondern hoch und schrill.

Sie zuckt kaum merklich zusammen und richtet sich betont langsam auf. Mit kaltem Blick mustert sie mich von oben bis unten. Nicht die Andeutung eines schlechten Gewissens ist in ihren Augen zu lesen, nur Verachtung. Für mich, ihre Tochter. In meinem Magen ballt sich der Hass zu einem Klumpen. Ich hebe trotzig das Kinn und zwinge mich dazu, ihrem harten Blick nicht auszuweichen.

Ihre Mundwinkel verziehen sich zu einem geringschätzigen Lächeln. Sie sagt: »Na, hast du wieder mal die Beine breitgemacht?«

»Ich verstehe nicht«, sage ich. Meine Stimme ist heiser vor Zorn, meine Hände ballen sich zu Fäusten. Ich möchte ihr ins Gesicht schlagen und ihre selbstgerechte Miene mit einem einzigen Faustschlag zerschmettern.

Sie greift in den Koffer und hält einen winzigen blauen Strampler in die Höhe. Über ihr Gesicht huscht ein Ausdruck boshafter Genugtuung. Nacheinander zieht sie winzige Hemdchen, Schühchen und noch einen Strampler hervor und präsentiert sie mir, als wolle sie die Sachen zum Kauf anbieten.

»Verschwinde aus meinem Zimmer.« Ich mache zwei Schritte auf sie zu. »Sofort!« Meine Stimme bebt vor unterdrückter Wut.

Sie wendet sich mir zu, sieht mich an. Etwas in ihrem Gesicht verändert sich. Für den Bruchteil einer Sekunde glaube ich, eine Spur von Verunsicherung in ihren Augen aufblitzen zu sehen. Dann ist dieser Moment auch schon wieder vergangen.

»Im wievielten Monat bist du denn?«, fragt sie schließlich und lässt ihren Blick über meine Körpermitte gleiten. Instinktiv lege ich die Hände auf den Bauch.

»Das geht dich nichts an.« Ich hebe trotzig das Kinn.

»Ach.« Sie verschränkt die Arme. »Das geht mich also nichts an?«

»Nein.«

Sie zieht die Augenbrauen hoch, ihre Gesichtszüge verhärten. »Und wer soll für dich und dein Balg sorgen? Wir etwa? Bild dir ja nichts ein.«

Hinter meinen Schläfen beginnt es zu pochen. Bevor

ich zu einer Erwiderung ansetzen kann, redet sie weiter.

»Was ist mit dem Vater?« Ihre hämische Stimme bohrt sich wie ein Messer in mich hinein. »Oder weißt du nicht, wer der Erzeuger ist?«

Der Hass auf diese Frau, die meine Mutter ist und mit der ich nichts weiter gemein habe, als dass sie mich geboren hat, lodert in mir und verschlägt mir die Sprache.

Sie umrundet das Bett, kommt auf mich zu. Wie versteinert stehe ich still. Als sie auf gleicher Höhe mit mir ist, verharrt sie und spuckt mir das Wort »Hure« ins Gesicht. »Pack deine Sachen und verschwinde. Und lass dich nie wieder hier blicken. Hast du mich verstanden?« Dann schreitet sie hocherhobenen Hauptes aus dem Zimmer.

Meine Hände sind immer noch zu Fäusten geballt und meine Zähne beißen so fest aufeinander, dass mein Kiefer zu schmerzen beginnt. Erst als in der Küche die Schlagermusik aus dem Radio zu plärren beginnt, komme ich wieder zu mir.

Ich gehe zum Bett, falte die Babysachen, die sie so achtlos auf die Decke hat fallen lassen, sorgfältig zusammen und lege sie in den Koffer zurück. Ich denke an das Kind, das ich bald haben werde, und lächele. Dann nehme ich den Koffer und ziehe die Tür hinter mir zu. In der Küche plärrt Roland Kaiser »Einmal möchte ich schon mit dir …«

Ich gehe ohne ein Wort.

20

Konrad tritt in die Pedale und schlängelt sich routiniert an den Autoschlangen vorbei, die die Potsdamer Straße verstopfen. Es riecht so penetrant nach Abgasen und Benzin, dass Konrad automatisch flacher atmet. Die Ampel vor ihm zeigt Rot. Ein schneller Blick und er rast vor dem weißen Mercedes, der von rechts kommt, über die Kreuzung. Reifen quietschen. Eine Hupe jault. Konrad bekommt davon nichts mit. Seine Gedanken sind bei Judith und reisen zurück in die Zeit zu jenem Sommer vor zehn Jahren.

***

»Liebst du mich?« Judith lag bäuchlings neben Konrad auf der Decke und kitzelte ihn mit einem Grashalm.

»Klar«, sagte Konrad schläfrig und wischte den Halm von seinem Gesicht.

»Warum sagst du es dann nie?«

Konrad richtete sich auf, schirmte mit der Hand seine Augen gegen die Sonnenstrahlen ab und schaute zum See hinunter. Das Wasser sah einladend aus. Der Wind blies kleine Wellen darüber, die sich leise plätschernd am Ufer brachen. Weiter draußen schwammen ein paar Schwäne auf dem See.

»Komm«, sagte er. Er sprang auf und sah mit einem vielsagenden Lächeln auf Judith hinunter. »Zieh dein

Kleid aus und lass uns ins Wasser gehen. Dann zeige ich dir, wie sehr ich dich liebe.«

Judith wälzte sich auf den Rücken und setzte sich auf. Sie zog die Beine an und umschlang ihre Knie mit beiden Armen. »Du spinnst wohl«, murmelte sie. »Hier vor allen Leuten.«

»War doch nur ein Spaß.« Konrad ging vor Judith in die Hocke und hob ihr Kinn mit dem Zeigefinger. In Judiths Augen schimmerten Tränen. »Hey«, sagte er. »Was ist denn los mit dir? Du weinst ja.«

Judith schniefte und lächelte ihn unter Tränen an. »Es ist nichts weiter«, sagte sie. »Der übliche Stress mit meinen Alten.«

»Mach dir nichts draus. In drei Jahren bist du achtzehn, dann können sie dich mal.«

»Drei Jahre.« Judith holte tief Luft und stieß sie theatralisch laut wieder aus. »So lange halte ich das nicht aus.«

Konrad spürte, wie sich etwas in seinem Magen zusammenkrampfte. Er wusste, was gleich kommen würde, und er hatte keinen Bock darauf.

»Mann, ist das heiß heute.« Konrad richtete sich auf. »Was dagegen, wenn ich allein schwimmen gehe?«

Ohne Judiths Antwort abzuwarten, rannte er hinunter zum See und warf sich bäuchlings in das kühle Wasser. Er machte ein paar schnelle Schwimmstöße vom Ufer weg, drehte sich auf den Rücken und ließ sich mit geschlossenen Augen treiben. Er genoss die Hitze der Sonne auf seinem Gesicht.

Seine Beziehung zu Judith wurde immer komplizierter. Ständig heulte sie ihm die Ohren wegen ihrer Eltern voll. Gut, Konrad konnte sie ja verstehen. Ihre Alten waren echt ziemlich krass. Erzkatholisch bis auf die Knochen. Da war sogar der Papst liberaler in seinen Ansichten. Auf jeden Fall war es Judith strengstens verboten, sich mit einem Jungen einzulassen. Sex vor der Ehe - das kam einem Kapitalverbrechen gleich. Konrad hatte Judith trotzdem rumgekriegt. Er hatte mit seinen Kumpels gewettet und gewonnen. Davon wusste Judith natürlich nichts. Er hatte es auch nicht geschafft, sie danach gleich wieder abzuservieren. Etwas an ihr faszinierte ihn und stieß ihn gleichzeitig ab.

Konrad drehte sich auf den Bauch und schwamm ans Ufer zurück. Er stieg aus dem Wasser und lief quer über die Wiese zu seiner Decke. Judith war weg. Auch ihr Fahrrad, das vorhin noch neben seinem an dem Baum lehnte, unter dem sie die Decke ausgebreitet hatten, war verschwunden.

Auch gut. Konrad zog die Decke aus dem Schatten in die Sonne und legte sich auf den Rücken. Er verschränkte die Arme hinter dem Kopf und ließ sich von den warmen Sonnenstrahlen trocknen.

Morgen mache ich Schluss mit ihr, dachte er. Und registrierte überrascht, mit welcher Erleichterung ihn der Gedanke erfüllte. Doch er sollte nicht mehr dazu kommen, sein Vorhaben in die Tat umzusetzen.

***

Konrad schiebt die Erinnerung an die Zeit danach schnell wieder von sich. Er hatte sich damals nicht gerade mit Ruhm bekleckert. Im Gegenteil. Er hatte sich Judith gegenüber verhalten wie das allerletzte Arschloch. Konrad wechselt die Fahrspur und biegt in die Florastraße ein. Erst jetzt registriert er, wo er sich befindet. Wie ferngesteuert ist er nach Pankow gefahren. In die Straße, in der Judith damals mit ihren Eltern gewohnt hat.

Vor dem Haus mit der Nummer 121 hält er an und steigt vom Rad. Er ist schnell gefahren. Das Shirt unter seiner Jacke klebt ihm am Rücken fest. Er schließt sein Fahrrad an den Laternenpfahl vor dem Haus an und springt die Stufen zur Eingangstür hoch. Der Name Plissen steht neben einem der Klingelknöpfe im vierten Stock. Der Schriftzug ist etwas verblasst im Laufe der Zeit, aber noch immer gut lesbar. Konrad zögert. Soll er wirklich klingeln? Was will er Judith sagen? *Hi, hier bin ich! Wollt mal sehen, wie es dir so geht. Aber vor allem will ich verhindern, dass du unangemeldet in der WG auftauchst und auf Paula triffst. Nicht ausgerechnet jetzt.*

Und wer sagt ihm, dass Judith wieder hier wohnt? Kaum vorstellbar, wenn er daran denkt, wie ihre Eltern sie damals drangsaliert haben.

»Wollen Sie rein, junger Mann?« Die krächzende Stimme einer alten Frau, die sich von innen mühsam gegen die schwere Tür stemmt, nimmt ihm die Entscheidung ab. Er bedankt sich und hält ihr die Tür auf. Im Treppenhaus riecht es intensiv nach Bohnerwachs. Konrad ist damals nur ein einziges Mal in dem Haus gewesen. Da kannte er Judith erst drei oder vier Wochen. Er hatte zwei Karten für ein Konzert von U2 in der Waldbühne ergattert und sie dazu eingeladen. Eigentlich sollte er unten vor dem Haus warten. Aber er war viel zu früh dran gewesen und es hatte geregnet. Es war fast wie heute. Jemand kam raus und Konrad ging rein. Er klingelte. Ein Mann öffnete ihm die Tür. Er trug einen altmodischen Pullunder über einem karierten Hemd, das schüttere Haar klebte in Strähnen an seiner Kopfhaut. Er war Konrad auf den ersten Blick unsympathisch. Im Hintergrund hörte er die Stimme einer Frau: »Wer ist es denn?«

»Ich will Judith abholen«, sagte Konrad.

»Er will Judith abholen«, rief der Mann mit zur Seite geneigtem Kopf.

Aus dem Zwielicht des düsteren Flurs der Wohnung schälten sich die Schemen zweier Personen. Konrad erblickte zuerst Judith, die ihn aus erschrockenen Augen anstarrte. Dann erst bemerkte er die Frau hinter ihr. Sie war deutlich jünger als ihr Mann und sah aus wie die unvorteilhaft gealterte Ausgabe von Judith. Hager und verhärmt. Sie presste ihren Mund zu einem dünnen Strich zusammen.

»Wer sind Sie?«, fragte sie. Ihre Stimme klang scheppernd. Als würde Metall auf Metall reiben. Sie musterte ihn von oben nach unten. Konrad bereute, dass er nicht wie verabredet vor dem Haus auf Judith gewartet hatte.

Er machte den Mund auf, um zu antworten, doch Judith kam ihm zuvor. »Das ist Konrad, der Freund von Susanne. Er holt mich ab für das Konzert.« Sie schnappte sich eine Jacke von der Garderobe und drängte sich an ihren Eltern vorbei.

»Komm«, sagte sie und hastete an dem verdutzten Konrad vorbei zur Treppe.

Auf dem Weg in die Waldbühne hatte Judith das erste Mal von ihren Eltern gesprochen. Wie streng katholisch sie sind. Dass sie keinen Freund haben darf. Dass sie sich aufbewahren muss für den Richtigen. Konrad dachte, er wäre im vorigen Jahrhundert gelandet. Von da an wartete er immer brav vor dem Haus auf sie.

Judith schüttete bei dem Konzert ganz entgegen ihrer sonstigen Gewohnheit ein Bier nach dem anderen in sich rein. Konrad hatte sie selten so gelöst, so fröhlich erlebt, obwohl sie ihm gleichzeitig auch ziemlich überdreht vorkam. Sie tanzte Pogo zu U2, klatschte wie wild und pfiff nach jedem Song. Zwischendurch warf sie sich ihm immer wieder an den Hals. Ihre Küsse wurden jedes Mal leidenschaftlicher. Sie war völlig von der Rolle. Auf dem Nachhauseweg zog sie ihn kichernd in die Büsche, knöpfte seine Hose auf und raffte ihren Rock hoch. Sie trieben es nur wenige Meter entfernt von den Menschenmassen, die Richtung Bus strömten. Jeden Augenblick hätte sie jemand entdecken können. Konrad war das egal. Er hatte nur Augen für Judith, die sich mit geschlossenen Augen über ihm bewegte und leise kehlige Laute ausstieß.

Konrad stapft die Stufen in den vierten Stock hoch. An der Tür rechter Hand hängt mittig ein blank poliertes Messingschild, in das der Name Plissen eingraviert ist. Konrad hört das gedämpfte Ding Dong der Klingel hinter der Wohnungstür. Sein Herzschlag beschleunigt sich. Was mache ich hier eigentlich, fragt er sich. Ich muss komplett bescheuert sein. Aber statt sich aus dem Staub zu machen, bleibt er wie angewurzelt stehen und lauscht den sich nähernden Schritten. Eine Frau öffnet die Tür und mustert ihn aus misstrauischen Augen. Die verkniffenen Falten um die Mundpartie haben sich in den vergangenen zehn Jahren tief in ihre Haut eingefräst. Unverkennbar Judiths Mutter. »Was wollen Sie?«

Konrad erwägt kurz, ob er nicht behaupten soll, er habe sich in der Tür geirrt und sagt dann doch: »Ich habe gehört, dass Judith zurück ist, und wollte sie besuchen.«

Der Blick von Judiths Mutter wird mit einem Mal lauernd. Sie kneift die Augen zusammen. »Kenne ich Sie?«

»Nein. Ja«, stammelt Konrad. Im Stillen verflucht er sich. Das war wieder so eine von seinen hirnrissigen Spontanaktionen, die nichts, aber auch gar nichts bringen. »Judith und ich …«

»Natürlich«, fällt ihm die Frau ins Wort. »Jetzt erkenne ich Sie. Sie sind Konrad.«

Konrad spürt, wie er rot wird, und senkt den Blick.

»Wie können Sie es wagen, hierherzukommen«, zischt die Frau, »nach allem, was Sie meiner Tochter angetan haben? Sie haben ihr Leben zerstört. Verschwinden Sie!«

21

Chris schiebt den Stuhl zurück und steht auf. Vor Nastis Schreibtisch bleibt er abwartend stehen. Sie löst den Blick vom Bildschirm, dreht den Kopf und sieht fragend zu ihm hoch. Ihre dunklen Augen scheinen von innen zu leuchten. Chris durchfährt es heiß und kalt.

Warum fragst du sie nicht endlich, ob sie mit dir ausgehen will? Weil du Schiss hast, sie könnte dir einen Korb geben, gibt er sich die Antwort gleich selbst und sagt: »Kommst du eine halbe Stunde ohne uns klar?«

»Sicher«, antwortet Nasti, die Augen schon wieder auf den Monitor geheftet. »Nikki und Robert sind ja auch noch da. Und wenn's eng wird, schrei ich.«

»Okay«, sagt Chris und geht zu Rick und Paula in die Küche. »Wo steckt Konrad?« Er wirft einen demonstrativen Blick auf seine Armbanduhr.

Paula hängt einen Teebeutel in einen Mickey-Maus-Becher, gießt Wasser aus dem Kocher drüber und zuckt mit den Schultern.

Rick lehnt mit verschränkten Armen am Fenster. »Du kennst ihn doch. Er kommt immer auf den letzten Drücker.«

Chris verzieht den Mund. »Mich nervt das«, sagt er.

»Hat diese Frau eigentlich noch mal angerufen?«, versucht Paula das Thema zu wechseln.

Chris schüttelt den Kopf. »Bei mir jedenfalls nicht. Ich

gehe sowieso davon aus, dass das Ganze ein geschmackloser Scherz war.«

Rick und Paula tauschen einen schnellen Blick. »Wollen wir's hoffen«, sagt Rick schließlich.

»Ich habe keinen Nerv mehr, auf Konrad zu warten«, sagt Chris. »Wir fangen schon mal ohne ihn an, ja?«

»Okay.« Paula nimmt den Teebeutel aus der Tasse, wickelt ihn mithilfe des Fadens um den Löffel und quetscht den letzten Rest der Flüssigkeit heraus.

»Gut«, sagt Rick.

Chris schenkt sich aus der Thermoskanne, die auf dem Tisch steht, einen Kaffee ein und setzt sich schwungvoll auf einen der roten Plastikstühle. »Also.« Er sieht von Paula zu Rick. »Ihr wisst ja selbst, wie es aussieht. Der Run nach der grandiosen Presse hat sich - leider - wieder gelegt.«

»Damit war zu rechnen«, stellt Rick fest und hakt die Daumen in die Seitentaschen seiner Jeans.

Chris nickt. »Richtig. Aber jetzt müssen wir zusehen, dass wir andere, neue Werbestrategien entwickeln. Ich bin im Gespräch mit ein paar TV-Sendern, die eventuell etwas über uns bringen wollen. Und«, Chris macht eine kunstvolle Pause, »ich habe berechtigte Hoffnung, in eine der nächsten Sendungen von Stern-TV eingeladen zu werden.« Chris schaut Beifall heischend in die Runde. »Und? Wie findet ihr das?«

»Wenn das tatsächlich klappt, wäre das grandios«, sagt Rick. »Eine bessere Werbung gibt es kaum. Damit erreichen wir ein Millionenpublikum.«

»Klasse gemacht, Chris«, sagt Paula und schnalzt anerkennend mit der Zunge.

»Danke.« Chris trinkt einen Schluck aus seinem Becher

und schüttelt sich. »Der schmeckt schlimmer als Katzenpisse.« Er steht auf und kippt den Kaffee in den Ausguss. »Ich würde mich gerne ganz aus dem Telefondienst zurückziehen und mich dafür intensiver um die Werbung kümmern«, sagt er und dreht sich um. »Zu blöd, dass Konrad nicht da ist. So sind wir nicht beschlussfähig.«

»Ich falle demnächst für sechs Monate komplett aus. Du hast das auf dem Schirm?« Paula sieht Chris lächelnd an und streicht wie zur Bekräftigung über die Wölbung ihres Bauches.

»Ja, klar.« Chris nickt. »Das kriegen wir schon hin. Nasti wollte, glaube ich, auch ein paar Stunden mehr machen. Notfalls stellen wir noch jemanden ein.«

»Schön«, sagt Paula. »Den ganzen Bürokram kann ich weiterhin von zu Hause aus machen, und Konrad wird ja dann auch Fulltime arbeiten. Also dürfte es keinen Engpass geben.«

Shit, denkt Chris. Sie weiß immer noch nichts von Konrads Plan, mit seiner Band demnächst auf Europatournee zu gehen.

»Rick?« Nasti erscheint im Türrahmen. »Ich habe eine ziemlich strange Frau in der Leitung, die darauf besteht, mit dir zu reden.«

Rick löst sich von der Fensterbank. »Das ist sie. Jede Wette.«

»Abwarten«, sagt Chris.

Die drei marschieren hinter Nasti her. Sie dreht sich nach ihnen um und lacht. »Ich komme mir gerade vor wie eine Entenmama, die ihre Küken spazieren führt.« Keiner lacht über den Scherz.

»Wenn sie es ist, stell laut, damit wir mithören können«, sagt Chris.

Rick nickt und gibt Nasti ein Zeichen, dass sie das Gespräch auf seinen Apparat legen soll. Er nimmt den Hörer auf und sagt: »Sie wollten mit mir sprechen?«

»Hallo, Rick.«

Rick erkennt ihre Stimme sofort. Er nickt den anderen zu, die ihn erwartungsvoll anschauen, und stellt auf laut. »Hallo«, sagt er. »Was kann ich für Sie tun?«

Das Lachen der Frau kommt leicht verzerrt aus dem Lautsprecher. »Sie wissen, wer ich bin?«

»Ich denke schon«, antwortet Rick.

Die Stille im Raum ist so spannungsgeladen, dass Chris für einen Augenblick zu atmen vergisst. Als er wieder Luft holt, klingt es fast wie ein Stöhnen. Er fühlt Nastis Blick auf sich ruhen und glaubt, so etwas wie Besorgnis in ihren Augen zu lesen. Ein kurzes Glücksgefühl durchströmt ihn. Dann ist der Augenblick auch schon wieder vorbei. Nastis Aufmerksamkeit gehört wieder Rick.

»Sie haben meine Botschaft bekommen«, sagt die Frau.

»Sprechen Sie von Ihrer kranken Inszenierung auf dem Friedhof?« Ricks Stimme wird scharf. »Was sollte der Scheiß eigentlich? Was bezwecken Sie damit?«

Die Frau antwortet nicht. Nur ihr Atmen ist über den Lautsprecher zu hören. Chris hält schon wieder die Luft an. Er sieht zu Paula rüber, deren Blick wie gebannt an Rick hängt. Mit beiden Händen hält sie ihren schwangeren Bauch umfasst.

»Ich habe das für mich getan.« Die Stimme der Frau durchschneidet die Stille. »Eine Zeremonie, die vor vielen Jahren nicht stattfinden konnte. Ich habe sie nachgeholt.«

»Und welche Rolle haben wir dabei gespielt?« Ricks Stimme ist anzuhören, dass er sauer ist. Sehr sauer. »Brauchten Sie ein Publikum für Ihr krankes Tun?«

»Sie verstehen das nicht«, antwortet die Frau. »Ich musste etwas abschließen, um neu beginnen zu können.«

Nasti schüttelt den Kopf und dreht sich nach Chris um. Mit dem Zeigefinger macht sie eine kreisende Bewegung neben der Schläfe. »Komplett durchgeknallt«, flüstert sie. Chris nickt zustimmend.

»Okay«, sagt Rick. »Dann gehe ich davon aus, dass sich die Angelegenheit damit auch für uns erledigt hat?«

Wieder entsteht eine Pause. Der Atem der Frau ist schwer geworden. Chris kommt es zumindest so vor. Er spürt, wie sein Herzschlag sich beschleunigt.

»Sind Sie noch da?«, fragt Rick.

»Es tut mir leid«, sagt die Frau, und in ihrer Stimme schwingt tatsächlich so etwas wie Bedauern mit. »Aber es ist noch nicht zu Ende. Genau genommen fängt es gerade erst an.«

Rick öffnet den Mund zu einer Erwiderung, aber da klickt es in der Leitung. Die Frau hat aufgelegt. Paula geht zu ihrem Schreibtisch und setzt sich.

Nasti fängt sich als Erste. »Ich bin, glaube ich, nicht ganz im Film.« Sie schaut in die Runde. »Kann mich mal jemand updaten?«

»Mach du das, Rick«, sagt Chris. »Du warst ja quasi von Anfang an dabei.«

Chris hört nur mit halbem Ohr zu, was Rick erzählt. Er schlendert zum Fenster und schaut hinaus. Ein Lastkahn schaukelt auf dem Kanal, wartet darauf, die Schleuse passieren zu können. Was verdammt noch mal will diese Irre von ihnen? In Chris' Hinterkopf blitzt kurz eine Ahnung auf. Aber bevor er den Gedanken zu fassen bekommt, ist er auch schon wieder weg und hinterlässt ein ungutes Gefühl im Bauch.

»Wenn sie das nächste Mal anruft, legen wir einfach auf«, sagt Chris an seine Freunde gewandt.

»Du meinst, wenn wir sie ignorieren, gibt sie irgendwann auf?«, fragt Rick skeptisch.

Chris nickt. »Genau. Wir bieten ihr einfach kein Podium für ihre Verrücktheiten. Lassen sie auflaufen.«

»Das funktioniert nur, wenn die Frau uns willkürlich ausgewählt hat«, sagt Nasti. »Wenn sie uns aber gezielt ins Visier genommen hat, wird deine Rechnung nicht aufgehen.«

»Warum sollte sie es auf die Beicht-Hotline abgesehen haben?«, fragt Chris.

Nasti zuckt mit den Schultern und hebt die Hände. »Vielleicht ist sie katholisch und der Meinung, die Beicht-Hotline sei so eine Art Sakrileg. Gotteslästerung. Was weiß ich.«

»Das glaube ich nicht«, sagt Paula. »Sie führt etwas anderes im Schilde. Ich meine, wenn sie wirklich etwas gegen die Beicht-Hotline hat, was sollte dann diese Friedhofsnummer? Das passt nicht.«

»Paula hat recht«, sagt Rick. »Mir ist nämlich gerade wieder eingefallen, was sie bei ihrem ersten Anruf zu mir gesagt hat.« Alle schauen ihn erwartungsvoll an.

»Mach`s nicht so spannend«, knurrt Chris.

»Sie hat gesagt, jemand von uns hat Schuld auf sich geladen. Und dafür müssen wir jetzt alle büßen.«

22

»Auch schon da?« Chris wirft Konrad einen finsteren Blick zu, als er mit einstündiger Verspätung die Küche betritt.

»Sorry«, sagt Konrad. »Ich habe nicht auf die Zeit geachtet.« Er setzt ein entschuldigendes Lächeln auf und schaut in betretene Gesichter. Keiner sagt etwas. Konrad runzelt die Stirn. »Ist was? Ihr seht so ernst aus.«

»Diese Frau, du weißt schon, die mit der Puppe, hat wieder angerufen«, klärt ihn Paula auf. Er beugt sich zu ihr herunter und küsst sie flüchtig auf die Wange.

»Verstehe«, sagt Konrad. »Was wollte sie?« Er drängt sich an Rick vorbei zum Fenster und öffnet beide Flügel. »Die Luft hier drin ist zum Schneiden.«

»Nichts wollte sie«, sagt Rick schulterzuckend.

»Wie nichts?« Konrad nimmt sich ein Wasser aus dem Kühlschrank und trinkt direkt aus der Flasche.

Paula wendet sich Konrad zu und sagt: »Sie wollte nur wissen, ob wir ihre Botschaft erhalten haben, und hat angedeutet, dass das erst der Anfang war.«

»Wie, der Anfang?« Konrad schraubt den Verschluss auf die Wasserflasche. »Von was?«

»Genau die Frage stellen wir uns auch gerade«, sagt Chris. »Lasst uns mal ganz systematisch an die Sache rangehen. Rick, du hast mit ihr gesprochen. Was hat sie noch gesagt? Vielleicht gibt es etwas, das uns einen Hinweis auf ihre Identität geben könnte. Hat sie vielleicht mit einem

Akzent gesprochen? Oder irgendeine dialektische Färbung in der Sprache. Oder …«

»Sie hat ein Gedicht rezitiert«, fällt ihm Rick ins Wort.

»Ein Gedicht?« Chris runzelt die Stirn.

»Ja«, sagt Rick und schüttelt gleichzeitig den Kopf. »Den genauen Wortlaut krieg ich nicht mehr hin. Es war sehr poetisch, irgendetwas mit Zeit, Sehnsucht und Illusion.«

»Zeit und Sehnsucht«, wiederholt Konrad gedehnt. Alle Augenpaare richten sich auf ihn. »Ich habe in meiner Sturm- und Drangzeit auch Gedichte für meine Freundinnen geschrieben.« Er grinst verlegen.

»Echt?« Paula sieht ihn überrascht an.

Konrad zuckt mit den Schultern. »Ja, mit fünfzehn, sechzehn. Pubertäres Gewäsch, nichtssagende Poesie. Die Mädels sind drauf abgefahren.«

»Ich Depp«, ruft Rick plötzlich und schlägt sich mit der flachen Hand vor die Stirn. »Den habe ich doch glatt vergessen.«

»Was meinst du?«, fragt Paula und rutscht unruhig auf ihrem Stuhl hin und her.

»Den Zettel mit der Botschaft, der in der Pappschachtel unter der Puppe lag. Paula und ich kennen die Handschrift nicht. Aber vielleicht kommt sie euch bekannt vor.« Rick greift in die Taschen seiner Jeans und fördert ein zerknülltes Tempo zutage, das sich schon in seine Bestandteile auflöst, eine Handvoll Euromünzen, ein Feuerzeug, eine Büroklammer, aber keinen Zettel.

»Hast du ihn verloren?«, fragen Konrad und Chris wie aus einem Mund.

Rick zögert einen Moment, dann schüttelt er den Kopf. »Er muss in der anderen Hose sein. Ich sehe gleich mal nach, wenn ich zu Hause bin.«

Konrads Gedanken schweifen ab. Er denkt an Judith. Komisch, dass sie ausgerechnet jetzt wieder auftaucht. Er muss unbedingt verhindern, dass sie und Paula sich begegnen. Das würde mit Sicherheit ein Desaster geben. In seinem Magen macht sich ein mulmiges Gefühl breit.

»Ich gehe mal nach nebenan und unterstütze die anderen«, sagt er leichthin und wirft Paula im Vorbeigehen eine Kusshand zu.

»Denkst du an unsere Verabredung heute Abend?«, ruft sie ihm hinterher.

»Ich denke an nichts anderes«, behauptet er, obwohl er die Verabredung schon längst wieder vergessen hatte.

»Ich habe einen Tisch bestellt beim Italiener um halb acht.«

»Ich werde da sein«, verspricht Konrad in Gedanken schon wieder bei Judith.

23

Ich habe keine Ahnung, über welche Kanäle er die Wohnung so schnell besorgen konnte. Es ist mir auch egal. Für meine Zwecke ist die Bruchbude optimal. Nur seine Anwesenheit stört. Er ist aufgedreht und redet wie ein Wasserfall. Wahrscheinlich hat er wieder etwas genommen. Stumm folge ich ihm durch die Räume. Er gestikuliert mit weitausholenden Bewegungen, redet von der günstigen Miete und dem geringen Aufwand, mit dem sich etwas daraus machen ließe. Ich höre nur mit halbem Ohr zu. Es wird Zeit, ihn endlich loszuwerden. Ich brauche ihn nicht mehr. Aber er wird nicht freiwillig gehen. Er klammert sich an mir fest wie ein Ertrinkender. Wenn ich nichts unternehme, zieht er mich mit in den Abgrund. Ich tue es nur ungern, aber er lässt mir keine Wahl.

Mit einem verklärten Lächeln kommt er auf mich zu. Seine Augen glänzen wie im Fieberwahn. Er legt die Arme um mich und flüstert Worte von Liebe und Leidenschaft in mein Ohr. Ich spüre seine Erregung und Ekel steigt in mir hoch. Abrupt befreie ich mich aus der Umarmung.

»Wo ist das Bad?«

Er versteht es falsch und grinst anzüglich. »Komm mit«, sagt er. »Ich zeige es dir.« Er greift nach meiner Hand und führt mich hin.

»Warte. Ich bin gleich wieder da.«

Ich schließe die Tür, nehme das Skalpell aus der Tasche und lasse es in den Ärmel meiner Jacke gleiten.

Er lehnt an der Wand gegenüber und sieht mir erwartungsvoll entgegen. Er ist so arglos, dass es fast komisch wirkt. Mit einem verheißungsvollen Lächeln auf den Lippen gehe ich auf ihn zu.

24

Chris greift den Zettel, den Rick ihm über den Küchentisch zuschiebt, und streicht ihn glatt. »*Die Zeit der Sühne ist gekommen. Nichts wird bleiben von dir. Außer der Erinnerung an mich.* Was für ein Schwachsinn. Das klingt mir schwer nach dem Erguss eines pubertierenden Teenies.«

»Was ist? Kennst du die Schrift«, fragt Rick.

»Nein.« Chris schüttelt den Kopf. »Aber das heißt nicht viel. Ich würde noch nicht mal deine Schrift erkennen. Paulas vielleicht. Sie macht immer so komische Schnörkel an das S. Ich fürchte, so kommen wir auch nicht weiter.«

»Okay«, sagt Rick. »Versuchen wir es mal andersrum. Gibt es eine Frau, die dich hasst. Ich meine, so richtig aus tiefstem Herzen.«

»Unverständlicherweise werde ich meistens verlassen«, sagt Chris mit einem schiefen Grinsen.

»Weißt du, was ich glaube?«

»Nein, aber du wirst es mir sicher gleich sagen.«

»Wir haben es mit einer Frau zu tun, deren Kind gestorben ist.«

Chris nickt nachdenklich. »Oder verschwunden.«

Rick runzelt die Stirn. »So wie Marie, meinst du das?«

»Genau.«

»Aber die Anruferin ist nicht meine Mutter.«

»Sicher?«, fragt Chris.

»Sag mal, spinnst du?« Rick tippt sich gegen die Stirn.

»Warum sollte Ruth so etwas tun.«

Chris hebt achselzuckend die Hände. »Keine Ahnung. Ich versuche ja nur einen Zusammenhang herzustellen zwischen einem von uns und dieser Frau.«

»Die Anruferin ist nicht meine Mutter«, wiederholt Rick mit fester Stimme. »Ich hätte ihre Stimme doch erkannt.«

»Sie kann ihre Stimme verstellt haben.«

»Es ergibt einfach keinen Sinn«, widerspricht Rick vehement. »Außerdem ist es auch nicht die Handschrift meiner Mutter.«

»Auch die kann man verstellen«, kontert Chris.

»Lass meine Mutter aus dem Spiel«, quetscht Rick zwischen zusammengebissenen Zähnen heraus.

»Schon gut.« Chris winkt ab. »War ja nur so eine Idee.«

»Wo wir schon bei der Familie sind: Was ist mit Frederick?« Rick sieht seinen Freund herausfordernd an. »Hast du dich mal gefragt, ob er dahinterstecken könnte?«

»Ja«, gibt Chris zu. »Der Gedanke ist mir tatsächlich schon gekommen. Ich habe ihn wieder verworfen. Frederick ist ein Mann, keine Frau.«

»Er könnte Trudi instrumentalisiert haben. Die frisst ihm aus der Hand. Frederick hat allen Grund sauer zu sein. Auf uns alle.«

Chris presst die Lippen zusammen, starrt an Rick vorbei an die Wand. Er kämpft mit den zwiespältigen Gefühlen, die in seinem Innern toben. Er kennt seinen kleinen Bruder gut genug, um zu wissen, dass ihm eine solche Schwachsinnsaktion durchaus zuzutrauen wäre. Direkt nach seinem Rauswurf hat er ihnen den Katholikenverband auf den Hals gehetzt. Viel hat nicht gefehlt, und sie hätten die Beicht-Hotline wieder dichtmachen müssen.

»Ich hake da mal nach«, sagt er schließlich.

Rick nickt. »Schieb's aber nicht auf die lange Bank. Paula macht die Geschichte ganz schön zu schaffen, auch wenn sie es sich nicht anmerken lässt.«

Die Wohnungstür fällt mit einem lauten Knall ins Schloss. Wenige Sekunden später wird eine Zimmertür zugeworfen. Chris und Rick wechseln einen Blick.

»Ärger im Paradies?«, fragt Chris und hebt die Augenbrauen.

Rick schürzt die Lippen. »Sieht fast so aus. Wenn Paula mit den Türen knallt, ist Alarm angesagt.«

Wieder hören sie, wie die Wohnungstür geöffnet wird und ins Schloss fällt. Dieses Mal allerdings wesentlich leiser.

»Konrad«, flüstert Rick und spitzt die Ohren.

Ein Klopfgeräusch, übertönt von Konrads Stimme. »Paula, bitte! Jetzt mach schon auf.« Erneute Klopfgeräusche.

»Das kann er sich sparen«, sagt Rick und grinst Chris schief an. »Sie wird ihm nicht aufmachen. Wetten?«

Es dauert nur wenige Minuten, bis Konrad in der Küche auftaucht. Er lässt sich auf einen Stuhl fallen und fährt sich mit beiden Händen durch das regenfeuchte Haar.

»Menno«, stöhnt er. »Warum müssen Frauen immer so kompliziert sein?«

»Hast du es ihr endlich gesagt«, fragt Chris. Konrad verzieht den Mund und nickt.

»Was gesagt?« Rick sieht Konrad stirnrunzelnd an.

»Seine Band hat das Angebot, die Subtones auf ihrer Tour durch Europa zu begleiten«, klärt Chris ihn auf.

»Sie ist ausgerastet, als sie das gehört hat«, sagt Konrad.

»Und? Wirst du's machen?«, fragt Rick.

Konrad schnauft und verzieht den Mund. »So eine Chance bekommt man nur einmal im Leben. Die kann ich mir einfach nicht entgehen lassen.«

»Und was ist mit Paula und eurem Kind?«

»Mann, Rick. Du klingst schon genauso wie Paula. Es ist doch nur für ein halbes Jahr.«

»Wann soll es denn losgehen?«

»In vier Wochen«, sagt Konrad. Er klingt etwas kleinlaut.

»Aber das ist doch …«, sagt Rick und lässt den Satz in der Luft hängen.

»Ich weiß.« Konrad wirft den Kopf in den Nacken und schnauft. »Wenn das Baby sich verspätet, kann ich bei der Geburt nicht dabei sein.«

Rick zieht die Augenbrauen hoch und schweigt. Auch Chris sagt kein Wort. Nach einer Weile steht Konrad auf und holt sich ein Bier aus dem Kühlschrank. Er öffnet die Flasche, trinkt einen großen Schluck und schlendert dann zum Küchenfenster. Regen prasselt gegen die Scheibe. In großen Tränen läuft er über das Fensterglas.

»Du weißt, dass Paula auf Wohnungssuche ist?«, fragt ihn Rick.

»Wie? Auf Wohnungssuche?« Chris runzelt die Stirn. »Wollt ihr ausziehen?«

»Davon wusste ich bis heute Abend auch nichts.« Konrad dreht sich vom Fenster weg und rülpst laut. »Das hat sie mir vorhin beim Italiener mitgeteilt. Ein Nest will sie haben für unsere kleine Familie. Da passt eine WG nicht mehr in den Lebensplan.«

»Irgendwie kann ich sie verstehen«, sagt Rick.

»Ich ja auch«, sagt Konrad. »Aber was soll ich denn machen?«

»Verzichten«, sagt Rick.

»Worauf?«, fragt Chris.

»Na, auf die Tour mit der Band.«

»Vergiss es«, sagt Chris. »Selbst, wenn Konrad Paula zuliebe darauf verzichtet, wird ein schales Gefühl zurückbleiben, und zwar bei beiden. Paula wird sich im Stillen irgendwann Vorwürfe machen, dass sie seinen größten Traum zum Platzen gebracht hat. Und falls sich für Konrad keine zweite, gleichwertige Chance bietet, wird er Paula über kurz oder lang dafür verantwortlich machen. Verstehst du, was ich meine?«

Rick nickt, verzieht den Mund: »Wahrscheinlich hast du recht.«

»Und was soll ich jetzt tun?«, fragt Konrad unglücklich.

Sein Blick fällt auf das zerknitterte Papier, das vor Chris auf dem Tisch liegt. Er weist mit dem Kinn darauf und sagt: »Ist das die Botschaft dieser verrückten Friedhofsfrau?« Er löst sich von der Fensterbank und nimmt am Tischende Platz.

»Ja, genau«, sagt Rick und schiebt Konrad das Blatt Papier zu. »Kommt dir die Schrift vielleicht bekannt vor?«

Konrad stellt die Bierflasche auf dem Tisch ab und streicht das zerknitterte Papier mit der Handkante glatt. Er murmelt die Worte leise vor sich hin und sagt dann: »Nein.«

Es klingelt an der Wohnungstür. Chris runzelt die Stirn und wirft einen Blick auf die Uhr. »Erwartet ihr noch jemanden?«, fragt er im Aufstehen.

Rick schüttelt den Kopf. Konrad sagt: »Nee«, und gähnt mit weit aufgerissenem Mund.

»Rick, kommst du mal?« Chris taucht im Türrahmen auf. »Besuch für dich.«

»Für mich?« Rick springt auf und drängt sich an Chris vorbei. Im Flur steht sein Vater. Er trägt den schwarzen Wollmantel, in dem er aussieht wie ein verloren gegangenes Kind, und sieht ihm aus müden Augen entgegen. Er ist klatschnass, alles an ihm scheint zu tropfen. Unter seinen Füßen hat sich eine kleine Pfütze auf dem Boden gebildet.

»Papa«, sagt Rick und reißt erschrocken die Augen auf. »Ist etwas passiert? Ist was mit Mama?«

Leo Winter nickt. Er schluckt, nickt und öffnet den Mund, aber er bringt keinen einzigen Ton über die Lippen.

25

Konrad hört nur mit halbem Ohr, was sich vor der Küchentür im Flur der Wohnung abspielt. Der Streit mit Paula ist ihm heftiger auf den Magen geschlagen, als er vor Chris und Rick zugeben wollte. Er streckt die Beine von sich, verschränkt die Hände am Hinterkopf und stiert auf den Riss, der sich quer über die weiß getünchte Decke zieht. Ob er noch einen Versuch starten soll? Mitten in seine Überlegungen hinein ertönt der Klingelton seines Handys. Konrad greift in die Hosentasche und schaut auf das Display. Die Rufnummer ist unterdrückt. Er zögert kurz, dann meldet er sich doch. »Ja?«

»Konrad?«

Er erkennt ihre Stimme sofort. »Judith«, sagt er erstaunt.

Sie lacht. »Wie schmeichelhaft, dass du mich nach all den Jahren sofort an meiner Stimme erkennst.«

Konrad fällt keine Entgegnung ein, also stimmt er in ihr Lachen ein.

»Sag mal, ich bin bei dir um die Ecke. Hättest du Zeit auf ein Bier?«

Konrad zögert. Er denkt an Paula, spürt, wie sich Trotz in ihm regt, und sagt: »Klar, warum nicht?«

»Schön.« Judith klingt erfreut. »Warte mal«, sagt sie. »Ich stehe hier auf der Wiener Straße. Ecke Lausitzer. Vor einem Café Morena. Kennst du das?«

»Geh schon mal rein«, sagt Konrad. »Ich bin in zehn Minuten da.«

»Dann bis gleich«, sagt Judith und fügt etwas leiser hinzu: »Ich freu mich.«

Konrad steckt das Handy zurück in die Hosentasche und verlässt die Küche. Aus dem Gemeinschaftszimmer dringen Stimmen an sein Ohr. Konrad überlegt, ob er tschüs sagen soll, lässt es dann aber bleiben. Die Stimmen klingen aufgeregt, da will er lieber nicht stören. Er wirft einen Blick auf die Tür zu seinem und Paulas Zimmer. Höchstwahrscheinlich schläft sie schon. Sie kann das. Sich einfach umdrehen und wegpennen. Egal was vorher abgegangen ist.

Beneidenswert, denkt Konrad, greift sich seine Jacke von der Garderobe und zieht leise die Tür hinter sich zu. Er sprintet die Treppenstufen hinunter und registriert überrascht einen Anflug von Aufregung. Der Regen hat etwas nachgelassen. Das Licht der Straßenlaternen spiegelt sich in den zahlreichen Pfützen. Die Luft riecht nach Feuchtigkeit und Abgasen. Konrad zieht sich die Kapuze seiner Jacke über den Kopf, schlängelt sich zwischen den eng parkenden Autos durch und überquert die Straße. Im Laufschritt eilt er die Skalitzer hinunter, biegt in die Lausitzer ein und schafft es tatsächlich in knapp zehn Minuten zum Morena.

Er streift die Kapuze vom Kopf, öffnet die Tür und teilt mit beiden Händen den schweren Vorhang im Windfang. Laute Musik und Stimmengewirr branden ihm mit einem Schwall verbrauchter Luft entgegen. Es riecht nach Bier und nach Bratfett. Der Laden ist wie immer rappelvoll. Konrad bleibt stehen und scannt die Gesichter. Eine Frau, die ganz hinten am Tresen auf einem Barhocker sitzt, winkt ihm zu.

Judith.

Konrad bahnt sich einen Weg durch die Leute. Judith sieht ihm mit ausdrucksloser Miene entgegen. Konrad kämpft den Impuls nieder, sich umzudrehen und aus der Kneipe zu flüchten.

»Hi Konrad«, sagt sie, als er sich endlich zu ihr durchgekämpft hat.

»Hi Judith«, sagt Konrad.

»Ganz schön voll hier.« Judith verzieht den Mund zu einem Lächeln.

»Ja«, sagt Konrad und kommt sich vor wie ein Pennäler bei seinem ersten Date. »Hast du schon was bestellt?« Judith schüttelt den Kopf. »Auch ein Bier? Oder lieber was anderes?«

»Gerne ein Bier«, sagt Judith schnell. »Aber ein alkoholfreies.«

Während Konrad versucht, die Kellnerin hinterm Tresen auf sich aufmerksam zu machen, bemerkt er aus den Augenwinkeln, dass Judith ihn einer eingehenden Musterung unterzieht.

»Und?«, fragt er grinsend. »Habe ich mich sehr verändert?«

»Unwesentlich«, antwortet Judith. »Deine Haare sind etwas kürzer, du bist nicht mehr so schlaksig wie damals, aber ansonsten …« Sie schüttelt den Kopf. »Ich habe dich sofort wiedererkannt.«

»Deine Haare sind auch kürzer«, sagt Konrad. »Steht dir aber gut.«

»Danke«, sagt Judith.

Die Unterhaltung stockt. Die Kellnerin schiebt zwei Bier über den Tresen. Konrad zückt seine Geldbörse und winkt ab, als Judith anfängt, in ihrer Handtasche zu kramen. »Lass, ich lad dich ein.«

Sie trinken schweigend. Judith fixiert Konrad über den Rand ihres Bierglases hinweg. Konrad gibt vor, es nicht zu bemerken. Er sieht sich in der vollen Kneipe um, hält Ausschau nach bekannten Gesichtern. Inzwischen bereut er es, dass er hergekommen ist. Er fühlt sich in Judiths Gegenwart unwohl. Es geht ihm auf den Zeiger, dass sie ihn ständig anstarrt, als hätte er statt einer Nase zwei ihm Gesicht.

»Wie ist es dir ergangen?«, fragt er schließlich. »Erzähl doch mal.«

Judith stellt ihr Bier auf dem Tresen ab und zuckt mit den Schultern. »Es gibt nicht viel zu erzählen. Ich habe die Schule zu Ende gemacht, danach eine Ausbildung als Krankenschwester. Und jetzt bin ich wieder hier. Was willst du noch wissen?«

»Krankenschwester?« Konrad zieht erstaunt die Augenbrauen hoch.

»Ja«, sagt Judith. »Was dagegen?« Es klingt pikiert.

»Nein, nein«, sagt Konrad und hebt abwehrend die Hände. »Ich habe nur in Erinnerung, dass du damals davon geträumt hast, Journalistin zu werden.«

»Stimmt. Und du? Was hast du so gemacht? Spielst du immer noch Schlagzeug?«

»Ja«, sagt Konrad. »Und noch immer in derselben Band.«

»Augenblick«, sagt Judith. »Ich komme gleich auf den Namen.« Sie legt den Kopf in den Nacken und schließt die Augen. Konrad betrachtet ihr Gesicht. Judith ist noch genauso attraktiv wie damals. Vielleicht sogar noch attraktiver, aber irgendetwas fehlt ihr. Sie wirkt so, Konrad sucht nach dem richtigen Wort, unterkühlt. Fast ein bisschen leblos. Sogar, wenn sie lächelt, wirkt es aufgesetzt. Das Lächeln erreicht ihre Augen nicht. Unwillkürlich fröstelt er.

»Over nite beat«, sagt Judith mitten in seine Gedanken hinein. »Stimmt's?«

»Stimmt«, sagt Konrad und grinst. Er trinkt einen großen Schluck von seinem Bier. Wenn das Glas leer ist, mache ich mich vom Acker, beschließt er.

Wieder stockt das Gespräch.

»Und was führt dich wieder nach Berlin?«, fragt Konrad schließlich.

Judith senkt ihren Blick auf das Glas in ihren Händen und sagt so leise, dass Konrad es kaum versteht: »Die Liebe.«

»Ach«, sagt er, weil ihm nichts anderes dazu einfällt.

»Ich erwarte ein Kind«, sagt Judith und sieht ihn direkt an. Es liegt eine gewisse Herausforderung in ihrem Blick. Als würde sie von Konrad eine bestimmte Reaktion erwarten.

Konrad spürt, dass er rot wird. Unwillkürlich richtet er seine Augen auf ihre Körpermitte.

»Man sieht noch nichts«, sagt sie schnell. »Ich gehöre offensichtlich zu den Frauen, denen man die Schwangerschaft erst spät ansieht.«

Konrad würde gerne das Thema wechseln. Bevor sie anfängt, ihn mit der alten Geschichte zu konfrontieren. Judith scheint sein Unbehagen zu bemerken.

»Ich habe Stefan in dem Krankenhaus kennengelernt, in dem ich die Ausbildung als Krankenschwester gemacht habe«, sagt sie. »Er fängt im Sommer in der Charité an. Wir suchen gerade eine Wohnung in Berlin. Oder auch ein Häuschen am Stadtrand. Also, wenn du was weißt …«

»Im Augenblick wüsste ich nichts«, sagt Konrad. »Aber falls ich etwas hören sollte, gebe ich dir Bescheid.«

»Ich schreib dir mal meine Handynummer auf.« Judith zieht einen Stift und einen kleinen Block aus der Handtasche. »Im wievielten Monat ist denn deine Freundin?« Sie reißt das Papier ab, faltet es zusammen und hält es Konrad hin.

Der starrt sie mit gerunzelter Stirn an. »Woher weißt du, dass Paula schwanger ist?«

26

Ricks Vater hat sich in Paulas Lieblingssessel aus geblümtem Plüsch niedergelassen und rubbelt sich mit dem Handtuch, das Chris ihm gebracht hat, die Haare trocken.

Rick sitzt ihm gegenüber auf der Kante des Sofas. Er ist total angespannt, wie ein Bogen, der kurz davor ist, zu brechen. »Was ist passiert?«, fragt er und heftet den Blick auf seinen Vater. »Red endlich.« Seine Stimme klingt ängstlich und ungeduldig zugleich.

»Ich geh dann mal.« Chris nimmt das Handtuch von Ricks Vater entgegen und wendet sich Richtung Tür.

»Meinetwegen musst du nicht gehen«, versichert Leo Winter schnell, während er mit beiden Händen über seinen Kopf fährt, in dem vergeblichen Versuch, die Haare glatt zu streichen, die wirr in alle Richtungen abstehen.

»Bleib ruhig«, sagt auch Rick.

Chris schüttelt den Kopf. »Sorry, aber ich muss noch was Dringendes erledigen.«

»Okay.« Rick wendet sich wieder seinem Vater zu. »Also, was ist passiert?«

»Ruth ist verschwunden.«

»Seit wann?« Rick richtet sich erschrocken auf.

»Ich weiß es nicht genau.« Leo Winter weicht Ricks Blick aus und beginnt nervös seine Hände zu kneten. »Als ich sie so gegen vier zum Kaffee holen wollte, war sie weg. Ich habe mir erst nicht viel dabei gedacht. Sie verschwindet öfter mal sang- und klanglos. Bisher ist sie aber immer nach ein, zwei Stunden wieder aufgetaucht. Als sie zum Abendessen nicht erschienen ist, habe ich angefangen, mir Sorgen zu machen. Sie fürchtet sich doch so schrecklich im Dunkeln.« Er zuckt mit den Schultern und sieht Rick mit einem hilflosen Lächeln an. »An ihr Handy geht sie auch nicht.«

»Und dann?«, fragt Rick. »Hast du nach ihr gesucht?«

»Natürlich! Was denkst du denn?«, sagt sein Vater, einen gereizten Unterton in der Stimme. »Die ganze Umgebung habe ich nach ihr abgesucht. Bei den Nachbarn geklingelt. Auf dem Friedhof nachgesehen.«

»Auf dem Friedhof?«, fragt Rick erstaunt. »Wieso das denn?«

»Seit einiger Zeit sucht sie auf den Friedhöfen in der Umgebung nach Maries Seele. Sie hat mir erklärt, wenn ein Mensch stirbt und nicht in geweihter Erde beigesetzt wird, findet die Seele keine Ruhe und irrt auf Friedhöfen herum. Und wenn sie Maries Seele nicht findet, bedeutet das, dass sie noch leben muss.« Leo hebt in einer hilflosen Geste die Hände. »Frag mich nicht, wer ihr den Floh ins Ohr gesetzt hat.«

Rick fährt sich mit beiden Händen durchs Haar. »Das klingt ziemlich …« Das Wort *durchgeknallt* liegt ihm auf der Zunge. Er schluckt es hinunter, sagt stattdessen: »Das hört sich nicht gut an.«

Sein Vater nickt, schürzt die Lippen. »Es wird immer schwerer, zu ihr durchzudringen. An manchen Tagen ist sie wie früher. Ganz …« Er schluckt, fährt sich mit der Zunge über die Oberlippe. »Ganz normal. Und dann wieder …«

Rick räuspert sich. »Was meinst du? Sollen wir die Polizei einschalten?«

»Das habe ich schon«, sagt Leo und winkt ab. »Die klangen nicht besonders engagiert. Die Mehrzahl der erwachsenen Abgängigen, so heißt das wohl im Polizeijargon, taucht am nächsten, spätestens übernächsten Tag wieder auf. Und zum jetzigen Zeitpunkt können sie nicht mehr tun, als die Beschreibung von Ruth an die Streifenwagen zu geben.«

»Ist was passiert?« Paula steht mit verstrubbelten Haaren im Türrahmen, bekleidet mit einem T-Shirt, das über ihrem Bauch spannt und nur knapp die Oberschenkel bedeckt. Sie mustert die beiden Männer mit großen erschrockenen Augen.

»Meine Mutter ist verschwunden«, erklärt Rick.

Paula schlägt beide Hände vor den Mund. Ihr Blick wandert zwischen Leo und Rick hin und her. »Ist denn etwas vorgefallen?«

»Nein«, sagt Leo Winter. »Wir haben uns nicht gestritten, falls Sie das meinen.«

Paula nickt. Sie löst sich aus dem Türrahmen, verschwindet und kommt in einen Bademantel gekleidet zurück. Sie nimmt neben Rick auf dem Sofa Platz. »Seit wann vermissen Sie Ihre Frau denn schon?«

»Seit heute Nachmittag«, antwortet Rick für seinen Vater.

»Aber …«, beginnt Paula und stockt.

Rick mustert sie von der Seite. Er kann sich vorstellen, was sie sagen will. *Ist es nicht zu früh, sich Sorgen zu machen?* Im Prinzip hat Paula recht. Nur ist Ruth nicht mit normalen Maßstäben zu messen. Jedenfalls nicht mehr seit Marie verschwunden ist. Ruths Gedanken kreisen fast ausschließlich wie besessen um ihre Tochter. Sie kann nicht akzeptieren, dass Marie mit großer Wahrscheinlichkeit einem Verbrechen zum Opfer gefallen ist und ihr Mörder sie irgendwo verscharrt hat. An einem Ort, der vielleicht nie aufgespürt werden wird. Und solange Maries Leiche nicht gefunden wird, klammert Ruth sich mit verzweifelter Hartnäckigkeit an die Hoffnung, dass ihr Kind noch lebt. Eine Hoffnung, die Rick schon lange abhandengekommen ist.

»Vielleicht hat sie nur die Zeit vergessen«, vervollständigt Paula mit einem hilflosen Achselzucken ihren Satz.

Leo Winter presst die Lippen zu einem dünnen Strich zusammen, fährt sich mit der Hand mehrmals über das Kinn. Rick kennt seinen Vater gut genug, um zu wissen, dass er etwas Wichtiges zu sagen hat. Er beugt sich vor und fixiert seinen Vater. »Was ist? Jetzt red schon!«, fordert er ihn auf.

Leo Winter holt tief Luft. »Sie hat die Packung mit dem Valium mitgenommen.«

27

Seine Lunge brennt von der ungewohnten Anstrengung. Er ist die Stufen hochgehetzt, als ginge es um sein Leben. Idiotisch. Was da plötzlich in ihn gefahren ist, weiß er selbst nicht. Chris bleibt dicht vor der Wohnungstür stehen und liest die Gravur auf dem Messingschild, das über dem Klingelknopf angebracht ist, als sähe er sie zum ersten Mal. »Johannes Stein«. Die sanierte Altbauwohnung gehört ihrem Vater. Frederick darf darin wohnen. Umsonst. Der Tribut an sein schlechtes Gewissen. Chris schnaubt. Die Wohnung und die großzügigen monatlichen Überweisungen sind das Einzige, was Johannes für seinen jüngsten Sohn tut. Chris fährt sich mit der Hand über die Stirn, als wolle er die unguten Erinnerungen wegwischen, und drückt auf den Klingelknopf. Er steckt die Hände in die Gesäßtaschen und wartet. Nichts geschieht. Er drückt noch mal auf den Knopf. Dieses Mal lässt er den Finger länger drauf. Keine Minute später wird die Tür aufgerissen. Ein Schwall verbrauchter, rauchgeschwängerter Luft schlägt ihm aus der Wohnung entgegen. Vor ihm steht Trudi. Fredericks Freundin. Die beiden haben sich während der Therapie kennengelernt. Zusammen wollten sie einen Neustart wagen. Stattdessen gehen sie gemeinsam unter.

Trudi trägt ein übergroßes blau kariertes Hemd, unter dem ihre nackten Beine wie dünne, blasse Stängel herausragen. Im Mundwinkel klebt eine halb gerauchte Zigarette. Die langen blonden Haare hängen ihr strähnig ins Gesicht. Sie verzieht das Gesicht zu einem breiten Grinsen und lehnt sich gegen den Türrahmen.

»Du hier? Welche Ehre«, nuschelt sie, ohne die Zigarette aus dem Mund zu nehmen.

»Hi, Trudi«, sagt Chris. »Ist Frederick da?«

Trudi sieht ihn aus glasigen Augen an. Sie fischt die Zigarette mit spitzen Fingern aus dem Mund und pustet den Rauch in seine Richtung. Chris weicht der Wolke aus, er spürt, wie es in ihm zu brodeln beginnt. Bleib cool, sagt er sich, lass dich nicht provozieren. Er drückt sich an ihr vorbei und marschiert mit großen Schritten durch das geräumige Zimmer, das sich direkt hinter der Tür befindet.

»Hey, was fällt dir ein«, protestiert Trudi hinter seinem Rücken mit schwerer Zunge. »Ich hab dich nicht hereingebeten.«

Chris schenkt ihr keine Beachtung, er lässt seinen Blick durch den Raum schweifen. Der Boden ist übersät mit Unrat. Durchweichte Pappschachteln, in denen Pizza-Überreste schimmeln, Bierflaschen, Kleidungsstücke, benutztes Geschirr. Das dunkle Holz des Parketts schimmert nur noch an einigen wenigen Stellen durch. Das Zimmer ist völlig überheizt. Kein Wunder, dass es hier stinkt wie auf einer Müllhalde. Chris atmet durch den Mund weiter und stapft zu dem großen Dachfenster. Unter seinen Schuhen knirscht zerbrochenes Glas. Er öffnet das Fenster und atmet dankbar die frische Luft ein.

»Fredo ist nicht da«, sagt Trudi hinter seinem Rücken. Chris zuckt kurz zusammen. Aus ihrem Mund hört sich das falsch an. Fredo. Der Kosename der Mutter für Frederick, ihren verhätschelten Liebling. Bis er zwölf war und schwierig wurde, sich auf dem Kotti rumtrieb und begann, Drogen zu konsumieren wie andere in seinem Alter Gummibärchen.

Chris dreht sich langsam vom Fenster weg. Trudi steht mit hängenden Armen, leicht schwankend mitten im Raum. Krank sieht sie aus, denkt er. Abgemagert. Eine Welle von Mitleid schwappt in ihm hoch. Bevor er etwas sagen kann, spricht Trudi weiter. »Er hat sich seit Tagen nicht mehr blicken lassen, treibt sich rum. Mit dieser ... dieser ...« Sie bricht ab, sucht nach dem passenden Wort. »Dieser Fotze.« Das Wort spuckt sie mit so viel Verbitterung aus, dass Chris erstaunt eine Augenbraue hebt. Frederick schleppt immer irgendwelche Frauen ab. Bislang hat Trudi sich nicht daran gestört.

»Weißt du denn, wo ich ihn finden kann?«, fragt er und steigt über eine verkrustete Pfanne.

Trudi schüttelt so heftig den Kopf, dass ihr Körper ins Schwanken gerät. Mit einem Satz ist Chris bei ihr und kann im letzten Moment verhindern, dass sie zu Boden stürzt. Wie eine Ertrinkende klammert sie sich an ihn. Ein Gemisch aus altem Schweiß und Alkohol steigt Chris in die Nase. Sein Magen hebt sich. Er schluckt, versucht, Trudi von sich zu schieben. Sie drängt sich noch näher an ihn heran, schlingt ihm die Arme um den Hals. Er spürt ihren heißen Atem. »Fick mich!«, lallt sie.

Mit Gewalt löst Chris ihre Arme und stößt sie von sich. »Was soll der Scheiß?«, fragt er.

Trudi sieht ihn sekundenlang entgeistert an. Dann verzieht sie den Mund und fängt an, lautlos zu weinen.

Am liebsten würde Chris einfach verschwinden, so unheimlich ist ihm dieser tonlose Gefühlsausbruch. Stattdessen zieht er ein zerknülltes Tempo aus seiner Hosentasche und reicht es Trudi. Sie nimmt es und wischt sich die Tränen von den Wangen.

»Keinen Schimmer, wo dein Bruder steckt.« Schniefend stolpert sie auf die überdimensional große Couch zu, die den Raum dominiert. Vorgebeugt fegt sie ein paar leere Bierdosen herunter und lässt sich dann in das Polster fallen. Mit zittrigen Händen greift sie nach der Zigarettenschachtel auf dem Tisch. Sie wirft einen Blick hinein, sagt: »Scheiße, leer.«

»Ich geh dann mal wieder.«

»Du bist schuld«, schreit Trudi plötzlich. »Du bist an allem schuld. Wenn du ihn nicht rausgekickt hättest, wäre das alles nicht passiert.«

Chris stockt mitten in der Bewegung und wendet sich ihr wieder zu. Der Hass, den er in ihren Augen aufblitzen sieht, erschreckt ihn zutiefst. »Was wäre nicht passiert?«, fragt er.

Trudi senkt den Blick auf die Zigarettenschachtel in ihrer Hand. »Er war total fertig, am Ende«, sagt sie. »Die Beicht-Hotline war genauso sein Ding wie deins. Es war seine Chance, verstehst du?« Sie zerknüllt die Schachtel in ihrer Hand und lässt sie dann achtlos fallen.

Chris erspart es sich, sie darüber aufzuklären, dass sein Bruder sich diese Chance selbst verbaut hat. Es blieb ihnen keine andere Wahl, als Frederick rauszuwerfen, nachdem er wiederholt völlig zugekokst und alkoholisiert zur Arbeit erschienen war.

»Hast du eine Kippe für mich?«, fragt Trudi.

»Ich rauche nicht«, sagt Chris.

»Ich vergaß«, antwortet Trudi. »Du bist ja ohne Fehl und Tadel.« Ihre Stimme trieft vor Hohn.

»Wenn du Frederick siehst, richte ihm bitte aus, dass ich ihn sprechen …«

»Er plant etwas mit dieser Schlampe zusammen«, fällt Trudi ihm ins Wort. »Irgendwas ganz Großes.«

»Woher weißt du das?«

Auf Trudis Gesicht erscheint ein listiger Ausdruck. »Was zahlst du?«

»Was soll der Scheiß?«, sagt Chris genervt. »Entweder du sagst es mir oder du lässt es bleiben.«

Trudi streicht sich mit einer Hand die Haarsträhnen aus dem Gesicht. »Sie stand vor einigen Wochen vor der Tür. Sagte, sie sei eine Ex-Freundin von dir«, beginnt sie stockend.

Chris runzelt die Stirn, sagt aber nichts, um Trudi, die jetzt mit leeren Augen auf den Boden vor ihren Füßen starrt, nicht aus dem Konzept zu bringen.

»Ich hätte die Alte ja gleich zum Teufel gejagt, aber Frederick hat sie reingelassen. Sie erzählte dann, wie übel du ihr mitgespielt hättest und so.« Trudi verfällt in Schweigen. Als Chris schon glaubt, sie sei eingeschlafen, spricht sie weiter. »Die zwei waren ganz schnell ein Kopf und ein Arsch.« Ihre Stimme klingt traurig. »Frag mich nicht, was die zusammen ausgeheckt haben, ich war da außen vor. Aber es hat was mit dir zu tun, da bin ich mir sicher. Vielleicht wollen sie dir ja Konkurrenz mit einer eigenen Hotline machen.« Sie nickt wie zur Bekräftigung mehrmals mit dem Kopf. »Vor zwei oder drei Wochen rief sie an, und Frederik war schneller weg, als ich gucken konnte. Seitdem sitze ich hier und warte, dass er zurückkommt.« Sie hebt den Kopf, schaut Chris aus großen Augen an. »Was soll ich denn jetzt tun?«

Chris übergeht die Frage. Die Antwort, die er für sie hat, würde ihr mit ziemlicher Sicherheit nicht gefallen. Er steigt über das gelbfleckige Kopfkissen auf dem Boden und geht vor Trudi in die Hocke. »Wie sieht diese Frau denn aus?«

Trudi zuckt die Schultern, verzieht den Mund. »Dutzendware«, sagt sie. »Klein, dünn, schwarze Haare. Wahrscheinlich gefärbt. Aber weißt du was?« Sie sticht mit dem Zeigefinger gegen Chris' Brustkorb. »Eiskalte Augen hat die Schlampe. Kein Funken Gefühl.« Wieder nickt sie mehrmals mit dem Kopf. Dann sackt sie gegen die Rückenlehne des Sofas, schließt die Augen. »Bin müde«, murmelt sie undeutlich.

»Weißt du denn, wie sie heißt«, fragt Chris schnell.

Trudi blinzelt ihn unter halb geschlossenen Lidern schläfrig an. »Komm ich jetzt nicht drauf«, nuschelt sie und lässt sich zur Seite kippen. Es dauert keine Sekunde, da dringen abgehackte Schnarchlaute aus ihrem Mund.

Chris richtet sich auf, hebt Trudis Beine auf das Sofa und deckt sie mit der schmuddeligen Decke, die er vom Boden klaubt, zu. Dann verlässt er die Wohnung.

Steckt tatsächlich sein Bruder hinter diesem Irrsinn? Er und diese Unbekannte? Chris hat keine Ahnung, wer diese Frau sein könnte. Er ist seit Ewigkeiten Single. Nachdenklich steigt er in sein Auto, greift nach seinem Handy und wählt Fredericks Handynummer. Die Mailbox springt an. Eine Computerstimme teilt ihm mit, er könne eine Nachricht hinterlassen. Chris zögert kurz, dann sagt er. »Hier ist Chris. Ruf mich bitte an, Frederick. Es ist dringend.«

Bevor er den anderen von seinem Verdacht erzählt, will er mit seinem Bruder sprechen. Vielleicht kann er ihn ja stoppen. Dem Wahnsinn ein Ende bereiten. Dann muss niemand etwas davon erfahren. Frederick hat auch so schon genug Ärger am Hals. Und bislang ist ja noch niemand ernsthaft zu Schaden gekommen, versucht Chris sein schlechtes Gewissen zu beruhigen.

28

»Deine Freundin heißt Paula?« Judith sieht ihn fragend an.

»Ja«, antwortet Konrad knapp. »Wieso weißt du, dass sie schwanger ist?« Geistesabwesend knüllt er den Zettel mit Judiths Handynummer in die Tasche seiner Jeans.

»Ich weiß es von deiner Mutter«, sagt sie. »Hat sie dir nicht erzählt, dass wir uns zufällig getroffen haben?«

»Doch«, sagt Konrad und greift nach seinem Bier. Es ist ihm ein bisschen peinlich, dass er so misstrauisch reagiert hat. Er weiß selbst nicht genau, woran das liegt. Judith macht ihn irgendwie nervös. Das liegt an ihrer negativen Aura, würde Paula sagen.

Judith nippt an ihrem Bier und stellt das Glas zwischen ihre Oberschenkel auf den Barhocker. Mit dem Zeigefinger fährt sie am Glasrand entlang. Konrad bemerkt erst jetzt den Ring.

Sie trägt ihn immer noch, denkt er überrascht. Es war sein Geschenk zu ihrem fünfzehnten Geburtstag. Sie war ganz außer sich vor Freude, erinnert sich Konrad. Ihm war damals gar nicht so klar gewesen, welche Bedeutung es hat, wenn ein Junge seiner Freundin einen Ring schenkt. Er hatte sich nichts dabei gedacht. Im Gegensatz zu Judith. Sie wertete es als ein Versprechen.

»Warum hast du mir auf meine Briefe nicht geantwortet?«, fragt Judith unvermittelt und schaut Konrad an. Ihr Blick hat etwas Stechendes.

Eigentlich war klar, dass sie ihm diese Frage stellen würde. Er kratzt sich hinterm Ohr und sieht zur Decke. »So ganz stimmt das ja jetzt auch wieder nicht«, antwortet er.

»Du hast mir genau zehnmal geschrieben«, sagt Judith. Es klingt etwas spitz.

»Doch so oft?« Das rutscht Konrad einfach raus, ohne böse Absicht.

Judith runzelt die Stirn. »Das war eine ernsthafte Frage«, sagt sie. Der eingeschnappte Unterton ist nicht zu überhören.

Konrad bläst die Wangen auf. »Weißt du, ich war … Ich hatte damals …«, stottert er.

»Lass stecken«, unterbricht ihn Judith und dreht das Glas in den Händen. »Ist ja auch Schnee von gestern. Ich war verliebter in dich als du in mich. So was kommt vor.«

Konrad legt den Kopf schief und mustert sie prüfend. Sie hat den Blick auf das Bierglas zwischen ihren Oberschenkeln gesenkt. Ihr Zeigefinger malt immer hektischere Kreise auf dem Rand des Glases. Mit einem Mal bekommt er eine Ahnung, dass sich hinter Judiths glatter Fassade eine verletzte, einsame Person verbirgt. Für einen kurzen Moment blitzt Mitleid in ihm auf.

»Ich war sogar sehr verliebt in dich«, sagt er. Sie schaut hoch. Ihre Augen blicken skeptisch. »Doch. Das stimmt«, sagt Konrad mit einem kleinen Lächeln. »Aber du warst so fixiert. Du hast dein ganzes Glück von mir abhängig gemacht. Hast dich an mich geklammert wie eine Ertrinkende. Ich hatte irgendwann das Gefühl, ich bekomme keine Luft mehr in deiner Gegenwart.«

Judith sagt nichts. Eine zarte Röte liegt auf ihren Wangen. Ihre Augen sehen ausdruckslos an Konrad vorbei.

»Ich habe mich einfach total überfordert gefühlt. Und

als dann all die Briefe kamen …« Er bricht ab und zuckt hilflos mit den Schultern.

»Ich glaube, ich weiß, was du meinst.« Judith beißt sich auf die Unterlippe, nickt. Konrad greift nach seinem Glas auf dem Tresen und trinkt den letzten Schluck. Er fühlt sich immer ungemütlicher.

»Du hast noch nicht mal mit mir Schluss gemacht«, sagt Judith mit tonloser Stimme. »Hast dich einfach nur verpisst.«

Konrad weicht ihrem Blick aus. Am liebsten würde er flüchten. »Ich habe mich verhalten wie ein Arschloch«, gibt er schließlich zu. »Es gibt keine Entschuldigung für mein Benehmen. Ich weiß.« Er stellt das leere Glas auf den Tresen zurück. Das Gefühl von Ärger überlagert allmählich sein Unbehagen. Es kostet ihn Mühe, sich zusammenzureißen und mit ruhiger Stimme zu antworten.

»Am meisten verletzt hat es mich, dass du am Tag vor meiner Abschiebung«, an der Stelle lacht Judith kurz auf, bevor sie weiterspricht, »nicht zum verabredeten Treffpunkt gekommen bist.« Sie trinkt den letzten Rest Bier aus ihrem Glas und stellt es auf dem Tresen ab.

»Häh?« Konrad hat keine Lust mehr auf diese Unterhaltung. »Ich habe keine Ahnung, wovon du redest«, sagt er.

Judith richtet sich auf dem Barhocker kerzengerade auf und wirft ihm einen unergründlichen Blick zu »Sorry«, sagt sie gedehnt. »Ich wollte dich keinem Verhör unterziehen. Das war …« Sie macht eine hilflose Bewegung mit der Hand. »Das war so auch nicht geplant.«

»Schon gut«, winkt Konrad ab. »Wahrscheinlich musste es einfach mal raus.«

Judith wirft einen Blick auf ihre Armbanduhr. »Ich muss los.« Sie greift nach ihrer Jacke, die an einem Haken unter dem Tresen hängt, und macht eine Handbewegung zur Ausgangstür hin.

Konrad bahnt sich einen Weg durch die Leute, die immer noch dicht gedrängt zwischen den voll besetzten Tischen stehen. Die Luft ist zum Schneiden. Er schiebt den schweren Vorhang vor dem Windfang mit den Händen auseinander, öffnet die Tür und lässt Judith den Vortritt.

Es hat aufgehört zu regnen. Konrad saugt die feuchte, kühle Luft tief in seine Lungen ein. Judith hängt sich ihre Handtasche über die Schulter, verschränkt die Arme. »Ich muss da lang.« Sie nickt mit dem Kopf Richtung Görlitzer Bahnhof.

»Und ich in die entgegengesetzte Richtung«, sagt Konrad. »Aber ich kann dich gerne noch ein Stück begleiten.«

Judith schüttelt lächelnd den Kopf. »Es sind ja nur ein paar Schritte. Da wird mir schon nichts passieren. Aber danke für das Angebot.«

Sie reicht ihm die Hand. Konrad ergreift sie. »Bis bald mal«, sagt Judith.

»Ja, bis bald«, antwortet Konrad. »Ich melde mich bei dir, wenn ich etwas von einer Wohnung für euch höre.«

»Mach das«, sagt Judith und wendet sich zum Gehen. Ihre Absätze klappern unnatürlich laut auf dem Pflaster.

Konrad versenkt die Hände in den Taschen seiner Jacke und sieht ihr nach. Auf Höhe der Feuerwache dreht sie sich kurz noch mal um, hebt die Hand. Er winkt zurück. Dann wird ihre schmale Gestalt von der Dunkelheit verschluckt.

Irgendetwas stimmt mit dieser Frau nicht. Seltsam war sie ja schon damals, aber jetzt, Konrad zieht fröstelnd die Schultern hoch, ihm fällt kein passendes Wort zu ihr ein. Was immer sie am Laufen hat, es ist zum Glück nicht mehr mein Bier, denkt er und biegt um die Ecke in die Lausitzer Straße. Mit einem Mal überfällt ihn eine bleierne Müdigkeit. Höchste Zeit fürs Bett. Vielleicht hat Paula sich ja beruhigt und lässt ihn wieder rein.

Aus dem Görlitzer Park zu seiner Rechten ertönt plötzlich wütendes Geschrei. Ein Mann brüllt etwas Unverständliches, eine schrille Frauenstimme schreit dagegen an. Der Park ist voll von zwielichtigen Gestalten. Und es wird immer schlimmer in der Ecke hier. Paula hat recht. Das ist nicht die richtige Gegend, um ein Kind großzuziehen. Konrad seufzt und beschleunigt seinen Gang. Wind kommt auf. Regentropfen dick wie Trauben klatschen plötzlich unangenehm kalt auf Konrads Kopf, laufen ihm über den Nacken. Er zieht sich die Kapuze über und eilt mit weit ausholenden Schritten durch den stärker werdenden Regen. Die kreischenden Stimmen, die aus dem Park zu ihm herüberwehen, übertönen das Stakkato der schweren Schritte, die ihm durch die Lausitzer Straße folgen.

29

»Sie hat eine volle Schachtel Valium eingesteckt?« Rick springt vom Sofa auf. Er starrt seinen Vater wütend an. »Und damit rückst du erst jetzt raus?«

Paula sieht irritiert zu ihm hoch, dann erst scheint ihr zu dämmern, warum er so aufgebracht reagiert. »Ist deine Mutter denn«, sie zögert kurz, bevor sie das Wort ausspricht, »suizidgefährdet?«

Rick nickt stumm. Er beißt die Zähne so fest zusammen, dass der Kieferknochen sich unter der Gesichtshaut wie eine scharfe Kante abzeichnet.

»Wegen Marie?«, fragt Paula.

Rick sieht das Mitleid in Paulas Blick. »Ja«, antwortet er knapp und dreht sich schnell weg. Es fehlt nicht mehr viel, und er bricht in Tränen aus. Sein Vater zieht ein Taschentuch aus der Hosentasche und schnäuzt sich umständlich die Nase.

»Ich muss irgendwas tun, sonst dreh ich noch durch«, sagt Rick.

»Was willst du denn tun?«, fragt Paula und stemmt sich vom Sofa hoch.

»Ich geh sie suchen«, meint Rick entschlossen und macht sich auf den Weg zur Tür.

»Warte«, sagt sein Vater und erhebt sich ebenfalls. »Ich komme mit.«

»Bist du mit dem Auto da?«

Leo nickt. »Ja«, sagt er. »Wo willst du sie denn suchen?«

»Hast du mir nicht vorhin erzählt, dass sie neuerdings die Friedhöfe in der Umgebung abklappert?«

»Ja, schon«, sagt sein Vater. »Aber …«

»Weißt du, wie viele Friedhöfe es in Berlin gibt?«, fällt Paula ihm ins Wort.

»Wir fangen mit denen in der Umgebung von Frohnau an«, sagt Rick entschlossen. »Meine Mutter fährt nur ungern nach Berlin raus.«

»Das stimmt«, bestätigt Leo.

Rick marschiert in den Flur, nimmt seine Jacke und Leos Mantel von der Garderobe.

Paula ist ihnen gefolgt. »Ruf mich bitte sofort an, wenn du etwas erfährst, ja?«

»Klar, mach ich«, sagt Rick und zieht den Reißverschluss seiner Jacke hoch.

»Ich drücke euch die Daumen, dass ihr sie findet«, sagt Paula. »Wohlbehalten.«

»Danke«, sagt Leo und reicht ihr die Hand. Er nimmt seinen Regenschirm und folgt Rick ins Treppenhaus.

Als Rick die Tür zur Straße öffnet, bläst ihm ein kräftiger Wind einen Schwall Regen ins Gesicht. Sein Vater tritt neben ihn, müht sich mit dem Schirm ab. »Das Auto steht zwei Straßen weiter«, sagt er und zeigt Richtung Schlesisches Tor.

Sie ducken sich beide eng nebeneinander unter den winzigen Schirm und hasten schweigend durch den Regen. Die Straßenlaternen gießen trübes Licht in die Wasserpfützen auf dem Bürgersteig. Die Geräusche der Autoreifen auf dem nassen Asphalt vermischen sich mit dem gleichförmigen Rauschen des Regens. Kaum ein Mensch ist bei dem Wetter zu Fuß unterwegs.

Ricks Handy fängt unvermittelt zu klingeln an. Seine Hand fährt in die Hosentasche, zerrt es heraus. Ohne einen Blick auf das Display zu werfen, nimmt er das Gespräch an. »Ja?«

»Guten Abend, Rick.« Die Stimme ist ihm inzwischen so vertraut, als hätte sie ihn zeit seines Lebens begleitet.

»Suchen Sie sich jemand anderen für Ihre kranken Spielchen«, sagt er heftiger als beabsichtigt. Sein Vater wirft ihm unter dem Regenschirm einen erstaunten Seitenblick zu. Rick ignoriert ihn. »Ich habe Besseres zu tun, als mich mit einer Irren wie Ihnen abzugeben.«

Leo Winter verlangsamt seine Schritte, bleibt neben seinem alten Opel stehen. Er fummelt die Autoschlüssel aus der Manteltasche und schließt auf. Die Verriegelung der Türen öffnet sich mit einem leisen Klacken. Rick öffnet die Beifahrertür und lässt sich auf den Sitz fallen. Mit der freien Hand streicht er sich die nassen Haare aus dem Gesicht. »Wie sind Sie überhaupt an meine Handynummer gekommen?«

»Das spielt keine Rolle.«

Leo startet den Wagen. Die Scheibenwischer nehmen mit einem protestierenden Quietschen die Arbeit auf. Er setzt den Blinker, wartet auf eine Lücke und reiht sich in den fließenden Verkehr ein.

»Also, was ist? Was wollen Sie von mir?«, sagt Rick. Seine Stimme vibriert vor Anspannung. »Entweder Sie kommen jetzt zur Sache, oder ich leg auf.«

»Kann es sein, dass Sie Ihre Mutter vermissen?«

Adrenalin flutet Ricks Blutbahnen. Er spürt seinen Herzschlag bis unter die Schädeldecke. »Was wissen Sie von meiner Mutter?«, brüllt er ins Handy.

Sein Vater zuckt erschreckt zusammen, wirft ihm einen irritierten Blick von der Seite zu.

»Was haben Sie mit ihr gemacht?«, schreit Rick unbeherrscht.

»Richard, um Gottes willen, was ist los?« Die Stimme seines Vaters dringt wie durch Watte gepresst an sein Ohr. Bevor er zu einer Antwort ansetzen kann, hört er das Kreischen von Bremsen. Vom Sicherheitsgurt gehalten, wird er in den Sitz zurückgepresst. Der Opel kommt mit einem Ruck vor einer roten Ampel zum Stehen. Leo Winter lässt geräuschvoll die Luft aus seiner Lunge entweichen. Seine Hände umklammern das Lenkrad.

»Richard …«, setzt er an. Rick bedeutet ihm mit einer abwehrenden Geste zu schweigen.

»Alles in Ordnung bei Ihnen?«, fragt die Frau.

»Ja«, antwortet Rick mit mühsam beherrschter Stimme. »Und jetzt reden Sie endlich. Wo ist meine Mutter?«

»Ihre Mutter ist …« Die Frau zögert, als müsse sie ihre Worte sorgfältig abwägen, damit sie nichts Falsches sagt. »Ihre Mutter ist ein ganz besonderer Mensch. Sensibel und sehr zerbrechlich. Sie sollten besser auf sie aufpassen.«

Rick atmet tief aus. »Wo ist sie?«, fragt er mit mühsam beherrschter Stimme.

Ihre Antwort geht in einem lauten Hupkonzert unter. Die Ampel vor ihnen zeigt Grün. Leo Winter hebt fahrig die Hand, betätigt die Gangschaltung und fährt zügig über die Kreuzung.

»Was haben Sie gesagt? Ich habe Sie nicht verstanden.« Rick presst das Handy so fest ans Ohr, dass es schmerzt. Aber er hört nur den Regen, der einen gleichförmigen Rhythmus auf das Dach des Autos trommelt. Hat sie etwa aufgelegt?

30

Zügig überquert Konrad die Straße. Eine Böe peitscht ihm den kalten Regen ins Gesicht. Er zieht die Schultern hoch, krümmt sich gegen den Wind und beschleunigt seine Schritte. Das Treffen mit Judith hat ein schales Gefühl bei ihm hinterlassen, ohne dass er den Grund dafür benennen könnte. Vermutlich liegt es daran, dass er sie mit einer Episode seines Lebens verknüpft, die er am liebsten ganz aus seinem Gedächtnis streichen würde. Selbst Paula hat er nie was von Judith erzählt. Und wenn es nach ihm geht, muss sie auch nichts von ihrer Existenz erfahren. Zumindest jetzt nicht. Das wäre der vollkommen falsche Zeitpunkt.

Konrad ist so in Gedanken versunken, dass die schweren Schritte, die ihm über die Straße unter die Hochbahn gefolgt sind, erst im letzten Moment in sein Bewusstsein dringen. Instinktiv nimmt er die Bedrohung wahr und wirbelt herum. Abrupt stoppen die drei dunklen Gestalten. Stellen sich am Straßenrand breitbeinig in Positur. Regen tropft von den Kapuzen, die sie sich tief in die Gesichter gezogen haben. Konrad kann ihre Augen nicht erkennen. Doch die Gefahr, die von ihnen ausgeht, wird von Sekunde zu Sekunde greifbarer. Konrad spürt sie mit all seinen Sinnen, noch bevor sein Blick auf den Baseballschläger fällt, der lässig in der Hand des Typen ganz rechts baumelt.

HAU AB! SOFORT!, rät ihm sein Verstand, aber sein Körper weigert sich, den Befehl des Großhirnes auszuführen. Etwas hält ihn davon ab, den Männern den Rücken zuzukehren. Er weicht einen kleinen Schritt zurück, behält den Typen mit dem Baseballschläger genau im Auge. Der macht einen kleinen Schritt auf ihn zu, die anderen schließen sofort auf.

Erst jetzt registriert Konrad, wie jung die Männer sind, fast noch Kinder. Der Typ rechts lässt den Baseballschläger hin und her schwingen. Er grinst, als wäre das Ganze ein Riesenspaß.

Konrad spürt, wie ihm aus allen Poren der Schweiß ausbricht. Er öffnet den Mund, will schreien, aber seine Zunge klebt am Gaumen fest. Bis auf einen krächzenden Laut kommt nichts über seine Lippen. Plötzlich setzen sich die Typen gleichzeitig in Bewegung, als wären sie ein einziger Körper.

Mit einem Schlag verstummen alle Geräusche um Konrad herum. Wie in einer Art Slow Motion gleiten die drei auf ihn zu. Die Zeit scheint sich mit einem Mal ins Unendliche zu dehnen. Konrad schafft eine halbe Drehung weg von ihnen. Dann trifft ihn etwas mit einer unglaublichen Wucht in die Seite. Es haut ihn sofort von den Beinen. Er knallt gegen den Eisenpfeiler der Hochbahn, rutscht langsam an ihm herunter zu Boden.

Es ist, als hätte jemand genau in diesem Augenblick den Ton wieder auf laut gestellt. Direkt über ihm donnert eine U-Bahn vorbei. Der Regen trommelt auf die Dächer der parkenden Autos. Irgendwo, ganz in der Nähe, lacht jemand. Irgendwie schafft es Konrad, wieder auf die Beine zu kommen. Der Typ vor ihm schlägt zu. Es fühlt sich an, als würde die Faust seinen Magen gegen die Wirbelsäule schmettern. Konrad schnappt nach Luft, geht würgend in die Knie. Aus den Augenwinkeln sieht er einen Schatten, der blitzschnell auf ihn herunterschießt. Instinktiv hebt er die Arme über den Kopf, wirft sich zur Seite. Der Schlag trifft seine Schulter. Ein brennender Schmerz durchzuckt ihn. Er schreit und versucht, davonzurobben, weg von seinen Peinigern. Etwas Feuchtes rinnt ihm in die Augen. Halb blind kriecht er weiter, schmeckt Blut auf den Lippen. Ein Wimmern dringt an sein Ohr. Es klingt wie das verzweifelte Fiepen eines Welpen.

»Komm, der hat genug! Lass uns verschwinden«, keucht eine Stimme über ihm.

Konrad hebt sein Gesicht. Aus einem Impuls heraus, den er selbst nicht begreift, will er Danke sagen. Da senkt sich der Schatten wieder auf ihn herab. Das harte Holz des Baseballschlägers kracht auf seinen Hinterkopf, etwas zerbricht mit einem lauten Knacken. In seinem Schädel explodiert der Schmerz, frisst sich wie ein Feuer durch seinen Körper. Er krümmt sich auf dem Boden. Spürt, wie seine Blase sich entleert. Hände tasten über seinen Körper, drehen ihn auf den Rücken.

Eine Stimme brüllt: »Hey, ihr Schweine, lasst den Mann in Ruhe.«

Unvermittelt lassen sie von ihm ab. Konrad hört schnelle Schritte, die sich entfernen. Aus weiter Ferne dringt eine Stimme in sein Bewusstsein. Die Stimme einer Frau. Aufgeregt, schrill. Sie ruft etwas. Die Worte ergeben keinen Sinn.

Der Schmerz ist jetzt überall. Gleißend. Brennend. Überrollt ihn wie eine Woge und reißt ihn mit sich in eine gnädige Bewusstlosigkeit.

31

Ich stehe am Fenster und schaue auf die Straße hinunter. Es regnet. Im Licht der Straßenlaternen glänzt der Asphalt vor Nässe. Ein eng umschlungenes Pärchen steht auf der anderen Seite vor dem Haus mit den bunten Graffiti und küsst sich unter einem riesigen Regenschirm. Ich kann den Blick kaum von den beiden wenden und fühle plötzlich eine Sehnsucht in mir, ohne zu wissen, wem dieses Gefühl gilt.

Meine Gedanken schweifen ab, wandern zu dem Toten in der Wohnung. Ich bin geflüchtet. Ich konnte nicht noch eine Nacht zusammen mit ihm in der Wohnung verbringen. Doch auch hier verfolgen mich seine Augen. Ich sehe ihn immer wieder vor mir, wie er erst das Messer in seinem Bauch ansah und dann mich mit diesem waidwunden Blick, der mich unsagbar wütend machte. »Warum?«, fragte er und starb vor meinen Augen.

Abrupt drehe ich mich vom Fenster weg. Das Zimmer sieht genauso trostlos aus, wie ich mich fühle. Die Tagesdecke über dem Bett ist zerschlissen, der Teppich grau vom Schmutz, die Tapeten vergilbt vom Nikotin. In der Dusche wächst schwarzer Schimmel in den Fugen der kotzgrünen Fliesen. Aber das Zimmer kostet nicht viel. Die Pensionswirtin hat nicht nach meinem Namen gefragt. Sie hat wortlos die Geldscheine genommen und in ihre Kasse gesteckt. Die Gier in ihrem Blick ist mir nicht entgangen. Ihr Atem stank nach Alkohol und ihre Kleider nach kaltem Zigarettenrauch. Ich habe mir eingebildet, die Dunstwolke wie eine Art Aura um sie herum wahrzunehmen.

Ich lege mich angezogen aufs Bett und schließe die Augen. Meine Gedanken tauchen tief ein in die Vergangenheit. Ich spüre meinen Schmerz und die Verzweiflung, als wäre es gerade erst geschehen.

***

Sie holen mich aus dem Krankenhaus ab. Mein Vater fährt und meine Mutter beschimpft mich. Sie findet immer neue Beschreibungen für mich und mein Vergehen, das in ihren Augen das Schlimmste, das Ruchloseste aller Verbrechen ist. Das Wort Schande fällt mehrmals.

Er sitzt am Steuer, hält sich mit beiden Händen am Lenkrad fest und schweigt. Ich verachte ihn in diesem Moment so sehr, dass ich auf ihn einprügeln könnte. Wie oft habe ich mir gewünscht, dass er mir beisteht und sie in die Schranken weist. Aber nicht ein einziges Mal hat er ihr die Stirn geboten.

Sie kassiert mein Handy ein und konfisziert meinen Hausschlüssel. In den nächsten Tagen kann ich keinen Schritt alleine aus dem Haus machen. Es fehlt nur noch, dass sie mich im Bett festbindet. In einer unbeaufsichtigten Minute schleiche ich mich zum Telefon und wähle seine Nummer. Mein Herz klopft so heftig gegen die Brust, als wolle es zerspringen. Es klingelt drei Mal, dann höre ich die vertraute Stimme dicht an meinem Ohr und bin so erfüllt von Liebe, dass es mir für einen Augenblick den Atem nimmt.

Erst nach dem zweiten fragenden »Ja?« finde ich meine Stimme wieder und raune leise: »Ich bin's.«

Stille am anderen Ende der Leitung. Ich spreche schnell weiter, hastig. Meine Mutter kann jede Sekunde aufwachen. Ich nenne den Treffpunkt, die Uhrzeit und lege auf, bevor er etwas erwidern kann.

Nachts schleiche ich mich aus dem Haus. Doch ich warte vergeblich am vereinbarten Ort auf ihn. Erst als der Morgen dämmert, sickert die Gewissheit langsam in mein Bewusstsein. Er hat mich verraten. Wie alle mich immer verraten haben. Tränen strömen über mein Gesicht. Mit dem Handrücken wische ich mir den Rotz unter der Nase weg.

Am nächsten Morgen setzen sie mich in ein Taxi, das mich zum Flughafen bringt. Bis zum letzten Moment hoffe ich, dass er doch noch auftaucht. Aber er kommt nicht.

***

Ein Windstoß peitscht den Regen gegen die Fensterscheiben. Das Geräusch reißt mich aus meinen Erinnerungen. Ich stelle mich ans Fenster, schiebe den nikotingelben Vorhang mit der Handkante zur Seite und recke den Hals. Auf der Straße steht noch immer ein Krankenwagen mit rotierendem Blaulicht. Helle Streifen Licht zucken stroboskopartig über die dunklen Häuserfassaden und den regennassen Asphalt. Über die U-Bahn-Trasse darüber donnert ein Zug.

Ob er tot ist?, frage ich mich. Gleichgültig zucke ich mit den Schultern. Seinetwegen bin ich tausend Tode gestorben, da ist es nur recht und billig, dass auch er einen Tod sterben muss.

Ich nehme den zerknitterten Zeitungsartikel, den ich im Koffer aufbewahre, zur Hand, streiche das vergilbte Papier auf dem wackeligen dreibeinigen Tisch glatt und betrachte das Foto. Lachende Gesichter. Wie siegessicher sie wirken. Die Gründer der Beicht-Hotline, als könne nichts und niemand sie aufhalten.

Aber sie haben nicht mit mir gerechnet.

32

Rick presst das Handy ans Ohr, starrt durch die beschlagene Windschutzscheibe auf die im Regen zerfließenden Lichtkleckse der Scheinwerfer des Gegenverkehrs, ohne sie wirklich wahrzunehmen. »Hallo«, ruft er verzweifelt. »Sind Sie noch dran?«

Er hört ihren Atem. »Ja«, sagt sie leise.

»Wenn Sie wissen, wo meine Mutter ist, dann sagen Sie es mir.« Er zögert und fügt widerstrebend ein »Bitte« hinzu.

»Wer ist das?«, fragt sein Vater. »Mit wem sprichst du?« Sein Blick fliegt zwischen Rick und dem Straßenverkehr hektisch hin und her. Rick hebt die Hand, macht eine abwehrende Bewegung.

Die Frau lacht leise auf. »Denken Sie nach«, sagt sie. »Wo könnte sie denn sein?«

»Verdammt«, braust Rick auf. »Ich habe keine Ahnung.«

»Natürlich wissen Sie es. Denken Sie nach.«

»Was soll das werden? Rätselraten?« Ricks spürt, wie die Wut in ihm überhandnimmt, ihn die Angst um seine Mutter für den Bruchteil einer Sekunde vergessen lässt. »Hören Sie endlich auf mit Ihren kranken Spielchen.«

Es klickt in der Leitung. »Nein«, schreit Rick. »Nicht auflegen!« Aber die Leitung ist tot. Mechanisch stopft er das Handy in die Seitentasche der Hose zurück.

»Was ist los? Wer war das?« Die aufgeregten Fragen seines Vaters dringen wie aus weiter Ferne zu ihm durch.

»Richard, jetzt sag doch was!«

»Ich glaube, ich weiß, wo sie ist«, stößt Rick hervor. »Fahr rechts ran. Ich übernehme.«

Sein Vater folgt der Aufforderung ohne Widerrede. Er hält am Straßenrand und er und Rick wechseln die Plätze.

Innerhalb von zehn Minuten sind sie am Ziel. Rick hält direkt vor dem Eingang zum Friedhof mitten auf der Straße. Er lässt den Motor laufen, sagt »Such einen Parkplatz!« und springt aus dem Wagen, bevor sein Vater zu einer Reaktion ansetzen kann.

Es hat aufgehört zu regnen. Das Licht der Laternen taucht den regennassen Asphalt in ein matt schimmerndes Gelb. Der Wind jagt die Wolken wie eine Herde schwarzer Schafe über den Himmel. Rick hastet über die Straße. Das Gittertor zum Friedhof steht weit offen, als hätte es dieses Mal extra jemand für ihn geöffnet. Er atmet tief durch und läuft den breiten Weg entlang bis zur ersten Biegung. Hier sind er und Paula links abgebogen. Da ist er sich sicher. Aber dann? Ricks Augen gewöhnen sich nur langsam an die Dunkelheit, die immer undurchdringlicher wird, je tiefer er in den Friedhof eindringt. Das silbrige Licht des Mondes, das immer mal wieder durch die Wolken blitzt, erhellt die Umgebung nur notdürftig. Der Geruch nach feuchter Erde und modrigem Laub ist nach dem Regen so intensiv, dass Rick das Gefühl hat, ihn auf der Zunge schmecken zu können. Die schmalen Pfade, die rechts und links vom Weg abgehen und das Friedhofsareal wie eine Art Gitternetz durchziehen, sehen alle gleich aus unter dem dunklen Teppich, den die Nacht über der Stadt ausgebreitet hat. Rick bleibt stehen, dreht sich um sich selbst, versucht, sich zu orientieren. Hier und da durchbrechen flackernde Lichtpunkte das einheitliche Grau der

Dunkelheit, lassen wild zuckende Schatten über die Gräber springen. Ricks Blick irrt umher auf der Suche nach einem Anhaltspunkt, etwas Bekanntem, das ihm den Weg weisen könnte. Verzweiflung kriecht in ihm hoch. Wie soll er sich hier zurechtfinden? Er läuft weiter geradeaus. Direkt vor ihm zeichnen sich die Umrisse der Marienstatue mit dem zerbröckelten Gesicht ab, vor der Paula sich so erschreckt hat. Er ist auf dem richtigen Weg. Hier irgendwo muss es sein. Er läuft weiter, versucht, sich von seinem Instinkt leiten zu lassen. Das Keuchen seines Atems und das rhythmische Klatschen seiner schnellen Schritte auf dem nassen Erdboden sind die einzigen Geräusche, die die Stille durchbrechen.

Plötzlich kommt ihm ein Gedanke. Er zieht das Handy aus der Hosentasche und wählt die Handynummer seiner Mutter. Sein Herzschlag beschleunigt sich, als der erste Klingelton in sein Ohr tönt. Es nimmt das Gerät vom Ohr und lauscht in die Stille. Der Wind rauscht durch die kahlen Äste der Bäume. Dahinter, kaum wahrnehmbar, tönt ein gedämpfter Ton durch die Stille. Wie das Läuten eines altmodischen Telefons. Ja! Rick stößt die Luft aus der Lunge und bewegt sich mit schnellen Schritten in die Richtung, aus der das Klingeln kommt. Der Klingelton ist immer deutlicher zu hören. Als sich die Friedhofsmauer in sein Blickfeld schiebt, weiß er wieder, wo er abbiegen muss. Außer Atem erreicht er die Lichtung und sieht sich suchend um. Der Kreis der roten Grablichter steht noch immer. Die meisten sind mittlerweile umgekippt und erloschen, aber in einigen brennt noch der Docht. Ihr Licht taucht die Umgebung in einen rötlichen Schimmer. Jemand hat das Kreuz wieder aufgerichtet, die Erde davor sorgfältig geglättet.

Er formt die Hände zu einem Trichter. »Mama!«, ruft er. »Wo steckst du?«

Seine Stimme schallt über den dunklen Friedhof, verliert sich im Rauschen des Windes. Sie muss hier irgendwo sein. Rick nimmt sein Handy zur Hand und drückt die Wahlwiederholung. Die Verbindung wird aufgebaut. Er hört den Klingelton über sein Handy und um den Bruchteil einer Sekunde zeitversetzt auch von außerhalb. Rick scannt die Umgebung. Zwischen zwei dicken Baumstämmen blinkt etwas im matschigen Laub. Er stürzt darauf zu, greift danach. Es ist ein Handy. Auf dem hell erleuchteten Display liest er: »Rick ruft an«. Seine Mutter ist tatsächlich hier gewesen. Nur wo ist sie jetzt? Er steckt beide Handys ein, überlegt fieberhaft, wie er jetzt vorgehen soll. Vielleicht irrt Ruth über den Friedhof, findet den Ausgang nicht. Vielleicht ist sie mittlerweile auch sonst wo. Das Friedhofsareal systematisch nach ihr abzusuchen, würde Stunden dauern und auch nur dann Erfolg versprechen, wenn sie sich nicht von der Stelle bewegt. Vielleicht ist sie aber auch noch irgendwo in der Nähe. Wieder formt er die Hände zu einem Trichter. »Ruth«, ruft er, so laut er kann. Zwischen zwei Grabsteinen flattert ein Vogel erschreckt vom Boden hoch.

Immer wieder ruft er abwechselnd ihren Namen und »Mama«, während er im Laufschritt dem Ausgang zustrebt. Sein Vater erwartet ihn mit sorgenvoller Miene direkt am Gittertor.

»Hast du sie gefunden?«, ruft er ihm entgegen.

Rick schüttelt den Kopf und bleibt schwer atmend neben seinem Vater stehen. »Aber sie war hier«, sagt er. »Ich habe ihr Handy gefunden. Sie muss es verloren haben.«

»Richard, ich verstehe das alles nicht«, sagt sein Vater

und schiebt seine Hände in die Manteltaschen. »Was hat das alles zu bedeuten?«

»Wir fahren jetzt zur Polizei«, sagt Rick. »Auf dem Weg dahin erkläre ich dir alles. Wo hast du geparkt?«

Schweigend laufen sie an der mit Graffiti vollgeschmierten Friedhofsmauer entlang, vor der dicht an dicht die Autos der Anwohner parken. Die kahlen Äste der Bäume werfen dunkle Schatten auf das Kopfsteinpflaster der Straße. Ein paar Meter vor ihnen löst sich eine Gestalt aus dem Schatten der Mauer, tritt zwischen zwei parkenden Autos auf die Straße. Rick bemerkt die zierliche Silhouette einer Frau, einen Schal zum Schutz gegen die Kälte um den Kopf geschlungen. Leo Winter erkennt sie als Erster.

»Ruth!«, ruft er und beschleunigt seine Schritte.

Die Frau bleibt stehen, wendet sich langsam nach ihnen um. Ihr Gesicht liegt im Dunkeln. Einen Moment lang befürchtet Rick, dass sein Vater sich geirrt hat und es eine Verwechslung ist. Doch dann macht die Frau einen Schritt in ihre Richtung und das Licht einer Straßenlaterne erhellt ihre blassen Gesichtszüge. Eine rote Haarsträhne lugt unter dem schwarzen Schal hervor.

Sie ist es.

33
VIERTER TAG

Mit einem Schlag ist Rick hellwach. Was war das? Er schlägt die Augen auf, sieht sich verwirrt in dem schmalen Raum um. Wo ist er? In der Ecke steht ein Bügelbrett, daneben ein überquellender Wäschekorb. Erst als er das Che-Guevara-Plakat an der Wand gegenüber sieht, fällt ihm alles wieder ein. Er verschränkt die Arme hinter dem Kopf und starrt an die Decke, von der immer noch die runde Kugellampe baumelt, die er vor Jahren eigenhändig dort angebracht hat. Das weiße Reispapier ist mittlerweile ganz gelb geworden. Wenn man genauer hinsieht, kann man die feine Staubschicht in den Rillen entdecken, die den Lampenschirm wie eine zweite Haut überzieht. Wann hat er das letzte Mal hier in dem Zimmer geschlafen? Er kann sich nicht mehr erinnern. Rick schließt die Augen und lässt die Geschehnisse der letzten Nacht noch mal vor seinem inneren Auge ablaufen.

Ruth hatte sich wie eine Ertrinkende an Rick geklammert, ihr Gesicht an seiner Schulter verborgen und etwas gewimmert, das sich in seinen Ohren nach »Mir ist so kalt.« und »Wo warst du denn so lange?« anhörte. Sein Vater stand daneben und tätschelte mit einem hilflosen Ausdruck auf dem Gesicht den Arm seiner Frau. Rick zog die Jacke aus und half seiner Mutter, sie anzuziehen. Dann legte er einen Arm um ihre schmalen Schultern und folgte dem Vater zum Wagen. Ruth nahm auf dem Rücksitz Platz und schloss die Augen. Sein Vater bat ihn, sie nach Frohnau zu fahren. Dort angekommen ließ Ruth sich von ihrem Mann widerstandslos nach oben ins Schlafzimmer führen.

Rick nahm sich eine Flasche Wasser aus dem Kühlschrank und trank sie im Stehen bis zur Hälfte leer. Dann setzte er sich an den Küchentisch. Ein Teil von ihm war zum Umfallen müde, der andere Teil aufgekratzt und hellwach. Als sein Vater nach kurzer Zeit in der Küche erschien, erzählte Rick ihm in groben Zügen von der mysteriösen Anruferin. Gemeinsam überlegten sie, ob es sinnvoll wäre, die Polizei zu informieren, vertagten die Entscheidung schließlich auf den nächsten Tag, da sie beide vor Müdigkeit nicht mehr klar denken konnten.

Rick starrt an die Decke. Wer ist diese Frau und was will sie von uns? Seine Mutter kann ihm diese Frage vielleicht beantworten. Er schwingt die Beine aus dem Bett, greift nach der Jeans auf dem Boden und zieht sich an. Von unten dringen leise Geräusche an sein Ohr. Rick stapft die Treppe hinunter, bleibt in der Tür zur Küche stehen. Seine Mutter steht vor dem Gasherd, dreht ihm den Rücken zu. Sie trägt einen viel zu großen Bademantel, der fast bis zum Boden reicht. Nur ihre nackten Fersen ragen darunter hervor. Die langen roten Haare liegen wie ein Fächer ausgebreitet auf dem Rücken. Jetzt nimmt sie den pfeifenden Wasserkessel vom Herd, dreht die Gasflamme aus und gießt das kochende Wasser in den Kaffeefilter.

»Guten Morgen, Mama.«

Seine Mutter zuckt kurz zusammen. Dann dreht sie sich um, schenkt ihm ein kleines Lächeln. »Guten Morgen, mein Schatz.«

»Schläft Papa noch?«, fragt Rick und nimmt zwei Tassen aus dem Schrank.

»Ja. Wie ein Murmeltier«, sagt Ruth und gießt ein weiteres Mal Wasser in den Filter. Der Duft nach frischem Kaffee breitet sich in der Küche aus.

Es ist fast wie früher, denkt Rick. Aber eben nur fast. Er quetscht sich auf die Eckbank und streckt die langen Beine aus. Ruth stellt die Kaffeekanne auf den Tisch und neigt den Kopf zur Seite. »Hast du Hunger? Soll ich Frühstück machen?«

Rick schüttelt den Kopf. »Kaffee reicht. So früh bringe ich eh noch keinen Bissen runter.«

Ruth lacht kurz auf. »Das hast du von mir«, sagt sie und gießt erst Ricks Becher und danach ihren voll. Schweigend sitzen sie sich eine Weile gegenüber, nippen hin und wieder an dem Kaffee. Rick betrachtet seine Mutter verstohlen über den Rand seines Kaffeebechers. Die letzten Jahre haben deutliche Spuren in ihrem Gesicht hinterlassen. Die makellose Porzellanhaut, auf die sie immer so stolz und für deren Pflege ihr keine Creme zu teuer gewesen ist, sieht grau und talgig aus. Ihre Augen, die früher vor Lebensfreude förmlich gesprüht haben, wirken stumpf und glanzlos. Blank wie ausgewaschene Kieselsteine. Und dünn ist sie geworden. Ein Windstoß genügt, um sie umzublasen.

Das Mitleid schnürt Rick die Kehle zu. Er beißt sich auf die Unterlippe, schluckt den Kloß in seinem Hals mühsam hinunter.

»Mama«, sagt er und räuspert sich, weil er nicht weiß, wo er anfangen soll. »Was wolltest du gestern auf dem Friedhof?«

Ruth runzelt die Stirn, als müsste sie überlegen, was Rick meint. Sie streicht sich mit dem Zeigefinger eine

Strähne hinters Ohr. »Ich habe gehofft, Marie dort zu finden«, sagt sie dann.

»Du hast gehofft, Marie zu finden?«, wiederholt Rick.

»Nicht Marie selbst«, sagt sie mit leiser Stimme. »Aber ihre Seele hätte dort sein können.«

Rick hebt den Kopf und sieht direkt in Ruths Augen. Ihr Blick ist klar. Er fasst über den Tisch und ergreift ihre Hand. Sie fühlt sich überraschend fest und kühl an.

»Du glaubst, du kannst Maries Seele auf einem Friedhof finden?«, fragt er behutsam.

Ruth pustet in ihre Kaffeetasse und trinkt dann einen kleinen Schluck. »Ja«, sagt sie schließlich. Sie verzieht ihre Lippen zu einem Lächeln. »Aber ich bin froh, dass ich sie bisher noch nicht gefunden habe.«

Solange du ihre Seele nicht findest, kannst du dich an die Hoffnung klammern, dass Marie noch lebt, denkt Rick. Laut sagt er: »Wie bist du denn auf die Idee gekommen, ausgerechnet auf diesem Friedhof nach ihr zu suchen?«

»Das war nicht meine Idee. Das war die Idee dieser Frau.«

Rick spürt, wie sich sein Herzschlag beschleunigt. Er richtet sich auf und beugt sich leicht nach vorne. »Welcher Frau?«, fragt er.

»Habt ihr zwei für mich auch einen Kaffee?« Ricks Vater kommt in Pantoffeln und Pyjama in die Küche geschlurft. Leo Winter scheint wild entschlossen, gute Laune zu verbreiten. Er nimmt sich einen Becher aus dem Küchenschrank und schenkt sich schwungvoll Kaffee ein. »Was fangen wir drei denn mit dem Tag heute so an«, sagt er betont fröhlich, setzt sich zu ihnen an den Tisch und schaut sie der Reihe nach an. »Wo die Familie ausnahmsweise mal komplett ist. Passiert ja auch nicht alle Tage.«

Rick stöhnt innerlich auf. Er sieht, wie Ruths Gesicht versteinert, und würde seinen Vater am liebsten schütteln. *Wo die Familie mal komplett ist.* Wie dämlich muss man denn sein?

Ruth schiebt ihren Becher mit einer brüsken Bewegung von sich. Kaffee schwappt über. Sie rafft den Bademantel vor ihrer Brust zusammen, als müsse sie sich schützen und steht auf. »Ich gehe duschen«, sagt sie mit tonloser Stimme und verlässt die Küche.

Rick sieht seinen Vater an und schüttelt den Kopf. Leo hebt in einer hilflosen Geste beide Hände. »Ich hab's mal wieder vermasselt«, sagt er.

Es klingt so kläglich, dass er Rick schon wieder leidtut. »Das kannst du laut sagen«, sagt er und verzieht den Mund zu einem halbherzigen Grinsen. »Hast du es schon gesagt?«

»Was gesagt?«

»Dass du sie verlassen willst.«

Leo Winter schüttelt den Kopf. »Die Gelegenheit hat sich noch nicht ergeben. Aber jetzt, wo du da bist …« Er lässt den Satz unvollendet.

Rick schüttelt heftig mit dem Kopf. »Lass mich aus dem Spiel. Das ist eine Sache zwischen euch beiden. Wie hast du dir das überhaupt vorgestellt? Willst du sie hier allein zurücklassen? Oder soll sie woanders hinziehen? Meinst du nicht, du machst es dir ein bisschen zu einfach?«

Das Gesicht seines Vaters verfinstert sich, wird abweisend. »Was soll ich denn deiner Meinung nach tun?«, fragt er.

Rick zuckt mit den Schultern, weicht dem Blick des Vaters aus. »Ihr seid Mann und Frau. Heißt es nicht: in guten wie in schlechten Zeiten?« Rick weiß selbst nicht, was in ihn gefahren ist. Er kann nicht mehr aufhören, seinen Vater mit Vorwürfen zu überhäufen. »Aber so warst du ja schon immer. Sobald es schwierig wird, ziehst du den Schwanz ein und kneifst.«

»Mann, Richard!« Leo Winter schlägt mit der flachen Hand auf den Tisch. Seine Wangen färben sich rot. Offensichtlich selbst erschrocken über die Heftigkeit seiner Reaktion springt er auf und stellt sich mit dem Rücken zu Rick ans Fenster. Er stützt die Hände auf die Fensterbank und sagt so leise, dass Rick Mühe hat, die Worte zu verstehen: »Wie wär's, wenn du dich jetzt mal um deine Mutter kümmerst? Ich bin nämlich am Ende meiner Kräfte.«

Rick spürt, wie ihm das Blut in den Kopf schießt. Er öffnet den Mund, will aufbrausen. Aber ihm fällt keine passende Erwiderung ein.

Leo Winter richtet sich abrupt auf und geht mit gesenktem Kopf an ihm vorbei zur Tür hinaus. Auf seinen Wangen glänzt eine Tränenspur.

Ein Gefühl von Abneigung überfällt Rick. So heftig, dass es ihm für einen Augenblick den Atem nimmt. Er ballt seine Hände zu Fäusten. Doch so plötzlich, wie diese Empfindung in ihm aufgeflammt ist, klingt sie auch wieder ab und weicht dem Gefühl der Verachtung für seinen Vater, für dessen Schwäche. Am liebsten würde Rick das Weite suchen. Aber das geht nicht. Er muss wissen, wer diese Frau ist. Und das kann ihm nur seine Mutter beantworten.

Er atmet tief durch und folgt seiner Mutter nach oben. Das Knacken des Holzes unter jedem seiner Schritte kommt ihm unnatürlich laut vor in der Stille.

Vor der geschlossenen Tür zu dem Zimmer seiner Schwester bleibt er stehen. Seit das damals passiert ist, hat er Maries Zimmer nicht mehr betreten. Im Gegensatz zu seiner Mutter, die Tag für Tag Stunden darin verbringt. Von drinnen hört er leise Geräusche. Zögernd hebt er die Hand und klopft gegen die Tür.

34

Paula wird von einem Tritt des Babys gegen ihre Bauchdecke geweckt. Im ersten Augenblick weiß sie nicht, wo sie ist. Sie richtet sich im Sessel auf und reibt sich die Augen. Ihr Rücken schmerzt. Durch die Lamellen der Jalousie fällt schummeriges Tageslicht in das Zimmer.

Konrad, schießt es Paula durch den Kopf. Wo ist Konrad? Gestern Abend, nachdem Rick und sein Vater weg waren, hat sie beschlossen, auf seine Rückkehr zu warten. Als Zeichen ihres guten Willens. Aber dann ist sie wohl im Sessel eingeschlafen. Paula rappelt sich stöhnend hoch, tappt auf Strümpfen zu ihrem Zimmer und öffnet vorsichtig die Tür. Das Zimmer ist leer. Konrad ist nicht nach Hause gekommen. Der Schreck fährt Paula wie ein Schlag in die Magengrube. Wie in Trance geht sie unter die Dusche. In ihrem Kopf kreist unaufhörlich ein Gedanke: Wo hat Konrad die Nacht verbracht.

Als Paula aus dem Badezimmer Richtung Küche geht, klingelt im Zimmer von Chris das Telefon. Sie hört seine Stimme, sie klingt verschlafen. Keine fünf Minuten später taucht er in der Küche auf.

»Du glaubst nicht, wer mich gerade angerufen hat«, ruft er aufgeregt und stopft sein falsch zugeknöpftes Hemd in die Hose.

»Keine Ahnung.«

»*Deutschland talkt*«, verkündet er triumphierend, während er die Gürtelschnalle schließt.

»Häh?« Paula sieht ihn verständnislos an. Sie setzt sich und gießt Tee in ihre Tasse.

Chris scheint von innen zu glühen. Seine Augen sind gerötet. Fahrig streicht er sich eine Haarsträhne aus der Stirn und setzt sich Paula gegenüber.

»*Deutschland talkt* ist eine neue Talksendung im Ersten. Sie testen ein neues Format.« Chris macht eine kleine Pause, um Luft zu holen. »Jemand aus der Redaktion hat mich gerade angerufen und nach Köln eingeladen. Sie wollen ein Vorgespräch mit mir führen. Wenn alles gut läuft, laden sie mich zu einer ihrer nächsten Sendungen ein. Was sagst du dazu?«

»Nicht schlecht.« Paula entzieht Chris ihre Hände mit sanfter Gewalt und nimmt die Teetasse auf.

»Nicht schlecht?« Chris springt auf, holt sich eine Tasse aus dem Schrank. »Grandios wäre das. Hast du eine Ahnung, wie viele Leute da zuschauen? Millionen! Eine bessere Werbung können wir gar nicht bekommen.«

Chris füllt den Wasserkocher auf, hängt einen Teebeutel in die Tasse und bleibt an den Schrank gelehnt stehen. Paula bestreicht eine Scheibe Brot mit Erdbeermarmelade. In das blubbernde Geräusch des kochenden Wassers hinein sagt Chris: »Es gibt nur ein kleines Problem.« Der Kocher schaltet sich mit einem kurzen Klacken ab. Chris gießt Wasser in die Tasse und setzt sich wieder an den Tisch.

»Ich bin ganz Ohr«, sagt Paula und beißt in ihr Brot.

»Der Termin ist heute.«

»Heute?«

Chris nickt und zieht die Nase kraus. »Ich weiß. Der Zeitpunkt ist denkbar ungünstig. Rick fällt aus. Und wenn ich jetzt auch weg bin, heißt das …«

»Dass ich und Konrad für euch beide übernehmen müssen«, fällt ihm Paula ins Wort.

Chris schürzt die Lippen und nickt. »Wäre das okay?«

Paula zuckt mit den Schultern. »Für mich schon«, sagt sie mit vollem Mund. »Immerhin geht es dabei ja auch um die Zukunft unseres Projektes. Ich kann allerdings nur für mich sprechen, nicht für Konrad.« Paula wischt sich mit dem Zeigefinger einen Krümel aus dem Mundwinkel. »Er ist heute Nacht nicht nach Hause gekommen.«

Chris zieht die Augenbrauen hoch. Er nimmt den Teebeutel aus seiner Tasse und drückt ihn mit einem Teelöffel aus. Ohne Paula anzusehen, sagt er: »Wahrscheinlich hat er bei einem Kumpel übernachtet. Ich meine, immerhin hast du ihn ja aus eurem Zimmer ausgesperrt.«

Paula spürt, wie sie errötet. »Ja, ich weiß, das war total kindisch. Aber du glaubst gar nicht, wie wütend er mich manchmal machen kann. Erst kriegt er den Mund nicht auf, und wenn er es endlich schafft, mir zu sagen, was los ist, stellt er mich vor vollendete Tatsachen.«

Chris grinst. »Ich verstehe sehr gut, was du meinst.« Er wirft einen schnellen Blick auf die Uhr. »Du, sei mir nicht böse. Ich muss checken, ob ich heute Morgen noch einen Flug nach Köln bekomme. Sonst muss ich den Termin doch noch absagen.« Er greift nach seiner Tasse und steht auf.

»Mitten in der Woche ist das sicher kein Problem«, sagt Paula. »Ich drück dir jedenfalls die Daumen, dass alles klappt und wir dich bald im Fernsehen bewundern dürfen.«

»Danke«, sagt Chris und verlässt mit schnellen Schritten die Küche.

Paula sieht ihm lächelnd nach. Hoffentlich klappt das, denkt sie. Chris hat so viel Herzblut in dieses Projekt gesteckt. Wenn es scheitert, würde ihn das von uns allen am härtesten treffen. Sie umfasst die Tasse mit beiden Händen und schaut aus dem Fenster. Draußen regnet es in Strömen. Wo steckt Konrad bloß, denkt sie. Mitten in ihre Überlegungen hinein schrillt die Türklingel. Konrad! Paula springt auf und hastet zur Wohnungstür. Ihr Herz klopft schneller vor Aufregung, als sie die Tür öffnet.

Doch es ist nicht Konrad, der vor Tür steht. Paula schluckt die Enttäuschung hinunter und zwingt sich zu einem Lächeln.

»Was für eine nette Überraschung«, sagt sie und tritt beiseite. »Komm doch rein.«

»Hi, Paula«, sagt Rachel. Sie spannt ihren nassen Schirm auf und stellt ihn im Hausflur zum Trocknen ab, bevor sie Paulas Aufforderung Folge leistet. »Ich hoffe, ich störe nicht«, sagt sie.

Paula schüttelt den Kopf. »Nein, du störst nicht. Aber viel Zeit habe ich trotzdem nicht für dich. Ich muss gleich los zur Arbeit.«

»Ich wollte dir auch nur schnell etwas vorbeibringen.« Rachel nimmt ihre Tasche von der Schulter und beginnt darin zu wühlen. »Dann bin ich auch gleich wieder weg.« Sie zieht ein kleines schwarzes Büchlein heraus und hält es Paula hin. »Ich glaube, das gehört dir.«

»Mein Adressbuch«, sagt Paula erstaunt und nimmt es Rachel aus der Hand. »Wie bist du denn da rangekommen? Ich habe schon überall danach gesucht.«

»Das hast du anscheinend im Café Paul verloren. Ich habe mich gestern mit einer Freundin dort getroffen. Die Bedienung hat mich wiedererkannt und gefragt, ob ich es dir vielleicht vorbeibringen könnte. Was ich hiermit getan habe.« Rachel grinst Paula an.

»Vielen Dank«, sagt Paula.

»Paula!« Chris streckt seinen Kopf aus der Zimmertür.

Paula dreht sich nach ihm um. »Ja?«

»Ich habe noch einen Flug um 10 Uhr heute Vormittag bekommen.«

»Okay.« Paula nickt. »Ach ja«, sagt sie an Rachel gewandt. »Das ist mein Mitbewohner, Chris. Chris, das ist Rachel.«

»Hi«, sagen Rachel und Chris gleichzeitig.

Nach einer kurzen Verlegenheitspause sagt Chris an Paula gewandt: »Ich weiß noch nicht, ob ich's heute noch schaffe zurückzukommen. Je nachdem wie lange es dauert, übernachte ich in Köln.«

»Alles klar.«

»Ich muss dann auch los. Ciao, ihr beiden«, sagt er und zieht sich wieder in sein Zimmer zurück.

Rachel schiebt die Hände in die Taschen ihrer Lederjacke und zieht die Schultern hoch, als würde sie frieren. »Na, dann mach ich mal wieder den Abflug«, sagt sie.

Paula sieht sie forschend an. »Alles in Ordnung mit dir?«

»Ja«, sagt Rachel.

»Das klingt aber nicht so«, bemerkt Paula.

»Ach.« Rachel macht eine wegwerfende Handbewegung. »Ich habe gedacht, es wäre nett, wenn wir zusammen frühstücken gehen könnten. Aber eigentlich hätte mir klar sein können, dass du arbeiten musst.«

»Wir holen es nach«, sagt Paula. »Was hältst du davon, wenn wir uns in meiner Mittagspause treffen?«

»Gerne«, sagt Rachel. »Soll ich dich abholen?«

»Gute Idee. So gegen 12 Uhr?«

»Super. Also dann bis nachher. Ich freue mich.« Rachel hebt die Hand und wendet sich der Wohnungstür zu.

»Warte«, sagt Paula. »Du weißt doch gar nicht, wo das Büro ist.«

Rachel schlägt sich mit der flachen Hand gegen die Stirn und verdreht die Augen. »Ich hatte heute Morgen noch keinen Kaffee. Ohne eine gehörige Dosis Koffein ist mein Gehirn nur bedingt einsatzfähig.«

»Ich schreib dir die Adresse auf.« Paula geht mit schnellen Schritten davon. Rachel tritt unschlüssig von einem Fuß auf den anderen, schließlich folgt sie ihr in die Küche.

»Hier.« Paula reicht ihr den Zettel mit der Anschrift. »Wenn du kurz wartest, komme ich gleich mit runter«, sagt sie. »In welche Richtung musst du?«

»Schlesisches Tor«, sagt Rachel.

»Prima. Dann haben wir ja fast den gleichen Weg. Ich muss nur noch mal kurz ins Bad, dauert keine drei Minuten.«

»Okay.«

»Ich beeile mich«, verspricht Paula.

Rachel sieht sich in der Küche um. Ihr Blick schweift über die safrangelb gestrichenen Wände, die beiden Becher auf dem Küchentisch, die Kiste Bier in der Ecke, und bleibt an dem mit Zetteln gespickten Pinnbrett neben dem Kühlschrank hängen. Neugierig geht sie näher ran. Unter einer Armada von bunten Pinnwandnadeln sind Adressen, Quittungen und Postkarten aufgespießt. In der Mitte hängt ein Zeitungsartikel, fast DIN-A4-Format.

»Auszeichnung für die innovativste Geschäftsidee des Jahres: die Beicht-Hotline«, liest sie und überfliegt den Artikel. Dann betrachtet sie das von dem Text umrahmte Foto genauer. Die einzige Frau darauf ist unverkennbar Paula. Sie strahlt, als würde sie dafür bezahlt. Unter ihrem engen T-Shirt zeichnet sich schon der kleine Babybauch ab. Links neben ihr steht Chris und grinst breit und selbstbewusst in die Kamera. Der Schlaks mit den roten Haaren, der die anderen um einen Kopf überragt, ist Rick, dem sie neulich zusammen mit Paula über den Weg gelaufen ist.

»Hast du den Artikel über unser WG-Unternehmen entdeckt?«

Rachel zuckt erschreckt zusammen und dreht sich um. Paula steht im Türrahmen und bindet ihre Haare mit einem bunten Tuch im Nacken locker zusammen.

»Beicht-Hotline?« Rachel hebt die Augenbrauen.

»Chris hatte die Idee«, sagt Paula und ignoriert den spöttischen Unterton. »Und ob du es glaubst oder nicht: Es funktioniert.«

»Die Leute rufen wirklich bei euch an, um ihre Sünden zu beichten?«, fragt Rachel erstaunt.

»Ja«, sagt Paula.

»Kann man bei euch noch einsteigen?« Rachel grinst Paula an.

»Das geht nur, wenn du bereit bist, dich entsprechend schulen zu lassen. Das dauert allerdings einige Zeit.«

»Kein Problem«, versichert Rachel.

»Ich kann Chris gerne mal fragen«, sagt Paula und wirft einen schnellen Blick auf die Uhr an der Wand. »Du, ich muss los. Sonst komme ich zu spät.«

»Klar«, sagt Paula und fügt nach einem kurzen Zögern hinzu. »Der Typ mit den dunklen Haaren neben dir … Ist das dein Freund?«

Paula schüttelt den Kopf. »Nein, das ist Frederick. Der Bruder von Chris. Aber er ist«, Paula zögert, »vor einiger Zeit wieder ausgestiegen. Der neben Chris steht, das ist Konrad.«

»Ach«, sagt Rachel. »Zufälle gibt es.«

Paula runzelt die Stirn. »Wieso? Kennst du Konrad?«

»Nein, nein!« Rachel schüttelt den Kopf. »Ich habe ihn nur gestern Abend gesehen.«

»Du hast Konrad gesehen?« Paula streicht sich mit einer ungeduldigen Handbewegung eine Locke aus der Stirn. »Wo?«

»Im Morena.«

»War er …« Paula schluckt. »War er allein?«

Rachel kratzt sich verlegen hinterm Ohr. »Nein«, sagt sie gedehnt.

»Hey, lass dir doch die Würmer nicht einzeln aus der Nase ziehen«, fährt Paula sie schärfer als beabsichtigt an.

Rachel senkt den Blick auf den Boden und flüstert, so leise, dass Paula sie kaum versteht: »Er saß am Tresen und hat sich angeregt mit einer Frau unterhalten.«

35

Rick klopft ein zweites Mal an die Tür und drückt gleichzeitig die Klinke nach unten. Abgeschlossen. Er runzelt die Stirn.

»Mama«, ruft er. »Bist du da drin?« Er legt ein Ohr an das Türblatt und lauscht. Als er Schritte auf der anderen Seite hört, weicht er zurück. Der Schlüssel klackt im Schloss, die Tür öffnet sich.

Ruth hat sich inzwischen umgezogen. Sie trägt eine weite Hose aus zerknittertem hellem Leinenstoff, eine Bluse in fast der gleichen Farbe und darüber eine ausgeleierte schwarze Strickweste.

»Komm«, sagt sie und zieht ihn am Handgelenk in das Zimmer hinein.

Irgendetwas sperrt sich in Rick. Für einen kurzen Moment schließt er die Augen. Er hört, wie Ruth die Tür hinter ihm ins Schloss drückt und den Schlüssel dreht. Warum schließt sie uns ein, denkt er und öffnet blinzelnd die Augen. Rosa. Wo er auch hinblickt. Der Raum ist ein Mädchentraum in Rosa.

Marie hat damals einen totalen Rosafimmel gehabt. Sie hat Leo so lange in den Ohren gelegen, bis er schließlich nachgegeben und die Wände in ihrem Zimmer in einem kräftigen Rosa gestrichen hat. Selbst der Lampenschirm, der von der Decke baumelt, ist aus rosafarbenem Reispapier.

Das Zimmer wirkt, als hätte Marie es eben erst verlassen. Auf dem kleinen Schreibtisch, der vor dem Fenster steht, liegt ein gespitzter Bleistift. Auf dem Heft daneben steht in kindlich runden Schreibbuchstaben ihr Name: Marie Winter. Die Schultasche lehnt auf dem Boden neben dem Stuhl. Eine Barbiepuppe in einem weißen Kostüm sitzt, die langen Beine merkwürdig steif von sich gestreckt, neben einem Alpenveilchen auf der Fensterbank.

Rechts an der Wand steht Maries schmales Bett. Die Bettwäsche ist zerwühlt. Auf dem Kopfkissen entdeckt Rick den zerknautschten Schlabber-Teddy aus braunem Sackleinen, ohne den Marie nicht einschlafen konnte. Der Anblick versetzt Rick einen Stich. Er spürt, wie seine Kehle sich zuschnürt.

Ruth hat sich auf der Bettkante niedergelassen und klopft mit der flachen Hand neben sich auf die Matratze.

»Setz dich zu mir«, sagt sie und sieht zu ihm hoch. Ihr schmales Gesicht ist ernst, die Sommersprossen heben sich deutlich von der durchscheinend blassen Haut ab.

Instinktiv will Rick den Kopf schütteln. Aber er reißt sich zusammen und lässt sich neben seiner Mutter auf der äußersten Bettkante nieder. Er beugt sich vor und verschränkt seine Hände zwischen den Oberschenkeln.

»Weißt du, was das Schlimmste ist?« Ihre leise Stimme durchbricht die Stille.

Rick schüttelt den Kopf.

Ruth wendet sich ihm zu. »Ich verliere sie. Mit jedem Tag ein klein wenig mehr.«

»Wie meinst du das?«, fragt Rick und vermeidet es, sie anzusehen.

»Manchmal weiß ich nicht mal mehr, wie Marie ausgesehen hat. Ich schließe die Augen und versuche, mir ihr

Gesicht ins Gedächtnis zu rufen. Aber ich schaffe es nicht. Da ist nichts. Nur ein leerer Fleck. So sehr ich mich auch bemühe. Dann muss ich mir Fotos von ihr ansehen, mir die Details ihres Gesichtes einprägen. Aber es geht immer schneller, dass ich alles wieder vergesse.« Ruth klingt so verzweifelt, dass Ricks Kehle sich vor Mitleid noch enger zusammenschnürt.

Er legt eine Hand auf ihren Arm, sucht nach tröstenden Worten. Es fallen ihm keine ein. Sein Blick flieht von Ruth weg zum Fenster. Im Wolkengrau des Himmels reißt gerade eine Lücke auf, ein schmaler Streifen Blau blitzt auf. Für einen winzigen Moment taucht der Schein der Sonne das Zimmer in ein gleißendes Licht. Dann schieben sich die Wolkenmassen wieder zusammen. Rick erscheint das Zimmer jetzt noch trostloser als vorher.

»Mama«, sagt er und löst seinen Blick vom Fenster. »Du hast vorhin in der Küche von einer Frau gesprochen.«

»Du meinst die Frau, die mich gestern zu diesem Friedhof gebracht hat?« Ruth schnüffelt und verstaut das Tempo im Ärmel ihrer Weste.

»Ja«, sagt Rick.

»Sie hat mir versprochen, mich zu Marie zu bringen.«

»Sie hat dir versprochen, dich zu Marie zu bringen?« Rick kann nicht verhindern, dass seine Stimme fassungslos klingt.

»Ja.«

Rick würde sie am liebsten schütteln, ihr ins Gesicht schreien, dass sie endlich aufwachen soll. Dass Marie tot ist, nicht wiederkommt. Dass sie das endlich begreifen muss. Doch bevor er etwas erwidern kann, redet Ruth weiter.

»Dein Vater hält mich nicht mehr aus«, stellt sie unvermittelt fest.

Rick ist überrascht, wie sachlich die Aussage klingt. Er öffnet den Mund, um zu widersprechen, aber unterlässt es dann doch. Sie hat ja recht. Sie hat es sogar haargenau auf den Punkt gebracht. »Wundert dich das?« Der Satz kommt heraus, ohne dass Rick ihn bewusst formuliert hat. Er erschrickt über seine eigenen Worte, wirft seiner Mutter einen verstohlenen Blick zu.

»Nein«, sagt Ruth ruhig. »Ich verstehe das. Er möchte die Vergangenheit ruhen lassen. Einen Schlussstrich ziehen.« Sie senkt den Blick auf ihre Hände, die wie leblose Gegenstände auf ihren Oberschenkeln liegen. »Aber allein meine Gegenwart erinnert ihn immer wieder aufs Neue an das, was er endlich vergessen möchte.« Sie steht abrupt auf und geht zu Maries Schreibtisch. Mit beiden Händen stützt sie sich auf die Stuhllehne.

»Ich kann sie nicht loslassen«, sagt sie. »Glaub mir, ich möchte nichts lieber als das. Ich schaffe es einfach nicht. Wenn ich aufwache, gilt mein erster Gedanke Marie. Und sie ist mein letzter Gedanke, bevor ich einschlafe.« Mit einer heftigen Bewegung dreht Ruth sich zu Rick um. Ihre Wangen sind gerötet. »Kein Mensch löst sich in Luft auf, einfach so. Oder? Sie muss doch irgendwo sein.« Sie blinzelt. Eine Träne löst sich von einer Wimper und rinnt an ihrer Wange hinunter.

Rick springt auf und legt die Arme um seine Mutter. Er würde viel dafür geben, wenn er ihr einen Teil der Verzweiflung abnehmen könnte, doch er weiß: Das kann niemand.

Für einen Augenblick stehen sie einfach so da. Still. Eng beieinander. Ruth mit hängenden Armen, ihr Gesicht an Ricks Brust. Irgendwann löst sich Ruth sanft aus der Umarmung und streicht Rick flüchtig über die Wange.

»Diese Frau …« Ruth zögert.

»Du meinst die Frau vom Friedhof?«

Ruth nickt. »Sie kennt dich.«

»Sie kennt mich?« Rick runzelt die Stirn. »Hat sie das gesagt?«

»Ja«, sagt Ruth. Rick folgt ihr die Treppenstufen hinunter. »Weißt du denn ihren Namen.«

Ruth bleibt am Treppenabsatz stehen und sieht zu ihm hoch. »Paula. Sie heißt Paula.«

36

Paula folgt Rachel die Stufen hinunter. Im Vergleich zu der zierlichen Person vor ihr kommt sie sich schwerfällig und unbeweglich vor. Es wird Zeit, dass das Kind kommt. Obwohl sie jetzt nicht mehr weiß, wie es dann weitergehen wird. Noch vor ein paar Tagen hat sie sich alles so rosig ausgemalt. Konrad, sie und ihr gemeinsames Kind. Eine richtige kleine Familie. Paula seufzt und tritt aus dem Haus auf die Straße. Der Regen hat aufgehört, aber ein frischer Wind bläst ihr entgegen. Sie hebt fröstelnd die Schultern und zieht den Reißverschluss ihrer Jacke hoch, die über ihrem dicken Bauch mittlerweile ziemlich spannt.

Aus den Augenwinkeln bemerkt Paula, dass Rachel sie verstohlen von der Seite mustert. Sie versenkt die Hände in den Taschen ihrer Jacke und schaut stur geradeaus. Ihr ist jetzt nicht nach Small Talk. Der Lärm des Berufsverkehrs, der sich über die Skalitzer Straße schiebt, dringt wie durch einen Filter an ihr Ohr. Auf der Hochbahn rattert eine U-Bahn vorbei. Paula fühlt sich eingesponnen in einem Kokon aus Zweifel und Ängsten. Sie versteht selbst nicht, wieso dieses schreckliche Gefühl, ihr ganzes Leben könnte jeden Moment entzweibrechen, plötzlich so übermächtig geworden ist. Es scheint mit einem Mal alles andere zu überdecken. Nur weil Konrad mit einer anderen Frau in der Kneipe gesichtet wurde? Komplett lächerlich. Was ist bloß mit ihr los?

»Bist du in Ordnung?« Rachels besorgte Stimme reißt sie aus ihren düsteren Gedanken.

»Ich weiß auch nicht, was mit mir ist«, sagt Paula. »Ich bin gerade etwas, na ja, deprimiert. Wahrscheinlich liegt es an den Hormonen.« Sie zuckt mit den Schultern und lächelt Rachel flüchtig an. »Das gibt sich wahrscheinlich wieder.«

»Du machst dir Sorgen wegen Konrad, stimmt's?« Rachel klingt kleinlaut.

Paula zuckt mit den Schultern.

»Ich hätte meine Schnauze halten sollen.«

»Ach, was«, widerspricht Paula. »Mach dir jetzt bloß keine Vorwürfe.«

Rachel beißt sich auf die Unterlippe und schweigt. An einer roten Ampel bleiben sie stehen. »War das vorhin ernst gemeint? Dass ich vielleicht bei euch einsteigen könnte?« Sie wirft Paula einen verlegenen Blick zu. »Ich bin nämlich tatsächlich auf Jobsuche.«

Die Ampel springt auf Grün. »Ich kann das natürlich nicht allein entscheiden«, sagt Paula. »Aber deine Chancen sind ganz gut zur Zeit.«

»Echt?«, freut sich Rachel.

»Ja, ich falle demnächst für mindestens ein halbes Jahr aus. Und Konrad geht mit seiner Band auf Europatournee. Wir bräuchten also schon jemanden.«

»Was genau müsste ich denn machen?«, fragt Rachel eifrig.

»Wenn du nichts anderes vorhast, kannst du gerne mitkommen. Dann bekommst du einen Eindruck von unserer Arbeit. Was hältst du davon?« Paula bleibt stehen und wendet sich Rachel zu. »Aber wie gesagt: Eine entsprechende psychologische Schulung müsstest du natürlich vorher machen.«

»Wenn's weiter nichts ist.« Rachel grinst Paula an. »Okay! Dann sehe ich mir euren Laden doch gleich mal an.«

»Schön. Dann wirst du auch Konrad kennenlernen. Sofern der Herr überhaupt aufkreuzt«, fügt sie hinzu. Paula ist sich nicht sicher, ob es ihr nicht lieber wäre, wenn er nicht auftauchen würde. Eine Auseinandersetzung im Büro vor all den anderen ist das Letzte, was sie möchte. Mit gemischten Gefühlen betritt sie mit Rachel im Schlepptau die Räume der Beicht-Hotline. Konrad ist nicht da.

»Guten Morgen, Paula«, ruft Nasti ihr entgegen und befreit sich vom Headset. Mit neugierigen Blicken beäugt sie Rachel.

»Das ist Rachel«, stellt Paula sie vor.

»Hi, Rachel. Ich bin Nasti.«

»Hi«, sagt Rachel und lässt dann ihren Blick durch den Raum schweifen. Sie zählt ungefähr zehn Arbeitsplätze, die eng an eng stehen, nur jeweils eine Sichtblende voneinander getrennt. Fast alle Tische sind besetzt. Stimmengemurmel füllt den Raum wie das Summen eines Bienenschwarms.

»Rachel will sich mal angucken, wie wir arbeiten«, sagt Paula. »Vielleicht steigt sie bei uns ein. Als meine Schwangerschaftsvertretung.«

»Na, dann: Willkommen an Bord!« Nasti streckt Rachel eine Hand entgegen. Rachel ergreift sie lächelnd.

»Danke. Aber ich bin mir nicht sicher, ob ich das kann. Ihr müsst euch doch bestimmt jede Menge gruslige Geschichten anhören.«

Paula denkt sofort an die Friedhofsfrau. Sie zögert mit einer Antwort. Nasti dagegen lacht unbefangen auf. »Als ich hier angefangen habe, war ich auch total skeptisch.

Ich habe ehrlich gesagt mit dem Schlimmsten gerechnet«, erzählt sie augenzwinkernd. »Ich dachte, ich müsste mir jeden Tag alle möglichen Mord- und Totschlag-Storys anhören.«

»Ach«, sagt Rachel. »Und das ist nicht so?«

»Nein. Auf gar keinen Fall«, beruhigt Paula sie. »Du glaubst nicht, wie viele Menschen es gibt, die niemanden haben, mit dem sie reden können. Diese Gruppe macht den Großteil unserer Klientel aus. Dann gibt es natürlich auch noch die Frauen mit Liebeskummer, die Männer mit Potenzproblemen. So was halt.« Paula grinst. »Ich sehe uns eher als so eine Art Kummerkasten.«

»Genau«, bestätigt Nasti. »Bei mir hat jedenfalls noch kein Mensch einen Mord oder ein anderes Kapitalverbrechen gestanden.«

»Hört sich ein bisschen nach Telefonseelsorge an«, stellt Rachel fest. »Die Leute bezahlen tatsächlich dafür?«

»Ja.« Paula zuckt mit den Schultern. »Ich habe es anfangs auch nicht glauben wollen. Aber es funktioniert.«

»Ich muss los«, sagt Nasti. Sie sammelt ein paar der Utensilien vom Schreibtisch auf und verstaut sie in ihrem Rucksack. Dann wirft sie Paula eine Kusshand zu, sagt »Ciao und viel Spaß« zu Rachel und verlässt herzhaft gähnend den Raum.

Rachel sieht ihr lächelnd nach und wendet sich dann wieder Paula zu. »Also, was soll ich tun?«

»Schnapp dir den Stuhl da«, Paula weist mit dem Zeigefinger auf den Schreibtisch hinter sich, »und setz dich neben mich.«

Rachel folgt ihrer Aufforderung und rollt den Stuhl an den Schreibtisch. Sie sitzt kaum, da kommt auch schon der erste Anruf rein.

»Guten Morgen«, sagt Paula. »Sie sprechen mit der Beicht-Hotline. Mein Name ist Paula. Was kann ich für Sie tun?« Sie weist auf ein Headset auf dem Tisch und signalisiert Rachel, es aufzusetzen.

»Ich werde noch verrückt«, hört sie die Stimme eines Mannes über ihren Kopfhörer.

»Was genau macht Sie denn verrückt?«, fragt Paula.

»Meine Nachbarin«, antwortet der Mann, ohne zu zögern. »Ich bin kurz davor, sie umzubringen.«

Rachel reißt erschrocken die Augen auf. Paula tätschelt ihr beruhigend den Arm. »So etwas hörst du etwa zehn Mal am Tag«, flüstert sie ihr zu. »Die meisten Leute meinen das nicht ernst. Die wollen sich nur auskotzen.«

Rachel nickt, Skepsis im Blick. Paula wendet sich lächelnd ab. »Womit treibt die Frau Sie denn in den Wahnsinn?«, fragt sie und legt viel Mitgefühl in ihre Stimme.

37

»Paula?«, wiederholt Rick ungläubig.

»Ja«, sagt Ruth.

»Erzähl mir von dieser Frau.«

»Es ist ein paar Wochen her. Ich saß auf der Bank auf dem Friedhof. Es war kalt. Da hat sie sich neben mich gesetzt. Wir sind ins Gespräch gekommen. Sie hat ihr Kind auch verloren. Ich habe sie dann öfter dort getroffen. Irgendwann habe ich ihr von Marie erzählt.« Ruth verschränkt die Arme. »Gestern stand sie plötzlich vor der Tür. Sie sagte, ich solle mit ihr mitkommen, sie bringe mich zu Marie.«

Rick verkneift sich eine Bemerkung. Er befürchtet, dass seine Mutter dichtmacht, wenn er ihren Redefluss jetzt unterbricht.

»Ich war wie hypnotisiert. Ich habe meinen Mantel von der Garderobe genommen, meine Handtasche umgehängt und bin mit ihr mit. Wie ein kleines Schaf.« Ruth lächelt versonnen vor sich hin.

»Du hast wirklich geglaubt, sie bringt dich zu Marie?«

Ruth zieht die Unterlippe zwischen ihre Schneidezähne und seufzt. »Wahrscheinlich wollte ich ihr einfach glauben. Verrückt, nicht?« Sie wirft Rick einen kläglichen Blick zu.

»Warum hast du das Valium eingepackt?«, fragt Rick.

»Hab ich das?« Ruth runzelt verwundert die Stirn. »Daran kann ich mich gar nicht erinnern. Wahrscheinlich habe ich die Packung automatisch eingesteckt. Ich hatte nur den einen Gedanken im Kopf: Die Frau bringt mich zu Marie. Erst als wir auf dem Friedhof waren, bin ich wieder halbwegs zu mir gekommen.«

»Hast du sie zur Rede gestellt?«

Seine Mutter nickt. »Sie hat sich sofort bei mir entschuldigt, zugegeben, dass es ein Trick war. Dass sie es tun musste. Weil sie Zeit braucht.«

»Wie sieht die Frau denn aus?«

»Sie ist relativ jung.« Ruth schürzt die Lippen, schließt die Augen. »Höchstens fünfundzwanzig. Ganz kurze Haare. Zierlich, außergewöhnlich hübsch. Aber eine merkwürdige Aura. Wie … zerrissen. Ich habe eine tiefe Traurigkeit bei ihr gespürt.«

»Schwarze Haare? Lederjacke, die ihr viel zu groß ist?«, fällt ihr Rick aufgeregt ins Wort.

Ruth nickt. »Du weißt, wer sie ist?«

»Ich habe eine Vermutung. Ist dir noch etwas an ihr aufgefallen?«

Ruth schließt die Augen. Ihr Gesichtsausdruck wirkt angestrengt. Sie beißt sich auf die Lippen und sagt: »Nein.«

38

Stimmengewirr füllt den Raum. Inzwischen sind alle Schreibtische besetzt. Nur ein Platz ist nach wie vor leer. Immer wieder irrt Paulas Blick zu dem Stuhl, auf dem jetzt Konrad sitzen müsste. Ihr anfänglicher Ärger ist tiefer Sorge gewichen. Es passt einfach nicht zu Konrad, dass er unentschuldigt fortbleibt. Egal wie sehr sie sich gestritten haben, egal wie sauer er auf sie ist, so etwas würde er nicht tun.

»Konrad müsste schon längst hier sein«, informiert sie Rachel, die tapfer seit einer Stunde neben ihr ausharrt. »Ich versuche mal, ihn zu erreichen.«

Mit müden Schritten schlurft Paula in die Küche. Sie hat Rückenschmerzen und die Sorge um Konrad nagt an ihr. Sie stellt sich ans Fenster und wählt Konrads Nummer. Das Freizeichen ertönt. Sie presst das Handy so fest an ihr Ohr, dass es schmerzt, und denkt: GEH RAN! BITTE! Aber die Beschwörungsformel wirkt nicht. Die Mailbox springt an. Konrads etwas atemlose Stimme fordert sie auf, eine Nachricht zu hinterlassen. Paula wartet ungeduldig den Piepton ab, dann sagt sie: »Verdammt, Konrad, wo steckst du?« Ihre Stimme klingt viel zu hoch, fast schrill vor Aufregung. »Meld dich bei mir.« Nach einem kaum merklichen Zögern fügt sie leise ein »Bitte« hinzu.

Paula lässt die Hand, die das Handy umklammert, langsam sinken. Sie spürt eine diffuse Angst. Irgendetwas ist mit Konrad geschehen. Paula ist zum Heulen. Sie geht zum Spülbecken, dreht das kalte Wasser auf und lässt es über die Handgelenke laufen. Wahrscheinlich ist es Unfug, aber das macht sie immer, wenn sie etwas aus dem Gleichgewicht gebracht hat. Die Kälte des Wassers beruhigt sie. Zumindest bildet sie sich das ein. Sie trocknet sich sorgfältig die Hände ab, wirft einen prüfenden Blick in den Spiegel und geht zu ihrem Platz zurück.

»Da bin ich wieder«, sagt sie gespielt munter.

»Und?«, fragt Rachel. »Hast du Konrad erreicht?«

Das Lächeln in Paulas Gesicht ist mit einem Mal wie weggewischt. »Nein, nur die Mailbox. Allmählich mache ich mir wirklich Sorgen.«

Das rote Lämpchen an der Telefonanlage fängt an zu blinken. »Entschuldige, Kundschaft«, sagt Paula und greift nach dem Headset.

»Ich verschwinde mal kurz«, flüstert Rachel ihr zu und steht auf.

»Bringst du mir eine Flasche Wasser aus der Küche mit? Habe ich eben vergessen.«

»Mach ich«, sagt Rachel und drängt sich an den Schreibtischen vorbei zur Tür.

39

Paulas Nummer ist besetzt. Nach der ersten Aufregung ist Rick sich nicht mehr so sicher, ob er nicht überreagiert. Frauen mit raspelkurzen schwarzen Haaren gibt es in Berlin wie Sand am Meer. Rick ist auf die Terrasse getreten und raucht. Nach ein paar Minuten wählt er Paulas Nummer noch mal. Das Freizeichen tönt in seinem Ohr. Paula geht nicht ran. Auch ihre Mailbox springt nicht an. Er drückt die rote Taste, dann probiert er es bei Konrad. Nach dem zweiten Klingelton schaltet sich die Mailbox an. Rick drückt sie weg, versucht sein Glück bei Chris - mit dem gleichen Ergebnis.

Verflucht! Wo stecken die denn alle? Rick versenkt das Handy in der Hosentasche und wirft die Zigarette nach einem letzten Zug in einem weiten Bogen in den Garten. Er pflückt einen Tabakkrümel von der Lippe und wendet sich wieder dem Haus zu. Mit der flachen Hand stößt er die Terrassentür auf und geht hinein. Seine Eltern sitzen auf dem Sofa und reden miteinander. Sein Vater gestikuliert mit weit ausholenden Bewegungen. Auf dem Gesicht seiner Mutter glaubt Rick, Spuren von Tränen zu entdecken. Jetzt senkt sie den Blick auf den Boden zu ihren Füßen, wickelt eine Strähne ihres roten Haares um den Zeigefinger, so wie sie es immer macht, wenn sie verlegen oder unschlüssig ist, und zieht leise schniefend die Nase hoch. Für einen flüchtigen Moment sieht Rick seine kleine Schwester vor sich. Nur dass Marie sich die Haarsträhne immer zwischen die Lippen klemmte und daran knabberte.

»Kann ich euch allein lassen?«, fragt Rick und könnte sich im selben Atemzug die Zunge abbeißen. Was für eine dämliche Frage.

»Glaubst du, wir gehen aufeinander los, wenn du nicht auf uns aufpasst?«, protestiert Leo scheinbar amüsiert.

Rick zieht es vor, Leos Frage zu übergehen. »Ich mache mir Sorgen um Paula«, fügt er hinzu, als er den fragenden Blick seiner Mutter bemerkt. »Sie geht nicht an ihr Handy. Wahrscheinlich ist es Unsinn, aber ich habe einfach ein saublödes Gefühl in der Magengegend.«

»Hast du es bei ihrem Freund versucht?«, fragt Leo.

»Ja, sogar bei Chris. Ich habe keinen erreicht. Sicher gibt es eine ganz einfache Erklärung dafür, aber …« Er zuckt mit den Schultern. »Mir ist wohler, wenn ich mich selbst davon überzeuge, dass alles in Ordnung ist.«

Ruth blickt irritiert von einem zum anderen. »Ich verstehe jetzt gar nichts mehr«, sagt sie.

»Lass es dir von Papa erklären«, sagt Rick und ist schon auf dem Weg zur Haustür. »Ich melde mich bei euch, sobald ich etwas Näheres weiß, ja?«

»Warte, Rick.« Seine Mutter eilt ihm hinterher. »Jetzt weiß ich's wieder.«

Rick nimmt seine Jacke von der Garderobe. »Was weißt du wieder?«, fragt er mit einer Spur Ungeduld in der Stimme.

»Es war ihr Ring, der mir sofort aufgefallen ist. Die Frau trug am rechten Zeigefinger einen silbernen Schlangenring. Die Augen der Schlange waren aus winzigen grünen Smaragden.«

40

»Ich kann doch nicht meine eigene Mutter bei der Polizei anzeigen. Das macht man doch nicht«, sagt der Mann am anderen Ende der Leitung. Es klingt weinerlich.

»Ich kann Ihnen da leider keinen Rat geben«, entgegnet Paula. »Das müssen Sie entscheiden. Wenn Sie mit dem Wissen leben können, dass Ihre Mutter den Kater vergiftet hat, gut. Wenn nicht, müssen Sie die Konsequenzen ziehen. Das ist allein Ihre Entscheidung.«

»Was würden Sie denn an meiner Stelle tun?«

»Es geht hier nicht um mich«, sagt Paula mit viel Nachdruck.

Der Mann schnaubt. Dann flüstert er hastig: »Ich muss auflegen. Ich glaube, sie kommt zurück.«

Ein Klicken in der Leitung, und weg ist er. Paula atmet erleichtert auf. Heute strengen sie die Gespräche besonders an. Das Zuhören erfordert ihre ganze Konzentration. Ständig schweifen ihre Gedanken zu Konrad ab.

Nikki, eine der Aushilfen, bleibt neben dem Schreibtisch stehen. »Ich glaube, du solltest mal nach deiner Freundin sehen. Der geht es gar nicht gut«, sagt sie und beißt in ein Croissant. Rote Marmelade tropft auf ihr weißes T-Shirt.

Für den Bruchteil einer Sekunde weiß Paula nicht, wer gemeint ist. Erst als ihr Blick auf den leeren Stuhl an ihrer Seite fällt, wird ihr klar, dass Nikki von Rachel gesprochen hat. Sie nimmt das Headset ab und erhebt sich. »Wo ist sie denn?«

»Sie ist in der Küche. Ihr ist speiübel, sagt sie. Ich glaube, sie hat gekotzt«, sagt Nikki mit vollem Mund, wischt den Marmeladenklecks mit dem Zeigefinger vom T-Shirt und leckt ihn ab.

Paula findet Rachel vor dem offenen Fenster in der Küche. »Alles in Ordnung?«, fragt sie. Rachel dreht sich zu ihr um. Sie sieht wirklich nicht gut aus. Die Augen sind gerötet, ihr Gesicht kalkweiß.

»Nicht wirklich«, sagt Rachel und versucht ein Lächeln. Es fällt kläglich aus. »Mir ist auf der Toilette ganz plötzlich schlecht geworden. Keine Ahnung, vielleicht habe ich gestern was Schlechtes gegessen. Ich dachte, etwas frische Luft …« Rachel würgt ein »Sorry« heraus, presst die Hand vor den Mund und stürzt an Paula vorbei.

Man könnte fast meinen, sie sei auch schwanger, denkt Paula. Sie kramt das Handy aus ihrer Tasche. Kein Anruf von Konrad. Auch keine SMS. Lediglich Rick hat ein paar Mal versucht, sie zu erreichen. Sie will gerade die Taste drücken, um ihn zurückzurufen, da hört sie Rachels matte Stimme hinter ihrem Rücken. »Paula?«

Paula lässt das Handy sinken und dreht sich um. »Du Ärmste«, sagt sie. »Geht's wieder?«

Rachel schüttelt den Kopf. »Ich fühle mich total wackelig auf den Beinen. Und mir ist echt kotzübel.«

»Na dann, ab nach Hause mit dir ins Bett«, sagt Paula.

»Sag mal, würde es dir etwas ausmachen, mich zu begleiten. Ich wohne direkt um die Ecke. In der Wiener Straße.« Rachel sieht Paula bittend an.

»Du hast schon eine Wohnung gefunden? Das ging aber flott.«

»Nein.« Rachel winkt ab. »Das lief über die Mitwohnzentrale. Der Mieter macht vier Monate Urlaub in Australien. Jedenfalls kann ich so lange da wohnen und mir in Ruhe was Eigenes suchen.«

»Klar komm ich mit.«

»Das ist nett von dir.« Rachel lächelt matt. »Danke.«

»Doch nicht dafür«, sagt Paula und streichelt kurz über Rachels Arm.

Sie hilft Rachel in die Jacke, schlüpft in ihren Mantel und sagt den anderen Bescheid, dass sie Pause macht.

Unten auf der Straße bläst ihnen ein stürmischer Wind entgegen. Das Wasser im Landwehrkanal kräuselt sich zu kleinen Wellen und klatscht gegen die Kaimauern. Paula zieht fröstelnd die Schultern hoch. Sie hört Rachels flachen, schnellen Atem neben sich.

»Geht es?«, fragt sie und wirft ihr von der Seite einen besorgten Blick zu. Rachel hat tiefe Schatten unter den Augen und sieht jetzt wirklich richtig krank aus. »Wo genau müssen wir eigentlich hin?«

»Geradeaus«, antwortet Rachel. »Die Wohnung ist direkt gegenüber vom Morena.«

Allein die Erwähnung der Kneipe versetzt Paula einen kleinen Stich. Sie beschleunigt ihre Schritte. Schweigend laufen die beiden Frauen die Wiener Straße entlang.

»Da ist es.« Rachel weist auf ein schmutzig graues Haus, dessen Fassade im unteren Bereich über und über mit bunten Graffiti besprüht ist. »Magst du kurz mit hochkommen?«

Paula zögert. Sie hat Hunger. Außerdem will sie noch mal versuchen, Konrad zu erreichen. Aber als sie Rachels bittenden Blick sieht, bringt sie es nicht über sich, Nein zu sagen.

»Hast du Angst alleine?«, fragt sie spöttisch.

»Nein. Ja«, druckst Rachel. »Ich weiß, es hört sich total beknackt an. Aber ich komme mir schon etwas merkwürdig vor, allein in einer fremden Wohnung. Zwischen all den Sachen, die nicht mir gehören. Vor allem jetzt, wo ich mich so schlapp und krank fühle. Es wäre echt nett von dir, wenn du mich kurz begleiten könntest. Bitte!«

Paula lacht. »Wenn du mich so nett bittest, kann ich ja schlecht Nein sagen.«

»Danke«, sagt Rachel erleichtert.

Die Haustür ist nur angelehnt. Rachel stemmt sich dagegen und drückt sie mit beiden Händen auf. Die Scharniere protestieren mit einem lauten Knarren. Paula folgt Rachel durch einen dunklen Gang vorbei an einer Reihe verbeulter Briefkästen, die meisten vollgestopft mit bunten Werbebroschüren, in einen trostlosen Hinterhof. Eine hohe Trennmauer aus moosbewachsenen, verwitterten Steinen verhindert die Sicht auf das Nachbargrundstück. Durch die Zweige einer hochgeschossenen Birke peitscht der Wind. Irgendwo im Haus knallt eine Tür und ein Hund jault auf. Dann ist es wieder still.

Durch eine schmale, verzogene Holztür geht es in ein düsteres Treppenhaus mit abgetretenen Holzstufen. Die Luft ist kalt und feucht. Es riecht süßlich, als würde in einer der dunklen Ecken etwas verfaulen. Paulas Magen verkrampft sich. Ihr wird übel. Sie atmet durch den Mund weiter, hat aber sofort das Gefühl, ein fauliger Geschmack lege sich ihr wie ein pelziger Belag auf die Zunge. Das Haus wirkt abweisend, unbewohnt. Richtig unheimlich ist es hier. Paula bereut es, dass sie Rachels Bitte nachgegeben hat. Fünf Minuten, sagt sie sich, keine Sekunde länger.

»Da hast du dir ja nicht gerade das Kempinski ausgesucht«, keucht Paula, als sie kurz nach Rachel im vierten Stock ankommt.

»Dafür ist die Wohnung spottbillig.« Rachel drückt die Tür mit der Hand auf. »Das Schloss ist kaputt«, erklärt sie, als sie Paulas irritierten Blick bemerkt. »Heute Nachmittag kommt jemand und repariert es.«

Die Wohnung ist völlig überheizt. Paula bricht augenblicklich der Schweiß aus. Sie zerrt sich den Schal vom Hals, stopft ihn in die Tasche und knöpft den Mantel auf. Auch hier steigt ihr ein übelkeitserregender Geruch in die Nase.

»Möchtest du was trinken?« Rachel schält sich aus ihrer Jacke und hängt sie an einen Nagel an der Wand. »Einen Tee könnte ich dir anbieten.«

»Nein, danke«, sagt Paula und sieht sich in der Wohnung um. »Ich geh ja gleich wieder.«

Der enge Flur ist mit beigefarbenem Filz ausgelegt, der mit Flecken und Brandlöchern übersät ist. Linkerhand entdeckt sie die Küche. Ein verkrusteter dreiflammiger Gasherd lehnt an einer Wand mit pissgelben Kachelimitaten aus Plastik. Vor dem Fenster, das vor Dreck fast blind ist, steht ein kleiner Tisch mit zwei blauen Klappstühlen. Das ist das einzige Mobiliar in dem Raum. Es gibt nicht mal einen Kühlschrank.

»So eine Bruchbude vermittelt die Mitwohnzentrale?«, fragt Paula ungläubig und dreht sich um. Doch Rachel steht nicht wie erwartet hinter ihr. »Rachel?«

Keine Antwort. Paula versucht, die Tür gegenüber der Küche zu öffnen. Sie ist verschlossen.

»Rachel, wo steckst du?« Am Ende des Flurs ist ein weiteres Zimmer. Die Tür ist nur angelehnt. Paula stößt sie mit den Fingerspitzen auf und betritt zaghaft den Raum. Sie kann kaum etwas erkennen. Nur spärlich sickert das Tageslicht durch die zugezogenen Vorhänge des einzigen Fensters.

»Rachel? Bist du hier drin?«

Aus dem schummerigen Licht schälen sich verschwommene Konturen. Was für eine merkwürdige Position für ein Bett. Paula macht einen zögernden Schritt darauf zu. Erst jetzt bemerkt sie den Galgen mit dem dreieckigen Haltegriff, der darüber baumelt. Es ist ein Krankenhausbett, das da mitten im Raum steht. Ohne Kopfkissen und Decke, nur mit einer nackten Matratze bestückt.

»Wer immer hier wohnt, scheint eine ziemliche Klatsche zu haben«, ruft sie über die Schulter der immer noch unsichtbaren Rachel zu. »Bist du dir sicher, dass du in diesem Loch bleiben willst? Ich find's ehrlich gesagt ziemlich unheimlich hier.«

Paula umrundet das Bett und geht zu dem großen Kaminofen, der die Ecke neben dem Fenster einnimmt. Die Holzdielen knarzen leise unter jedem ihrer Schritte. Sie legt die Hand auf eine der grünen Kacheln und nimmt sie sofort wieder weg. Der Ofen glüht vor Hitze.

Ein Klingelton schneidet sich jäh in die Stille. Paulas Hand fährt in ihre Handtasche, kramt nach dem Handy. Ein Blick auf das Display verrät ihr, dass es wieder nicht der sehnlich erwartete Anruf von Konrad ist. Sie nimmt das Gespräch trotzdem entgegen.

»Hallo, Rick«, sagt sie. »Was gibt's?«

»Paula … mich? Du …« Die Verbindung ist zu schlecht.

»Ich verstehe dich ganz schlecht«, unterbricht sie ihn. »Du scheinst in einem Funkloch zu hängen.«

»Warte kurz«, hört sie Rick sagen.

»Ja«, sagt Paula. Sie geht zum Bett, überzeugt sich mit einem prüfenden Blick, dass der Bezug der Matratze einigermaßen sauber aussieht, und setzt sich. »Rick?«, ruft sie und drückt das Handy fester ans Ohr.

Von hinten nähern sich schnelle Schritte. Bevor Paula sich umdrehen kann, berührt etwas Kaltes ihren Nacken. Für den Bruchteil einer Sekunde scheint die Zeit stillzustehen, dann explodiert der Schmerz in ihrem Körper.

Das Handy gleitet ihr aus der Hand und schlägt mit einem dumpfen Geräusch auf dem Boden auf. Der Schmerz ist gleißend. Er bohrt sich in ihre Eingeweide, nimmt ihr die Luft zum Atmen. Ihre Hand wischt unkontrolliert durch die Luft. Sie will schreien, laut um Hilfe rufen, aber über ihre Lippen kommt nur ein heiseres Krächzen. Sie rutscht vom Bett. Jemand packt sie von hinten unter den Achseln, hält sie fest, zieht sie auf die Matratze zurück. Etwas Feuchtes presst sich ihr auf Mund und Nase. Paula reißt die Augen auf. Ein Gesicht schwebt über ihr, zerfließt in seine einzelnen Bestandteile. Paula spürt, wie ihre Sinne langsam schwinden.

Wo ist Rachel?, schießt es ihr durch den Kopf. Was haben sie mit ihr gemacht. Ihre Lider flattern, sie kann die Augen nicht mehr offen halten. Ein Stöhnen kommt über ihre Lippen, dann gleitet sie in die Bewusstlosigkeit.

41

»Paula? Bist du noch dran?« Mit dem Handy am Ohr sprintet Rick die Stufen zum S-Bahnhof hoch. Die Bahn steht am Gleis, rote Lichter über den Türen signalisieren die Abfahrbereitschaft. Er rennt los und springt in den letzten Wagen. Knapp hinter ihm schließt sich die Tür mit einem leisen Ratschen, der Zug setzt sich ruckelnd in Bewegung, nimmt immer mehr an Fahrt auf.

Rick greift mit der freien Hand nach dem Haltegriff, der vor seiner Nase baumelt. »Paula?«, fragt er zum zweiten Mal. »Hörst du mich?« Unvermittelt bricht die Verbindung ab. Rick flucht leise vor sich hin. Er setzt sich auf einen freien Platz am Fenster und wählt erneut Paulas Nummer. Eine Frauenstimme informiert ihn nach dem ersten Klingelton, dass der Teilnehmer vorübergehend nicht erreichbar sei, aber per SMS über seinen Anruf informiert werde.

Die Bahn verlangsamt ihre Fahrt, hält mit quietschenden Bremsen an. Eine alte Frau, einen Stock in der einen, eine prall gefüllte Aldi-Tüte in der anderen Hand, steigt ein. Die Frau fällt fast um, als der Zug sich ruckelnd wieder in Bewegung setzt. Sie schafft es gerade noch, sich auf den nächstbesten leeren Sitz plumpsen zu lassen.

Rick wählt Konrads Nummer. Es klingelt einmal, dann klickt es in der Leitung und wieder leiert eine monotone Frauenstimme den gleichen Spruch wie gerade bei Paula runter. Genervt verstaut Rick das Handy in der Hosentasche. Er streckt die langen Beine aus, verschränkt die Arme und schaut nach draußen auf die vorbeihuschenden Lauben einer Schrebergartenkolonie, ohne sie bewusst wahrzunehmen. In seinem Kopf arbeitet es fieberhaft. Die Beschreibung seiner Mutter passt haargenau auf den Schlangenring, der ihm bei Rachel aufgefallen ist. Aber das muss nichts heißen, solche Ringe kann man auf jedem Flohmarkt kaufen. Und wenn sie die mysteriöse Anruferin ist? Was zum Teufel bezweckt sie damit? Rick fährt sich mit beiden Händen durchs Haar. Das einzige Verbindungsglied zwischen seiner Mutter und Paula ist er. An genau diesem Punkt geraten seine Überlegungen in eine Sackgasse.

Die S-Bahn hat sich inzwischen gefüllt. Die Fahrgäste stehen eng aneinandergedrängt. Rick hat plötzlich das Gefühl, keine Luft mehr zu bekommen. Er springt von seinem Sitz und reißt das kleine Klappfenster über der großen Scheibe auf.

»Es zieht«, zischt eine Frau ihm gegenüber und wirft ihm einen bösen Blick zu. Sie legt ihr Buch beiseite, steht auf und klappt das Fenster energisch wieder zu. Es knallt so laut, dass alle im Wagen sich irritiert nach ihr umsehen.

Als der Zug in den Bahnhof Friedrichstraße einläuft, hat er wiederholt versucht, Paula zu erreichen. Vergeblich. Auch auf der Festnetznummer der WG meldet sich nur der Anrufbeantworter. Und das Bürotelefon der Hotline ist dauerbesetzt. Schließlich hat er Paula eine SMS geschickt. *Ruf mich SOFORT an*, hat er geschrieben und nach kurzer Überlegung hinzugefügt, *es geht um Rachel.*

Der Zug steht kaum, da springt Rick raus und sprintet die Stufen zum höher gelegenen Bahnsteig hoch. Die

S-Bahn nach Schönefeld fährt gerade ein und Rick steigt zu. Er wird ins Büro fahren. Sicher ist sie dort und hat alle Hände voll zu tun. Sein Handy klingelt in der Hosentasche.

»Paula, endlich«, meldet er sich. »Hör zu …«

»Tut mir leid, dass ich dich enttäuschen muss«, unterbricht ihn die Stimme von Chris am anderen Ende der Leitung. »Aber ich bin nicht Paula.«

»Das habe ich auch schon gemerkt«, knurrt Rick.

»Lisa hat mich vorhin angerufen. Paula ist nach ihrer Mittagspause nicht mehr ins Büro zurückgekommen. Konrad hat sich heute noch gar nicht blicken lassen.«

»Scheiße«, sagt Rick. Das ungute Gefühl in seiner Magengrube verstärkt sich.

»Das kannst du laut sagen«, erwidert Chris. »Ich sitze hier in Köln am Flughafen fest. Der nächste Flieger geht erst in einer Stunde.«

»Was machst du denn in Köln?«

Chris schnaubt laut und vernehmlich. »Jemand hat mich verarscht.«

»Wie verarscht?«

»Kurzfassung«, sagt Chris. Er klingt gehetzt. »Jemand hat mich unter dem Vorwand, ich bekäme die Chance, die Beicht-Hotline bei *Deutschland talkt* vorzustellen, nach Köln zitiert. Aber in der zuständigen Redaktion wusste niemand davon.«

»Was soll das denn?«, fragt Rick erstaunt.

»Frag mich was Leichteres«, antwortet Chris. »Wenn du Paula und Konrad vor mir erwischen solltest, kannst du ihnen ausrichten, dass ich sehr gespannt auf ihre Entschuldigung bin.«

»Warte«, sagt Rick. Aber Chris hat das Gespräch bereits beendet. Er überlegt kurz, ob er ihn noch mal anrufen soll.

Lässt es dann aber bleiben. Chris kann ihm jetzt ohnehin nicht helfen.

Am S-Bahnhof Warschauer Straße drängt sich Rick unter Zuhilfenahme seiner Ellbogen aus dem brechend vollen Abteil nach draußen und atmet dankbar die frische Luft ein. Er eilt die Stufen hoch und läuft über die Oberbaumbrücke. Für die schöne Aussicht, die man von hier über die Spree genießen kann, hat er heute keinen Blick. Er hofft, dass er nicht zu spät kommt.

42

Undurchdringliche Dunkelheit umfängt Paula, als sie wieder zu sich kommt. Sie liegt auf dem Rücken, ist schweißüberströmt und zittert gleichzeitig vor Kälte. Hinter ihren Schläfen pocht ein dumpfer Schmerz.

Wo bin ich? Was ist passiert? Sie kann sich an nichts erinnern. Panik schießt in ihr hoch. Sie blinzelt, spürt einen Widerstand an den Lidern. Was ist das? Eine Augenbinde? Spontan will sie danach greifen, sie herunterreißen, aber ihre Hände lassen sich nicht bewegen. Sie versucht es noch mal. Etwas Scharfkantiges schneidet sich schmerzhaft in ihre Handgelenke.

Ich bin gefesselt, ist ihr erster klarer Gedanke. Sie will schreien. Aber ihre Lippen kleben aufeinander fest. Ihr Mund ist versiegelt.

Das Kind, schießt es ihr durch den Kopf. Was ist mit meinem Baby? Sie horcht in sich hinein, hört das Blut in den Ohren rauschen, spürt das Wummern des Herzschlags gegen ihren Brustkorb. Sie fühlt keine Regung des Kindes. Das Panikgefühl verstärkt sich. Die Angst schnürt ihr die Kehle zu. Tränen quellen unter ihren Lidern hervor.

Bitte, fleht sie stumm. Gib mir ein Zeichen, dass es dir gut geht. BITTE! Aber ihr Flehen bleibt ohne Echo. Unaufhörlich strömen die Tränen aus ihren Augen, durchnässen die Augenbinde. Paula zieht die Nase hoch, sie bekommt kaum noch Luft.

Was war das? Automatisch hält sie den Atem an, lauscht in die Stille. Ist da jemand? Ein leises Rascheln ganz in der Nähe. Ein Knarzen.

Paulas Verstand setzt aus. Aber ihr Körper reagiert instinktiv. Sie zerrt an ihren Fesseln, aus ihrem Mund kommen dumpfe, unartikulierte Laute.

Plötzlich fühlt sie den schwachen Lufthauch einer Bewegung direkt neben sich. Er streicht über ihren Körper wie eine zarte Liebkosung. Paula zuckt zusammen, wird schlagartig ruhig. Sie winkelt die Beine an, presst ihren Körper fest auf die weiche Unterlage, als wolle sie mit ihr verschmelzen, unsichtbar werden.

Mit einem Ruck wird ihr das Klebeband vom Mund gerissen. Paula schreit auf vor Schmerz. Ein Finger legt sich auf ihre Lippen. Dicht neben ihrem Ohr zischt eine Stimme: »Pscht!«

Paula begreift, nickt eifrig mit dem Kopf. Sie wird nicht schreien. Mit der Zungenspitze fährt sie sich über die rissigen Lippen. Schmeckt Blut. Ihr Körper scheint vor Anspannung zu vibrieren.

Jemand setzt sich neben sie. Sie spürt die Wärme des fremden Körpers dicht neben ihrem. Paula steigt der Geruch nach Kernseife in die Nase. Eine Hand schiebt sich unter ihren Kopf, hebt ihn hoch. Der gewölbte Rand eines Bechers drückt sich an ihre Lippen. Sie öffnet zögernd den Mund, schmeckt das kühle Wasser und schluckt so gierig, dass ein Teil der Flüssigkeit in ihre Luftröhre gerät. Sie schnappt nach Luft, hustet, bis ihr die Augen tränen. Als sie wieder zu Atem kommt, trinkt sie das Wasser in kleinen Schlucken. Erst als ihr Durst gestillt ist, bemerkt sie den leicht bitteren Geschmack. Sie dreht den Kopf zur Seite. Die Hand löst sich von ihrem Hinterkopf.

Sie hört den fremden Atem, spürt die Blicke auf ihrem nackten Körper. Sie brennen sich wie Nadelstiche in ihre Haut.

»Wo ist Rachel? Was haben Sie mit ihr gemacht?«, krächzt sie.

»Rachel ist gestorben.« Paula glaubt, so etwas wie ein leises Kichern zu hören.

»Wer sind Sie? Was wollen Sie von mir?«

Ein scharfes Einatmen, Paula spürt kalte Finger auf dem Gesicht. Sie bewegt den Kopf ruckartig hin und her. Eine Hand umklammert ihren Kiefer, zwingt sie, stillzuhalten. Die andere Hand stopft ihr einen Knebel in die Mundhöhle. Etwas wird über ihre Lippen geklebt. Paula schluckt mühsam, kämpft gegen den Würgereiz an. Sie zwingt sich, ruhig und gleichmäßig durch die Nase zu atmen. Ihr Verstand arbeitet fieberhaft. Sie darf sich jetzt nicht übergeben, sonst erstickt sie an dem Erbrochenen.

Aus der Ferne dringt das Klingeln eines Telefons an Paulas Ohr. Eilige Schritte entfernen sich. Eine Tür fällt ins Schloss. Ein Schlüssel dreht sich knarrend. Dann wird es still. Ist sie allein? Sie lauscht. Sie hört nur ihre eigenen Atemgeräusche.

Langsam kehrt die Erinnerung zurück. Sie hat Rachel in ihre Wohnung begleitet. Was ist mit Rachel? Wo ist sie? Auch in diesem Zimmer? Wenn sie wenigstens etwas sehen könnte. Der tränenfeuchte Stoff der Augenbinde klebt unangenehm auf den Augen. Lässt keinen Lichtschimmer durch.

Bleib ganz ruhig. Denk nach, hämmert es in ihrem Kopf. Stumm zählt sie bis zehn. Dann tastet sie mit den Fersen vorsichtig über die weiche Unterlage, auf der sie liegt. Eine Matratze. Sie lässt ihren Fuß weiter wandern, fühlt neben der Kante der Matratze die Rundung des kalten Metalls. Sie liegt auf dem Krankenhausbett. Behutsam bewegt Paula die Arme hin und her. Sie spürt das scharfkantige Metall, das ihr in die Handgelenke schneidet. Aus eigener Kraft kann sie sich nicht befreien.

Gedanken wirbeln wild und unsortiert durch ihren Kopf. Wie ein Schwarm wütend summender Wespen. Vielleicht ist sie einem Irren in die Hände gefallen. Einem von diesen kranken Kreaturen, die sich daran aufgeilen, einen Menschen tagelang zu quälen, um ihn dann schließlich bestialisch …

Paula stößt einen erstickten Laut aus. Sie verbietet es sich, diesen Gedanken weiterzuspinnen. Sie muss an ihr ungeborenes Kind denken. Wenn sie nur wüsste, ob es ihm gut geht. Da spürt sie plötzlich einen sanften Tritt gegen ihre Bauchdecke. Gleich darauf noch einen. Dieses Mal fester. Paula verharrt ganz still. Sie wartet auf den nächsten Tritt, der auch umgehend folgt. Für den Bruchteil einer Sekunde vergisst sie alles um sich herum und ein Glücksgefühl durchströmt sie. Ihrem Kind ist nichts passiert. Es lebt. Mit einem Mal ist die Angst verflogen. Eine tiefe Ruhe breitet sich in ihr aus. Sie wird stark sein, sie darf sich nicht von der Panik lähmen lassen. Es muss einen Weg geben, sich aus dieser Situation zu befreien.

Als Erstes muss sie herausfinden, was ihr Kidnapper von ihr will. Sie muss versuchen, zu ihm durchzudringen. Eine Beziehung zu ihm aufbauen, ihm das Gefühl geben, ihn zu verstehen. Mitgefühl, Sympathie zeigen. Ihn dazu bringen, ihre Fesseln zu lösen. Paula lässt die Luft durch ihre Nase tief in ihre Lungen einströmen.

Habe keine Angst, wir kommen hier heil wieder raus.

Das verspreche ich dir.

43

Wie gedankenlos von mir, ihm meine Nummer zu geben. Mit einer heftigen Handbewegung stoße ich das Handy von mir. Das Gehäuse schrammt über die Tischplatte, rutscht auf der anderen Seite über die Kante und fällt scheppernd zu Boden. Ich muss es loswerden, bevor sie mir auf die Spur kommen. Es ist ein Leichtes für die Polizei, es zu orten. Ob es reicht, wenn man es ausschaltet? Ich bin mir nicht sicher. Ich gehe um den Tisch herum und hebe es vom Boden auf. Ich werde es in den Kanal werfen, beschließe ich, und lasse es in die Innentasche meiner Jacke gleiten. Ich lasse sie zwar ungern hier allein zurück, aber es muss sein.

Ich nehme eine der vorbereiteten Spritzen aus der Schatulle, klemme sie zwischen Zeige- und Mittelfinger und drücke mit dem Daumen vorsichtig den Kolben nach oben. Ein winziger Tropfen der durchsichtigen Flüssigkeit tritt aus der Kanüle. Mit dem Zeigefinger der anderen Hand schnippe ich gegen das Plastik, bis die Luftbläschen in der Flüssigkeit verschwunden sind.

Das Scharnier knarrt ein wenig, als ich die Klinke herunterdrücke. Sie hat mich gehört und dreht ihr blasses Gesicht in die Richtung, in der sie mich vermutet. Der Bauch ragt wie ein kleiner runder Hügel aus ihrer Körpermitte. Obwohl ihre Augen verbunden sind, habe ich den Eindruck, sie schaut mich direkt an und blickt in die Tiefe meiner Seele. Ein Gefühl der Beklemmung legt sich wie eine Zange um meinen Brustkorb.

Langsam bewege ich mich auf sie zu. Dabei beobachte ich sie genau. Hat sich ihr Gesichtsausdruck verändert? Wirkt sie jetzt nicht trotzig, fast kämpferisch? Oder bilde ich mir das nur ein?

Ich setze mich zu ihr auf das Bett. Ein Zucken geht durch ihren Körper, ihr Atem wird schneller. Vorsichtig lege ich eine Hand auf ihren Bauch. Ganz sacht.

Ihre Anspannung ist deutlich spürbar. Es kostet sie all ihre Kraft, ruhig liegen zu bleiben. Ich kann nicht umhin, sie für ihre Beherrschung zu bewundern.

Mit behutsamen Bewegungen beginne ich, über die Wölbung ihres Bauches zu streicheln. Sie zieht scharf die Luft ein. Ihr Gesicht versteinert.

Mein Baby, denke ich, und ein tiefes Glücksgefühl durchströmt mich. »Mein Baby.« Dieses Mal sage ich es laut, laut und andächtig.

Mit ihrer Beherrschung ist es vorbei. Über ihre Lippen kommen gepresste Laute, es klingt wie das Summen eines Bienenschwarms. Sie zerrt an ihren Fesseln und strampelt mit den Beinen. Mit dem Knie trifft sie mich am Oberschenkel. Ich unterdrücke den Schmerzlaut und springe auf. Das Schlafmittel, das ich ihr vorhin mit dem Wasser verabreicht habe, zeigt bislang wenig Wirkung. Sie ist zu aufgeregt.

Fasziniert beobachte ich, wie sich ihr Körper zuckend windet. Mit welcher Hingabe sie sich wehrt. Obwohl sie sich der Sinnlosigkeit ihres Handels bewusst sein muss. Als könne sie meine Gedanken lesen, verebbt das Beben ihres Körpers allmählich. Sie sinkt erschöpft auf die Matratze zurück.

Ich zögere nicht eine Sekunde und setze die Kanüle an ihren Hals. Die Spitze durchstößt die dünne Haut und ich drücke den Kolben bis zum Anschlag durch. Fast augenblicklich erschlafft ihr Körper, ihre Gesichtszüge entspannen sich.

»Es ist bald überstanden«, flüstere ich und breite ein weißes Laken über dem nackten Körper aus.

44

Rick schließt die Wohnungstür auf. »Jemand zu Hause?«, ruft er und versetzt der Tür mit dem Fuß einen kräftigen Tritt. Sie fällt mit einem lauten Klacken ins Schloss. »Paula? Konrad? Seid ihr da?« Er klopft an ihre Zimmertür und als ihm niemand antwortet, drückt er vorsichtig die Klinke herunter und späht hinein. Das Bett ist zerwühlt, die Luft abgestanden. Auf dem Boden neben dem Bett türmt sich ein Berg Schmutzwäsche. Aber keine Spur von Konrad und Paula.

»Scheiße«, sagt er laut. »Und was jetzt?«

Er erwägt, die Polizei zu verständigen, verwirft den Gedanken aber schnell wieder. Was soll er denen denn erzählen? Meine Kollegin und Mitbewohnerin Paula ist nicht von der Mittagspause zurückgekehrt. Sie ist wahrscheinlich mit einer Frau namens Rachel weggegangen, und ich befürchte, die führt nichts Gutes im Schilde. Paulas Freund Konrad ist ebenfalls verschwunden. Selbst wenn die Polizei ihn ernst nehmen würde, was könnte sie denn groß unternehmen? Die Fahndung nach einer Frau rausgeben, von der er nur den Vornamen kennt?

Wenn wenigstens Chris hier wäre. Dem würde sicher irgendetwas einfallen. Vielleicht mache ich ja auch zu viel Wind um nichts, überlegt er. Vielleicht haben Konrad und Paula sich versöhnt und einfach alles um sich herum vergessen. Aber ein Gefühl sagt ihm, dass er sich nicht täuscht. Irgendetwas führt diese Rachel im Schilde. Und mit Sicherheit nichts Gutes. Unruhig wandert er durch die Wohnung. Sein Blick bleibt an dem blinkenden Display des Anrufbeantworters hängen. Er drückt die Wiedergabetaste.

»Paula, wenn du da bist, geh bitte ran«, sagt eine weibliche Stimme. Sie klingt merkwürdig gehetzt. Rick wird erst klar, wer es ist, als die Frau nach einer kleinen Pause ihren Namen nennt. »Hier ist Marianne. Ich bin auf dem Weg ins Urban-Krankenhaus. Konrad …« An dieser Stelle bricht ihre Stimme. Rick hört, wie sie tief durchatmet, bevor sie weiterspricht. »Konrad wurde zusammengeschlagen. Er ist lebensgefährlich verletzt.« Wieder ein hektisches Atmen. »Ich versuch's jetzt gleich noch mal bei dir auf dem Handy.« Ohne ein weiteres Wort wird die Verbindung unterbrochen.

Ohne nachzudenken, schnappt Rick sich seine Jacke von der Garderobe und stürmt aus der Wohnung. Zum Urban-Krankenhaus kann er es zu Fuß in zehn, fünfzehn Minuten schaffen.

45

Sie schläft mit halb offenem Mund, schnarcht leise. Aus Angst, sie könne im Schlaf ersticken, habe ich das Klebeband entfernt und ihr den Knebel aus dem Mund genommen. Ich werde nicht lange weg sein. Die Hobrechtbrücke ist keine fünf Minuten entfernt. In der Zeit wird sie ganz sicher nicht aufwachen. Meine größte Sorge gilt der Wohnungstür. Aber wer sollte schon kommen, beruhige ich mich selbst.

Ich bin fast an der Tür, da klingelt es hinter mir. Erschreckt fahre ich zusammen und drehe mich um. Ihr Schnarchen ist verstummt. Auch das Klingeln bricht abrupt wieder ab. Ich husche zum Bett zurück und kontrolliere vorsichtshalber noch mal ihren Atem. Er ist tief und gleichmäßig. Dann bücke mich nach ihrer Tasche und suche nach dem Handy. Da ist es nicht. Unter dem Bett werde ich schließlich fündig. Ich richte mich auf und stopfe es in die Tasche. Ich werde beides vorsichtshalber entsorgen.

Ich haste durch den Flur und greife nach meiner Jacke. Der Geruch wird immer schlimmer. Bald wird es im ganzen Haus zu riechen sein. Ich werfe einen flüchtigen Blick zum Badezimmer und verlasse mit eiligen Schritten die Wohnung. Im Hinterhof flüchtet eine streunende Katze mit einem halsbrecherischen Sprung über die Mauer aufs Nachbargrundstück. Straßenlärm brandet mir entgegen, als ich die schwere Holztür zur Wiener Straße hin aufstoße. In der Ferne entdecke ich einen Müllwagen. Ein in Orange gekleideter Mann zerrt gerade zwei graue Müllcontainer über den Bürgersteig. Ich zögere keine Sekunde. Mit schnellen Schritten eile ich zurück in den Hinterhof. Die Mülltonnen stehen hinten in der Ecke neben einem verwaisten Fahrradständer. Die graue Restmülltonne quillt über. Der Deckel steht halb offen wie eine klaffende Wunde. Der Gestank nach Fäulnis und Verwesung nimmt mir den Atem, als ich den Deckel zurückklappe. Ich atme durch den Mund weiter und greife mit spitzen Fingern nach den beiden oberen Abfalltüten. Sie fühlen sich klamm und schwabbelig an. Ekelhaft. Unwillkürlich schüttelt es mich. Ich lege ihre Handtasche in die Tonne und packe die beiden Mülltüten darauf. Ein Geräusch hinter meinem Rücken lässt mich herumfahren. Mein Blick gleitet über den Hof. Ist das ein Schatten hinter der Tür zum Gartenhaus? Mit eiligen Schritten verlasse ich das Haus und wende mich in Richtung Ohlauer Straße. Ein Mann steht mit einer Flasche Bier in der Hand vor dem arabischen Imbiss und ruft mir mit lallender Stimme etwas zu. Ich schenke ihm keine Beachtung und haste an ihm vorbei. Im Geiste gehe ich noch mal die einzelnen Schritte durch wie schon unzählige Male zuvor. Ich habe dabei schon oft assistiert, aber werde ich es auch ohne Hilfe schaffen? Wird sie die Operation überleben? *Vielleicht möchtest du ja, dass sie stirbt?* Ich denke das seltsam emotionslos.

Wichtig ist das Baby. Sonst nichts.

Ich lehne mich weit über das Geländer der Brücke und sehe zu, wie das Handy in das graue Wasser des Kanals eintaucht und in der Tiefe verschwindet. Erst da kommt mir in den Sinn, dass ich mein Handy auch im Müll hätte versenken können. Wie dumm von mir. Ich muss mich zusammenreißen, sonst mache ich noch mehr, noch schlimmere Fehler. Womöglich gefährde ich sonst noch das Leben des Babys.

46

Rick überquert den großen Parkplatz vor dem Urban-Krankenhaus und steuert auf den Haupteingang zu. In der linken Ecke, dicht an die Hauswand gedrückt, drängen sich die Raucher. Bleiche Gesichter, in Bademänteln gehüllt, Schlappen an den Füßen, saugen sie sich hastig die Nikotindosis für die nächsten Stunden in die Körper. Rick betritt die Eingangshalle und strebt auf den Informationstresen zu. Die Frau dahinter schaut ihm fragend entgegen.

»Ja, bitte?«

»Ich bin auf der Suche nach Konrad Martens. Können Sie mir sagen, in welchem Zimmer er liegt?«

»Augenblick, ich schau mal nach.« Sie dreht sich schwungvoll zu dem Computer um und beugt sich vor. Ihre Finger huschen über die Tastatur. »Konrad Martens sagten Sie?«

»Ja, genau. Konrad Martens.«

»Rick!«, hört er plötzlich eine helle Stimme hinter seinem Rücken. Marianne, Konrads Mutter, eilt mit wehendem Mantel auf ihn zu. Ihr folgt ein Mann mit Brille und Bart, der sie um mindestens zwei Köpfe überragt. Rick hat ihn nie zuvor gesehen.

»Hallo, Marianne«, begrüßt Rick sie und reicht ihr die Hand. Marianne ergreift sie mit beiden Händen.

»Warst du schon bei Konrad?«, fragt sie und sieht zu ihm hoch. Ihre Augen sind weit geöffnet. Angst und Hoffnung vermischen sich darin.

Rick schüttelt den Kopf und entzieht ihr sacht seine Hand. »Ich bin auch gerade erst gekommen. Sie«, er deutet hinter sich, »schaut gerade nach, wo er liegt.«

Marianne nickt zerstreut. Der Bärtige tritt neben sie, legt einen Arm um sie. Sie lehnt sich kurz an ihn, lächelt zu ihm hoch. »Das ist Daniel. Er hat mich hergefahren. Ich war nach der Nachricht nicht mehr in der Lage, mich ans Steuer zu setzen.«

Ohne den Arm von Mariannes Schulter zu nehmen, streckt der Mann Rick die rechte Hand entgegen. Rick ergreift sie und sagt: »Ich bin Rick. Ein Freund von Konrad.«

»Hören Sie«, sagt die Frau an der Rezeption.

»Ja?« Marianne löst sich von ihrem Begleiter und tritt an den Tresen. Rick stellt sich neben sie.

»Konrad Martens ist über die Rettungsstelle gekommen. Zur Zeit befindet er sich auf der Intensivstation«, sagt sie zu Rick gewandt. »Sind Sie ein Verwandter?«

Bevor Rick die Frage verneinen kann, sagt Marianne: »Was ist mit ihm? Kann ich zu ihm? Ich bin seine Mutter.«

»Ich rufe auf der Station an und frage nach, ob es grade passt.« Sie greift nach dem Telefon.

»Danke«, sagt Marianne und knetet nervös ein Tempo in der Hand.

Während sie warten, mustert Rick den Riesen neben Konrads Mutter mit verstohlenem Blick. Eigentlich macht er einen ganz sympathischen Eindruck.

»Sie können zu Ihrem Sohn«, sagt die Rezeptionistin jetzt an Marianne gerichtet und erklärt, wie sie dahin kommt.

»Hat sich vor uns schon jemand nach Konrad erkundigt?«, fragt Rick.

»Nein«, sagt sie gedehnt. »Sie sind die Ersten.«

»Warum fragst du?« Marianne sieht Rick erstaunt an.

»Ich erklär's dir später«, antwortet Rick. »Lass uns erst mal nach Konrad sehen.«

»Stopp!«, ruft die Frau hinterm Tresen. »Nur die Mutter darf zu ihm. Das ist Vorschrift auf der Intensiv«, fügt sie hinzu, als sie Ricks überraschten Blick bemerkt. »Nie mehr als ein Besucher.«

»Wartet ihr hier auf mich?« Mariannes Blick schweift von Daniel zu Rick.

Daniel, der bisher noch kein einziges Wort gesagt hat, nickt auch dieses Mal nur stumm.

Rick sagt: »Klar, warten wir auf dich.« Er sieht Marianne hinterher, bis sie in einen der Gänge abbiegt und aus seinem Blickfeld verschwindet.

»Wie wär's mit einem Kaffee? Es dauert sicher, bis sie wiederkommt?«, fragt Rick dann.

»Gute Idee«, sagt Daniel und legt den Mantel, aus dem er sich zwischenzeitlich geschält hat, über den rechten Arm. Rick horcht überrascht auf. Die sanfte Stimme passt so gar nicht zu diesem Hünen von Mann, der Ricks Vorstellung von einem kanadischen Holzfäller erstaunlich nahekommt.

Sie lassen sich an einem freien Tisch nieder. »Ich glaube, hier ist Selbstbedienung«, stellt Daniel nach einer Weile fest. »Ich hol uns was. Auch einen Kaffee?«

»Ja, bitte. Mit Milch, ohne Zucker.«

Daniel stemmt sich vom Stuhl hoch. Rick sieht ihm nach. Seine Gedanken schweifen wieder zu Paula. Wenn sie nicht bei Konrad ist, wo ist sie dann?

»Der Kaffee.« Daniel stellt vorsichtig einen vollen Becher vor Rick auf den Tisch und setzt sich ihm gegenüber. Er hebt eine kleine Flasche Mineralwasser an die

Lippen und trinkt sie in einem großen Schluck halb leer.

»Was kriegst du von mir für den …« Er stockt verlegen. Das in Berlin übliche Du ist ihm einfach so über die Lippen gekommen.

»Ist schon okay. Du kannst ruhig beim Du bleiben«, sagt Daniel und wischt sich mit der rechten Hand die Wassertropfen aus dem Bart. »Dein Geld kannst du auch stecken lassen. Der Kaffee geht auf mich.«

»Danke.« Rick trinkt einen kleinen Schluck von dem dampfenden Gebräu. Es ist heiß, schmeckt aber ansonsten nach nichts. Rick stellt den Becher so fest auf den Tisch zurück, dass etwas von der dunkelbraunen Brühe über den Rand schwappt. Fahrig fährt er mit der Handfläche über die kleine Pfütze und wischt sie sich anschließend an seiner Jeans trocken.

Daniel lehnt sich in seinem Stuhl zurück, verschränkt die Arme und mustert Rick aufmerksam.

»Was ist?«, fragt Rick irritiert.

»Ich frage mich, warum du so nervös bist.«

»Du bist aber neugierig.«

»Berufskrankheit«, antwortet Daniel. Die Lachfältchen um seine Augen vertiefen sich.

Rick hebt fragend die Augenbrauen.

»Ich arbeite als Psychologe.«

»Verstehe«, sagt Rick und verzieht den Mund. »Ich habe auch einige Semester Psychologie studiert, hab's dann aber aufgegeben, nachdem ich zweimal durch die gleiche Prüfung gerasselt bin.«

»Ja«, sagt sein Gegenüber gedehnt. »Das Psychologiestudium hat so seine Tücken. Daran sind schon einige gescheitert. Und? Magst du mir erzählen, weswegen du so unruhig bist.«

Bevor Rick darauf antworten kann, spürt er das Vibrieren des Handys an seinem Oberschenkel. Er fummelt es aus seiner Hosentasche und wirft einen Blick auf das Display. Für den Bruchteil einer Sekunde setzt sein Herzschlag aus.

Paula ruft an, steht da.

47

Auf dem Weg vom Flughafen nach Hause ist Chris‘ Ärger zumindest ein wenig verraucht. Er schließt die Wohnungstür und ruft in die Stille: »Jemand zu Hause?« Nach einer kleinen Weile gibt er sich selbst die Antwort. »Sieht nicht so aus.«

Sein Magen knurrt laut und vernehmlich. Bis auf den trockenen Keks, den ihm die Stewardess zu dem Kaffee im Flugzeug serviert hat, hat er den ganzen Tag noch nichts gegessen. Heute Morgen war er zu aufgeregt und später einfach zu sauer. Es fängt auch jetzt wieder an, in ihm zu brodeln, wenn er nur daran denkt. Was für eine peinliche Situation. Die Szene am Empfang der Produktionsfirma spult sich noch mal vor seinem inneren Auge ab. Die auf jugendlich gestylte Endvierzigerin, toupierte Haare, schmal gezupfte Augenbrauen, an jedem Finger einen Ring. »Roswitha Grün? Nee, sorry. Die gibt's hier nicht. Da haben Sie sich wohl in der Tür geirrt, junger Mann.« Auch seine Versuche, wenigstens zu jemand anderem aus der Redaktion von *Deutschland talkt* vorgelassen zu werden, schmetterte sie mit einer derart hochnäsigen Arroganz ab, dass Chris kurz davor war, ihr den Hals umzudrehen. Ihm blieb schließlich nichts anderes übrig, als unverrichteter Dinge zum Flughafen zurückzufahren. In Gedanken hat er der Übeltäterin zwischenzeitlich schon sämtliche Foltermethoden, die er kennt, angedeihen lassen.

Aber jetzt muss er erst mal etwas essen. Nach der Inspektion des Kühlschrankes, der wie so oft wenig Appetitliches bietet, beschließt er, im Morena einen Burger zu essen und sich anschließend auf den Weg ins Büro zu machen. Er tauscht den Anzug gegen eine schwarze Jeans und ein ebenfalls schwarzes Shirt, greift sich seine Jacke von der Garderobe und verlässt die Wohnung. Konrads silbernes Citybike steht angeschlossen im Fahrradständer im Hinterhof, stellt Chris wenig später fest. Es schließt sein eigenes Fahrrad auf und schiebt es nachdenklich an den Briefkästen vorbei nach draußen. Dass Konrad ohne Rad unterwegs ist, kommt so gut wie nie vor. Vor dem Haus schwingt sich Chris auf den Sattel. Auf der Skalitzer hat der Feierabendverkehr eingesetzt. Die Autos schieben sich auf beiden Fahrbahnen dicht an dicht über den Asphalt. Eine weiße Papiertüte tanzt vom Wind getrieben über den Bürgersteig. Chris fährt nach einem schnellen Blick nach rechts auf die Straße und reiht sich in den Verkehr ein.

Wer in Berlin Auto fährt, ist selber schuld, denkt er schadenfroh und überholt die stockende Autoschlange zügig auf der rechten Seite. Er rast unter der Hochbahn hindurch in die Wiener Straße. Die Ampel am Görlitzer Bahnhof zeigt Rot. Chris bremst und kommt neben einem schwarzen BMW zum Stehen. Menschenmassen strömen aus der U-Bahn-Station und überqueren in einem dichten Pulk die Straße. Der Straßenlärm vermischt sich mit einzelnen Wortfetzen. Ein schrilles Lachen übertönt für einen Augenblick alle anderen Geräusche. Chris zieht den Reißverschluss seiner Bomberjacke auf. Er ist bereits während der kurzen Strecke ganz schön ins Schwitzen gekommen. Das T-Shirt klebt ihm unangenehm feucht am Rücken. Die Ampel springt von Rot auf Gelb. Er tritt in die Pedale und hält kurze Zeit später vorm Morena. Eine Frau auf der anderen Straßenseite erregt seine Aufmerksamkeit. Er kneift die Augen zusammen. Sie kommt ihm bekannt vor. Spontan hebt er den Arm, um ihr zuzuwinken, da dreht sie sich plötzlich um und verschwindet im Eingang des Hauses.

Chris schließt sein Fahrrad an einem Laternenpfahl an und betritt die Kneipe. Gedämpfte Musik tönt ihm entgegen und das leise Klappern von Essbestecken. Um diese Uhrzeit ist es zum Glück noch nicht so voll. Er setzt sich an einen freien Tisch an dem großen Fenster zur Straße hin. Gegenüber kommt die Frau von eben wieder aus dem Haus. Chris kramt in seinem Gedächtnis. Er kennt sie, da ist er sich sicher. Nur woher will ihm partout nicht einfallen. Er ordert eine Cola und einen Chili-Burger mit Pommes. Während er darauf wartet, ruft er im Büro an und erfährt, dass Paula und Konrad immer noch nicht wieder aufgetaucht sind. Langsam beginnt er, sich Sorgen zu machen. Konrad mag zwar nicht der Zuverlässigste sein, aber einfach abzutauchen, passt auch nicht zu ihm. Und zu Paula schon gar nicht.

Chris schlingt den Burger in Windeseile hinunter und verlässt die Kneipe keine halbe Stunde später. Er steigt auf sein Rad und fährt die Wiener Straße entlang. Plötzlich fällt ihm wieder ein, wer die Frau ist. Rachel. Die Freundin von Paula, die er heute Morgen in der WG getroffen hat.

48

Rick springt vom Stuhl hoch. Während er Daniel signalisiert, dass er nach draußen geht, nimmt er das Gespräch an.

»Paula, endlich«, sagt er und eilt durch die Eingangshalle auf den Ausgang zu. »Wo hast du denn gesteckt? Weißt du, was für Sorgen ich mir um dich gemacht habe?« Rick lauscht in den Hörer. Er hört ein Schnaufen, gefolgt von einem leisen Brummeln.

»Paula?« Rick entfernt sich ein paar Schritte von der Rauchergruppe vor der Eingangstür. Ein Krankenwagen fährt mit rotierendem Blaulicht vor und verschwindet in dem Tunnel zur Notaufnahme.

»Paula?«, schreit Rick. Die Raucher drehen sich unisono zu ihm um. Er senkt seine Stimme. »Paula, sag doch was. Wo steckst du?«

Ein Klicken in der Leitung unterbricht die Verbindung. Rick runzelt die Stirn. Was war das denn? Er wählt Paulas Handynummer. Das Freizeichen ertönt. Rick lässt es klingeln, bis die Mailbox anspringt, und versucht es gleich noch mal. Dieses Mal meldet sich jemand sofort nach dem ersten Klingelton.

»Ja?«

»Paula? Bist du das?«

Stille. Rick hört ein Rascheln. Dann ein Knistern.

»Paula?«, fragt er noch mal.

Rick hört ein Flüstern, so leise, dass er nichts verstehen kann. Schlagartig ist es mit seiner Beherrschung vorbei. »Wer sind Sie?«, schreit er. »Wo ist Paula?«

»Hier gibt's keene Paula nich.« Eine Männerstimme nuschelt das.

Rick atmet tief durch, dann sagt er: »Aber das ist ihr Handy. Wo haben Sie das her?« Obwohl er sich um einen ruhigen Tonfall bemüht, vibriert seine Stimme vor Aufregung.

»Ausser Mülltonne«, kichert der Mann am anderen Ende der Leitung mit schwerer Zunge.

Der ist betrunken, schießt es Rick durch den Kopf.

Das Kichern geht in ein trockenes Husten über.

»Aus der Mülltonne?«, hakt Rick nach. »Aus welcher Mülltonne? Wo sind Sie?«

»Schmeiß mal 'ne Kippe rüber«, röchelt der Mann statt einer Antwort.

»Hörense«, meldet sich jetzt eine Frauenstimme zu Wort. Ihr Nuscheln ist noch verwaschener als das des Mannes. Rick hört das Klicken eines Feuerzeuges. »Die Kleene hat das Handy auf'n Müll geschmissen, also wollte sie's nich mehr. Es ist ja auch schon asbachuralt.« Wieder klickt es in der Leitung.

»Scheiße!« Rick wählt Paulas Nummer noch mal. Er lässt es klingeln, bis die Mailbox anspringt, dann versucht er es wieder. Und wieder. Nach dem sechsten erfolglosen Versuch gibt er auf.

Was bisher nur als vage Ahnung durch seinen Kopf gegeistert ist, ist zur beängstigenden Gewissheit geworden: Paula ist etwas zugestoßen. Er muss zur Polizei, und zwar sofort. Die müssen alle Hebel in Bewegung setzen, um sie zu finden. Dafür wird er höchstpersönlich sorgen. Rick stopft das Handy in die Hosentasche und läuft mit großen Schritten ins Krankenhaus zurück. Die unverhohlen neugierigen Blicke, die ihm aus der Raucherecke folgen, ignoriert er.

Daniel sitzt nicht mehr allein am Tisch. Marianne hat neben ihm Platz genommen. Sie ist leichenblass und sieht Rick aus rot verheulten Augen entgegen.

49

Als Paula das zweite Mal erwacht, fühlt sie einen bohrenden Schmerz im Unterleib. Sie stöhnt. Die Zunge klebt ihr wie ein unförmiger Klumpen am Gaumen fest. Der Nebel in ihrem Kopf will sich nicht lichten. Sie kann keinen klaren Gedanken fassen. Vor ihren Augen ist nichts als undurchdringliche Dunkelheit. Ihre Lippen öffnen sich. Erst jetzt registriert sie, dass ihr Mund nicht mehr zugeklebt ist, auch der Knebel ist nicht mehr da. Sie befeuchtet die rissigen Lippen mit der Zunge. Der Atem rasselt in ihrer Lunge.

»Ist hier jemand?« Ihre Stimme ist genauso matt und kraftlos, wie sie sich fühlt. Sie lauscht in die Stille. Keine Antwort. Paula spürt, wie ihre Sinne langsam wieder schwinden. Sie versucht, dagegen anzukämpfen.

»Hilfe«, will sie schreien, herauskommt jedoch nur ein krächzendes Raunen.

Wie aus weiter Ferne dringen Geräusche an ihr Ohr. Ein gedämpftes Klappern, dann ein Scheppern. Während ihr Verstand noch versucht, die Laute einzuordnen, gleitet sie bereits wieder in die Bewusstlosigkeit.

50

Das Flattern in meinem Magen verstärkt sich zusehends. *Stell dich nicht so an*, rüge ich mich. *Du hast unzählige Male bei einem Kaiserschnitt assistiert. Du kennst jeden Handgriff und bist bestens mit der Misgav-Ladach-Methode vertraut.* Das Problem ist: Ich bin allein. Man braucht mindestens sechs Hände, um die Operation für alle Beteiligten zu einem guten Ende zu bringen.

Willst du etwa kneifen? Jetzt? So kurz vor dem Ziel. Ich drücke meinen Rücken gerade durch und straffe meine Schultern.

NEIN!

Um nichts auf der Welt.

Sie ist lediglich die Hülle, die das Kind in sich trägt. Allein das Kind ist wichtig. Sonst nichts!

Es ist mir egal, wenn sie dabei draufgeht, hämmere ich mir immer wieder ein, während ich die Instrumente für die Operation vor mir auf dem Tisch ausbreite.

Ein Geräusch aus dem Nebenzimmer lässt mich aufhorchen. Lässt das Narkosemittel bereits nach? Ich eile zu ihr. Als ich die Tür zu dem Zimmer öffne, schlägt mir warme, stickige Luft entgegen. Schnell öffne ich das Fenster.

Sie liegt regungslos auf der Matratze, ihr nackter Körper glänzt feucht. Von ihren schweren Brüsten perlt der Schweiß. Sie stöhnt leise. Auf Zehenspitzen gehe ich näher heran. Ihr Atem geht ruhig und gleichmäßig. Nur ihre

Augenlider zucken leicht. Ich entdecke den feuchten Fleck auf der Matratze. Die Fruchtblase ist geplatzt. Das ist gut. Mein Herzschlag beschleunigt sich. Es kann losgehen. Ein Prickeln schießt durch meinen Körper. Eine Mischung aus Freude und Angst. Ich haste in die Küche zurück. Meine Hände zittern. Nicht die beste Voraussetzung für einen sauberen Schnitt.

Beruhige dich! Ich atme einige Mal tief und gleichmäßig durch. Dann konzentriere ich mich wieder auf die Vorbereitungen für die Operation. Aus dem Zimmer nebenan dringen gedämpfte Laute an mein Ohr. Sie kommt wieder zu sich. Ich werde ihr noch eine Dosis von dem Narkosemittel verabreichen und dann schnell das Kind holen, bevor sie stirbt.

51

Beim Anblick von Mariannes verheultem Gesicht fährt Rick der Schreck wie ein Faustschlag in die Magengrube. Er setzt sich ihr gegenüber. Marianne sieht ihn an und bricht in Tränen aus. Daniel nimmt den Arm von ihren Schultern und wühlt in seinen Manteltaschen. Er fördert eine Packung Tempotaschentücher zutage, fummelt eins davon heraus und reicht es Marianne. Sie nimmt es mit einem leise gemurmelten »Danke« entgegen und schnäuzt sich umständlich die Nase.

»Entschuldige«, sagt sie und lächelt Rick unter Tränen an. »Ich bin normalerweise nicht so nah am Wasser gebaut, aber das war jetzt doch einfach zu viel für mich.«

Rick schluckt, wagt kaum die Frage zu stellen, die ihm auf der Zunge liegt. »Wie geht es Konrad?«

Marianne verzieht den Mund und knetet das Taschentuch in ihren Händen. Mit einer Hand wischt sie sich eine Träne von der Wange. »Nicht gut«, sagt sie schließlich. »Er liegt immer noch im Koma.«

»Scheiße«, sagt Rick. »Was ist denn überhaupt passiert?«

Marianne wischt sich mit dem Handrücken über die Nase und holt tief Luft. »Konrad ist gestern Nacht brutal zusammengeschlagen und ausgeraubt worden.« Sie presst die Lippen aufeinander und schluchzt. Daniel greift nach ihrer Hand.

»Er war schon bewusstlos, als er eingeliefert worden ist. Diagnose Schädelbasisbruch. Jetzt kann man nur noch abwarten, sagt der Arzt.« Marianne stößt die Sätze so abgehackt hervor, als würde ihr jedes einzelne Wort quälende Schmerzen bereiten.

Rick weiß nicht, was er sagen soll. Er kratzt sich am Kopf und murmelt noch mal: »Scheiße.«

Marianne nickt und sagt kläglich: »Das kannst du gerne laut sagen.«

»Wieso hat man dich denn so spät informiert? Der Überfall war doch schon gestern Nacht«, fragt Daniel.

»Konrads Portemonnaie, seine Papiere, das Handy, alles weg.« Marianne greift in ihre Manteltasche und holt einen zerknüllten Zettel hervor. »Das hat eine Krankenschwester in seiner Hosentasche entdeckt.« Sie legt das Papier vor sich auf den Tisch und streicht es glatt. »Judiths Handynummer. Sie haben bei ihr angerufen und so erst erfahren, wie sie mich erreichen können.«

»Wer ist Judith?«, fragt Rick.

»Eine ehemalige Freundin von Konrad. Sie ist seit einiger Zeit wieder in Berlin. Wahrscheinlich hat Konrad sie getroffen und sie hat ihm ihre Handynummer aufgeschrieben.« Marianne schnieft. »Ich habe Paula noch nicht erreichen können. Sie weiß das mit Konrad noch gar nicht.« Sie kramt in ihrer Handtasche und holt das Handy hervor.

»Warte, Marianne.« Rick beugt sich über den Tisch und umfasst ihre Hände. Marianne sieht ihn erstaunt an.

Rick holt tief Luft. »Paula ist verschwunden«, stößt er schließlich hervor.

Marianne starrt ihn entsetzt an.

»Seit wann wird Paula denn vermisst?«, erkundigt sich Daniel.

»Seit heute. Sie ist nicht aus der Mittagspause zurückgekommen.« Rick wendet sich dem Mann an Mariannes Seite zu. »Deshalb muss ich jetzt auch schnell weg. Ich habe schon viel zu viel Zeit verloren. Ich muss zur Polizei.« Er macht Anstalten aufzustehen.

Daniel wiegt den Kopf hin und her. »Sie ist erst ein paar Stunden verschwunden. Ich fürchte, eine Vermisstenanzeige bringt zum jetzigen Zeitpunkt nicht wirklich viel.«

»Woher willst du das denn wissen?«, braust Rick auf.

»Daniel arbeitet für die Polizei«, sagt Marianne mit tonloser Stimme.

Rick runzelt die Stirn. »Ich denke, du bist Psychologe?«

»Bin ich auch«, sagt Daniel. »Polizeipsychologe.«

»Verstehe«, sagt Rick. »Aber ich kann nicht einfach rumsitzen und Däumchen drehen. Irgendwas ist hier faul. Konrad wird ins Koma geprügelt, am nächsten Tag verschwindet Paula spurlos.« Rick springt vom Stuhl hoch. »Ich gehe jetzt zur Polizei und mache denen Feuer unterm Arsch.«

»Jetzt warte doch mal!« Daniel erhebt sich ebenfalls und hält ihn am Arm fest. »Warum erzählst du mir nicht, was passiert ist? Dann können wir immer noch entscheiden, ob es tatsächlich ein Fall für die Polizei ist.«

Rick sieht ihn zweifelnd an.

»Was hast du zu verlieren?« Daniel setzt sich wieder hin. »Ich bin quasi die Polizei. In blinden Aktionismus auszubrechen, fruchtet in den seltensten Fällen.«

»Okay«, sagt Rick gedehnt und setzt sich zögernd wieder hin. »Ich werde versuchen, mich möglichst kurzzufassen. Angefangen hat es vor drei Tagen. Mit dem mysteriösen Anruf einer Frau.«

52

»Also, noch mal ganz von vorne. Paula ist mit dieser Rachel hier aufgekreuzt?« Chris sitzt halb auf Nastis Schreibtisch und blickt auf sie herunter.

Nasti beißt sich auf die Lippen und nickt. »So wie ich das verstanden habe, wollte sie mal bei uns reinschnuppern. Von wegen, ob der Job was für sie wäre und so.«

»Ich fand die gleich irgendwie merkwürdig«, wirft Nikki ein.

Chris ignoriert den Einwand. »Und dann? Was war dann?«

»Rachel wurde schlecht und Paula wollte sie nach Hause bringen.«

»Meinst du, Paula ist etwas zugestoßen?« Nasti sieht Chris fragend an.

»Ich habe keine Ahnung. Es passt nicht zu Paula, einfach wegzubleiben. Und dass Konrad auch nicht auftaucht …« Chris lässt den Satz unvollendet.

»Vielleicht sind die beiden im Krankenhaus. Babyalarm. Und haben vor Aufregung vergessen, Bescheid zu geben.« Nasti zuckt mit den Schultern.

»Möglich wär's«, sagt Chris.

»Ich mach jetzt Folgendes.« Chris rutscht vom Schreibtisch. »Ich fahre in die Wiener Straße zu dem Haus, in das ich Rachel vorhin habe reingehen sehen.« Er wendet sich Nikki zu. »Du bist dir sicher, dass sie gesagt hat, sie wohnt in der Wiener Straße?«

»Hundertpro«, bestätigt sie mit einem eifrigen Nicken.

»Gut, dann dürfte es ja kein Problem sein, sie zu finden.«

»Hoffentlich«, sagt Nasti. Sie klingt besorgt.

»Spätestens in einer halben Stunde bin ich wieder da.«

»Chris!« Kurz vor der Tür holt Nasti ihn ein.

»Ja?« Er dreht sich überrascht zu ihr um.

»Hast du vielleicht Bock auf ein Bier heute Abend nach Feierabend?« Sie grinst ihn mit schief gelegtem Kopf an.

»Ich dachte schon, du fragst mich nie«, sagt Chris und kann gar nicht mehr aufhören zu lächeln.

»Na, dann«, sagt Nasti. »Bis später!«

»Ich freu mich«, sagt Chris.

»Ich mich auch«, sagt Nasti mit glänzenden Augen und macht kehrt. Chris sieht ihr nach und kann sein Glück kaum fassen.

53

Marianne und Daniel haben Rick reden lassen, ohne ihn zu unterbrechen. Erst ganz zum Schluss, als Rick den zusammengeknüllten Zettel mit der Friedhofsbotschaft aus seiner Hosentasche fummelt, sagt Daniel: »Lass mal sehen.«

Rick streicht das Papier glatt und reicht es Daniel. Mit gefurchter Stirn liest dieser halblaut vor: »Die Zeit der Sühne ist gekommen. Nichts wird bleiben von dir. Außer der Erinnerung an mich.«

»Wartet mal«, sagt Marianne. Sie legt die Botschaft neben den Zettel, auf der Judith ihre Handynummer und ihren Namen notiert hat. Ihre Augen wandern zwischen den beiden Papieren hin und her.

»Das darf nicht wahr sein«, murmelt sie schließlich.

»Hast du was entdeckt?« Daniel rückt mit dem Stuhl näher an sie heran.

»Was?« Rick stützt sich mit den Armen auf den Tisch und reckt den Hals. »Was meinst du?«

»Hier!« Marianne deutet aufgeregt erst auf den einen, dann auf den anderen Zettel. »Die geschwungene Linie über dem u. Und schaut mal diese merkwürdige Form von dem h. Das ist eindeutig dieselbe Handschrift.«

Daniel zieht die beiden Papiere zu sich und unterzieht sie einer eingehenden Prüfung. »Du hast recht«, sagt er.

»Das bedeutet, diese Judith steckt hinter all dem«, sagt Rick. »Aber was will sie von uns? Wer zum Teufel ist Rachel? Hilft sie ihr? Wenn ja, wobei? Ich verstehe gar nichts mehr.«

Marianne wird plötzlich kalkweiß im Gesicht. »Ich glaube, ich weiß, was Judith will«, flüstert sie. »Das Kind. Sie will Paulas und Konrads Baby.«

54

Chris steht in dem düsteren Hausflur in der Wiener Straße und inspiziert die Reihe der verbeulten Briefkästen. Die meisten sind mit Werbeprospekten derart vollgestopft, dass es den Anschein hat, sie müssten jeden Augenblick auseinanderbersten. Den Namen Rachel Soundso findet er auf keinem der ausgeblichenen Namensschilder.

Einem spontanen Impuls folgend geht er die drei ausgetretenen Stufen zum Hinterhaus hinunter. Die schmale Tür öffnet sich mit einem protestierenden Quietschen. Dahinter liegt ein trister Innenhof. Unkraut wuchert in den Ritzen der brüchigen Betonplatten, mit denen der Boden gepflastert ist. In der Mitte wächst aus einer rechteckigen, mit Erde gefüllten Aussparung eine mickrige Birke. Wie dünne Skelettfinger reckt sie ihre kahlen Zweige in die Höhe.

Chris lässt seinen Blick an der Fassade hochwandern. Der nikotingelbe Vorhang im zweiten Stock bewegt sich leicht. Er formt die Hände zu einem Trichter und ruft, so laut er kann: »Hallo? Rachel? Hörst du mich?«

Ein Fenster öffnet sich und ein rotgesichtiger Mann schaut zu ihm herunter.

»Guten Tag«, ruft Chris und legt den Kopf in den Nacken, um besser zu sehen.

Der Mann mustert ihn neugierig. »Was willstn?«

»Ich suche nach einer Frau, die hier im Haus wohnt. Sie heißt Rachel, den Nachnamen weiß ich leider nicht.«

»Suchenwanischallenachnerfrau«, nuschelt der Typ und zeigt grinsend sein unvollständiges Gebiss. Chris hat keinen Ton verstanden. Aber er fasst das Grinsen als Entgegenkommen auf und grinst zustimmend zurück.

»Die Frau ist ungefähr so groß.« Chris hebt die Hand bis zu seiner Brust. »Hat kurze schwarze Haare, recht attraktiv.«

Neben dem Mann taucht ein zweites Gesicht auf. Hager, von ebenso ungesunder Röte. Eine Frau. Sie rafft den rosafarbenen Frotteestoff vor ihrer Brust zusammen. »Was will der denn?«, fragt sie und mustert Chris mit unverhohlener Neugier.

»Suchtnefrau«, antwortet der Mann, ohne Chris aus den Augen zu lassen.

Sie kichert. »Wie wär's mit mir?«, fragt sie und zwinkert Chris zu.

»Kannstsehaben, wenndewillst.« Der Typ lacht meckernd.

Chris hat genug. Ihm schmerzt der Nacken vom Hochschauen, und er glaubt nicht, dass er aus den beiden noch etwas Vernünftiges herausbekommen wird. Er winkt ab. »Nichts für ungut. Schönen Tag noch«, und wendet sich zum Gehen. Er wird einfach an jeder Wohnungstür klingeln.

»Die Kleine wohnt erst seit ein paar Tagen hier«, ruft die Frau ihm hinterher.

Chris bleibt stehen, hebt den Blick wieder nach oben zu den beiden am Fenster.

»Wo wohnt sie?«

»Da.« Sie beugt sich vor und sticht mit dem Zeigefinger in die Luft über ihrem Kopf. »Sie wohnt zwei Stockwerke über uns. Sie müsste auch da sein, ich habe sie vorhin mit 'ner anderen Frau hochgehen sehen.«

»Wie sah die Frau aus? Wissen Sie das zufällig?«

Die Frau pustet die Luft aus ihren Lungen. »Nee, so genau habe ich mir die nicht angesehen. Hab ja noch anderes zu tun, als den ganzen Tag lang am Fenster zu hängen.«

»Okay«, sagt Chris. »Dann werde ich mein Glück mal versuchen. Vielen Dank für Ihre Hilfe.«

55

»Du hast da gerade eine ziemlich abenteuerliche Behauptung aufgestellt.« Daniel sieht Marianne ernst an. »Wie kommst du darauf, dass Judith es auf das Baby abgesehen hat?«

Marianne holt tief Luft. »Ich muss, glaube ich, etwas ausholen, um das zu erklären.«

»Aber fass dich kurz«, bittet Rick. »Ich habe echt ein Scheißgefühl.«

Daniel legt ihm beruhigend die Hand auf seinen Arm. »Glaub mir, es ist besser, sämtliche Fakten zu kennen. Wir brauchen konkrete Anhaltspunkte, wo wir ansetzen können.«

Rick verzieht den Mund und atmet hörbar ein. »Okay, okay«, knurrt er.

»Wo soll ich anfangen?« Marianne macht eine kurze Pause und legt die Stirn in Falten. »Judith war mit knapp fünfzehn schwanger von Konrad. Sie hat ihren Zustand geheim gehalten, bis sie im dritten Monat war. Dann hat sie es Konrad gestanden. Sie wollte das Kind, hatte aber panische Angst vor ihren strengkatholischen Eltern. Sex vor der Ehe wird quasi mit einem Kapitalverbrechen gleichgesetzt. Tja und Konrad -« Marianne seufzt. »Konrad wollte das Kind auf gar keinen Fall, außerdem hatte er Angst, dass er strafrechtlich belangt werden könnte, denn Judith war ja erst fünfzehn. Na ja, der langen Rede kurzer

Sinn: Konrad hat Judith zu einer Abtreibung überredet. Sie ist bei einem Pfuscher gelandet und fast verblutet. Ihre Eltern haben ihre Tochter, kurz nachdem sie aus dem Krankenhaus entlassen wurde, zu einer Tante nach Westdeutschland verfrachtet. Ich habe von all dem leider erst im Nachhinein erfahren. Sonst hätte ich das Schlimmste vielleicht verhindern können.«

Daniel nickt nachdenklich. »Eine Abtreibung ist auch unter besseren Umständen für viele Frauen ein traumatisches Erlebnis. Der Psyche eines jungen Mädchens kann es durchaus einen dauerhaften Schaden zufügen, insbesondere wenn die Person sehr labil ist.«

»Judith hat Konrad noch jahrelang geschrieben. In der ersten Zeit war fast täglich ein Brief von ihr bei der Post. Konrad hat ihr anfangs sogar geantwortet, aber irgendwann hat er ihre Briefe nicht mal mehr gelesen.« Marianne zuckt mit den Schultern. »Ich glaube, er war ganz froh, sie los zu sein.«

»Nehmen wir einfach mal an, Judith hat - wie auch immer - mitbekommen, dass Konrad jetzt Vater wird, sich diesmal sogar darauf freut. Genau das könnte der Auslöser gewesen sein. Der sogenannte Trigger für ihr weiteres Handeln. Was genau sie vorhat, darüber kann ich allerdings nur spekulieren.« Daniel hebt die Schultern. »Denkbar wäre, dass sie sich einbildet, das Kind würde ihr zustehen. Oder aber«, er atmet hörbar aus, »sie gönnt Konrad kein Kind und will es daher töten. Ich fürchte, ihre Botschaft lässt auf Letzteres schließen.«

»Du hast doch Judiths Handynummer«, sagt Rick. Seine Stimme bebt vor Aufregung. »Ruf sie an!«

Marianne wirft Daniel einen fragenden Blick zu. »Was meinst du?«

»Etwas anderes fällt mir im Moment auch nicht ein. Versuch es.«

Marianne tippt die Nummer in ihr Handy und hebt es an ihr Ohr. Rick beobachtet sie ungeduldig. Marianne schüttelt den Kopf und drückt die rote Taste. »Nicht erreichbar«, sagt sie.

»Wir haben nichts als vage Vermutungen«, sagt Daniel. »Obwohl«, er hebt die Hand, um Rick, der etwas einwenden will, am Reden zu hindern, »mir einiges an dieser Geschichte spanisch vorkommt. Ricks Mutter verschwindet, Konrad wird zusammengeschlagen. Dann verschwindet Paula.« Daniel streicht sich nachdenklich über den Bart.

»Egal.« Rick springt auf. »Wir müssen etwas unternehmen.«

»Okay«, sagt Daniel und erhebt sich ebenfalls. »Ich werde meine Kollegen bitten, einen Antrag auf Ortung von Judiths Mobiltelefon zu stellen. Ich melde mich, sobald ich etwas weiß.«

»Ich komm mit«, sagt Rick entschlossen.

»Ich hoffe, ihr versteht, dass ich hier im Krankenhaus bei Konrad bleiben möchte«, sagt Marianne.

Daniel beugt sich zur hinunter, nimmt ihr Gesicht in beide Hände und küsst sie zart auf den Mund. »Natürlich verstehen wir das, Süße.«

Marianne lächelt ihn liebevoll an. »Hinterlasst mir auf jeden Fall eine Nachricht auf dem Handy, sobald ihr irgendetwas wisst, ja?«

»Machen wir«, verspricht Daniel.

»Geht klar«, sagt Rick und umarmt Marianne kurz. »Konrad packt das. Ganz sicher.«

»Danke, Rick.« Marianne lächelt ihn mit tränenfeuchten Augen an. »Ich werde jetzt nach ihm sehen. Vielleicht gibt es ja schon positive Nachrichten«, sagt sie und wendet sich zum Gehen.

»Augenblick noch«, hält Daniel sie auf. »Kannst du uns Judith kurz beschreiben?«

»Sie ist sehr zierlich, hat kurze schwarze Haare, dunkle Augen, ungefähr meine Größe. Ausgesprochen attraktiv.«

»Sie trägt nicht zufällig einen Schlangenring mit grünen Steinen?«, fragt Rick.

»Doch«, sagt Marianne. »Den hat ihr Konrad damals geschenkt. Ich war ganz überrascht, dass sie ihn noch immer trägt.«

56

Chris sprintet die ausgetretenen Stufen bis zum vierten Stock hoch. Zwei Wohnungen liegen auf der Etage. Er inspiziert die Klingelschilder: A. Müller steht auf dem einen. Die Wohnung rechts hat offenbar keine Klingel. Jedenfalls kann Chris keine entdecken. Das Schloss sieht aus, als sei die Tür vor Kurzem aufgebrochen worden. Er drückt mit der Handfläche gegen das Türblatt. Es schwingt tatsächlich auf. Abgestandene Luft schlägt ihm aus dem schmalen, düsteren Flur entgegen.

»Hallo?«, ruft er. »Ist da jemand?« Er hat das Gefühl, seine Worte kommen aus dem schmalen Schlauch wie ein dumpfes Echo zurück. »Hallo?«, ruft er noch mal. Dieses Mal lauter. »Rachel? Paula?«

Keine Antwort.

Mit zögernden Schritten betritt Chris die Wohnung. Irgendwo tropft ein Wasserhahn. Ein Gefühl der Beklemmung legt sich auf seinen Brustkorb.

»Rachel«, ruft er mit gedämpfter Stimme. »Bist du da?«

Linkerhand erspäht er die Küche. Auf dem Tisch vor dem Fenster liegen auf einem grünen Tuch irgendwelche Utensilien. Im Dämmerlicht kann Chris nichts Genaues erkennen.

Das ungute Gefühl in seiner Magengrube verstärkt sich immer mehr. Die Stimme in seinem Hinterkopf sagt: Hau ab! Hier stimmt irgendwas nicht. Hier stimmt irgendwas ganz und gar nicht.

Ein leises Stöhnen lässt ihn aufhorchen. Er folgt dem Geräusch bis zum Ende des Flurs.

»Ist da jemand?«, ruft er und erschrickt über den Klang seiner eigenen Stimme.

Ein Stöhnen, dieses Mal lauter ist die Antwort. Es kommt aus dem Zimmer auf der rechten Seite. Vorsichtig drückt Chris die Klinke runter und späht in den düsteren Raum. Mit der rechten Hand tastet er an der Wand nach dem Lichtschalter. Ein leises Klicken, aber kein Licht flammt auf.

Wieder hört Chris das Stöhnen. Er verharrt, lauscht in die Dunkelheit.

»Wer ist da?« Ein Flüstern, kaum hörbar.

Allmählich gewöhnen sich Chris' Augen an das dämmerige Licht. Er kann die schemenhaften Umrisse eines Bettes ausmachen, das in der Mitte des Zimmers steht. Mit zwei schnellen Schritten ist er dort. In Sekundenschnelle erfasst sein Verstand die Situation. Auf dem Bett liegt Paula, mit Handschellen ist sie an die Metallpfosten des Bettes gekettet. Sie zittert am ganzen Körper.

»Oh, mein Gott«, flüstert er.

»Konrad?« Paulas Stimme ist kaum mehr als ein Wispern. »Bist du das, Konrad?«

»Nein. Ich bin's. Chris.« Er beugt sich über sie, stützt ihren Kopf mit einer Hand und entknotet die Augenbinde. Paula blinzelt ihn aus roten Augen an.

»Ich rufe einen Krankenwagen«, sagt er. Seine Hand fährt in die Hosentasche.

Paulas Blick irrt an ihm vorbei, ihre Augen weiten sich vor Schreck. Sie öffnet den Mund, stößt ein heiseres »Vorsicht, Chris! Hinter dir!« aus.

Er schafft eine halbe Umdrehung. Aus den Augenwinkeln nimmt er ein metallisches Aufblitzen wahr. Bevor er reagieren kann, spürt den Stich in seiner Seite. Instinktiv hebt er die Hände, schlägt um sich. Ein zweiter Stich trifft ihn. Ein gleißender Schmerz schießt ihm durch den Körper, brennt sich in seine Eingeweide. Seine Beine geben nach. In seinem Kopf formt sich ein einziges Wort: Weg! Auf allen vieren kriecht er auf die Tür zu, spürt, wie seine Kräfte immer mehr schwinden. Seine Lunge rasselt, als er die Luft einzieht. Mit letzter Kraft schafft er es, auf die Beine zu kommen, torkelt aus der Wohnung. Eine Hand am Treppengeländer stolpert er über Stufen, schleppt sich weiter, nur weg von hier, bis alles vor seinen Augen zu konturlosen Schemen verschwimmt und er mit dem Kopf gegen ein Hindernis stößt. Er muss sich ausruhen. Er geht in die Knie, kippt nach vorne. Den Aufprall auf den Boden spürt er schon nicht mehr.

57

Noch benommen von seinem Schlag gegen meine Schläfe richte ich mich auf. Meine Hand umklammert das blutige Skalpell. Ich lasse es fallen. Alles um mich herum verschwimmt zu einer konturenlosen Masse. Ich schließe die Augen und zwinge mich, tief und gleichmäßig zu atmen. Langsam lässt das Schwindelgefühl nach und meine Umgebung fügt sich Stück für Stück wieder zu einem Ganzen zusammen.

Das war knapp, denke ich und nehme noch mal einen tiefen Atemzug.

Sie wimmert und zittert am ganzen Körper.

»Rachel«, wispert sie, Entsetzen in der Stimme. »Warum tust du uns das an? Was haben wir dir getan?«

Ich antworte nicht. Sie würde es ohnehin nicht begreifen. Mit fahrigen Bewegungen verschließe ich ihr den Mund mit einem Klebestreifen. Sie lässt es sich ohne Gegenwehr gefallen. Dann drehe ich mich zur Tür um. Wo ist er hin? Weit kann er nicht gekommen sein.

Ich folge der Blutspur aus der Wohnung und finde ihn vor der Tür zum Dachboden. Er liegt in einer Blutlache am Boden. Sein Puls ist kaum noch fühlbar.

Ich zögere, dann eile ich zurück in die Wohnung, schiebe einen Tisch vor die Eingangstür. Es ist zwar unwahrscheinlich, dass noch jemand auftaucht, aber sicher ist sicher.

Mein Atem geht schwer.

Ich zittere am ganzen Körper.

Um ein Haar wäre alles umsonst gewesen.

Jetzt muss es schnell gehen. Sehr schnell!

Sie liegt auf dem Bett und starrt an die Decke. Ihr Brustkorb hebt und senkt sich.

Als sie Schritte hört, dreht sie den Kopf in meine Richtung. Ich sehe das Flehen in ihren Augen, die stumme Bitte um Erbarmen.

Das Mitleid mit ihr schießt so plötzlich in mir hoch, dass ich schwankend werde. Für den Bruchteil einer Sekunde. Dann ist es auch schon wieder vorbei.

Nein.

Ich bin mir nicht sicher, ob ich das Nein laut ausgesprochen oder nur gedacht habe. Ohne sie noch einmal anzusehen, verlasse ich das Zimmer.

58

Als Rick und Daniel aus dem Krankenhaus stürmen, ist das fahle Licht der Dämmerung bereits dem Dunkel der beginnenden Nacht gewichen.

»Ich ruf noch mal im Büro an«, sagt Rick und zückt sein Handy. »Nicht dass Paula mittlerweile wieder aufgetaucht ist und wir den ganzen Zirkus hier umsonst veranstalten.«

»Okay«, sagt Daniel. »Sicher ist sicher.«

Schon nach dem zweiten Klingeln ist Nasti am Apparat. Sie klingt etwas atemlos.

»Rick, gut, dass du anrufst«, legt sie los, kaum dass Rick seinen Namen genannt hat. »Ich mache mir Sorgen um Chris.«

»Um Chris? Wieso das denn?«

»Ich kann ihn nicht auf dem Handy erreichen.« Nasti, die sich normalerweise durch nichts aus der Ruhe bringen lässt, klingt schrill vor Aufregung. »Ich habe ein Scheißgefühl dabei.«

»Jetzt beruhig dich erst mal«, sagt Rick. »Was ist los mit Chris?«

»Er hat diese Rachel zufällig in der Wiener Straße in ein Haus gehen sehen, und da Paula immer noch verschollen ist, ist er zu ihr, um sie zu fragen …«

»Augenblick«, unterbricht Rick sie. »Rachel wohnt in der Wiener Straße. Weißt du, wo?«

»Nein«, stöhnt Nasti. »Das weiß ich eben nicht. Das

Haus muss, wenn ich Chris richtig verstanden habe, direkt gegenüber vom Morena sein.«

Wieder unterbricht Rick ihren Redeschwall. »Wie lange ist Chris weg?«

»Über eine Stunde«, antwortet Nasti. »Dabei wollte er in spätestens einer halben Stunde wieder hier sein.«

»Ich bin ganz in der Nähe. In fünf Minuten kann ich in der Wiener Straße sein. Ich werde Chris suchen.«

»Gut.« Nasti klingt erleichtert. »Sag mir bitte sofort Bescheid, wenn du ihn gefunden hast.«

»Mach ich«, verspricht Rick. »Und du mir, falls er in der Zwischenzeit wieder auftauchen sollte.«

»Geht klar«, sagt Nasti und legt auf.

Rick steckt sein Handy weg. »Wir müssen in die Wiener Straße«, sagt er zu Daniel, der neben seinem Auto auf ihn wartet, und steigt auf der Beifahrerseite ein. »Ich erklär's dir unterwegs. Kennst du die Morena Bar in Kreuzberg?«

Daniel nickt und fährt mit quietschenden Reifen vom Parkplatz.

59

Ich säubere das Skalpell unter fließendem Wasser und sterilisiere es sorgfältig. Das muss genügen. Obwohl ich davon ausgehe, dass sie den Eingriff nicht überleben wird, versuche ich die Vorschriften einzuhalten.

Gelernt ist gelernt.

Ich schiebe den Rolltisch mit dem Operationsbesteck in das Zimmer, in dem sie liegt. Ihr Körper krümmt sich vor Schmerz. Die Wehen haben eingesetzt. Ich lege ihr beruhigend die Hand auf den Arm. Sie zuckt zurück und stößt schmerzerfüllte Laute aus.

»Halt still!« Ich spritze ihr das Narkosemittel direkt in die Vene.

»Die Wirkung des Narkotikums wird gleich einsetzen«, sage ich. »Du wirst nichts von der Operation spüren.«

Ihre Augen sind dunkel vor Angst. Sie begreift nicht, was ihr geschieht. Ich erkläre es ihr. Zumindest das bin ich ihr schuldig.

»Mein Name ist Judith. Konrad und ich, wir waren zusammen. Ich war fünfzehn und schwanger. Ich wollte das Baby, er wollte es nicht. Also habe ich es wegmachen lassen. Ich habe es für ihn getan und bin dabei fast gestorben.« Ich rede in schnellen, abgehackten Sätzen, die Erinnerung daran tut heute noch weh. »Danach dachte ich lange, ich könne nie mehr einen Mann so lieben, wie ich Konrad geliebt hatte. Doch dann traf ich Stefan. Er war etwas ganz Besonderes. Mit ihm wollte ich neu beginnen, Vergangenes begraben. Heiraten, eine Familie haben. Doch dann haben sie mir gesagt, dass ich keine Kinder mehr bekommen kann. Die Abtreibung damals …« Meine Stimme bricht. Ich räuspere mich und wende mich ab. Sie soll meine Tränen nicht sehen. »Stefan hat mich verlassen.«

Die Erinnerung an die letzte, verhängnisvolle Begegnung mit ihm überfällt mich mit solcher Macht, dass ein Beben durch meinen Körper geht.

Vor seiner Wohnungstür habe ich auf ihn gewartet. Es war wie ein innerer Zwang. Mit jeder Faser meines Körpers zog es mich in seine Nähe. Auch wenn er mich immer wieder von sich stieß. Und jedes Mal fiel seine Abwehr heftiger aus. Dabei wollte ich nur eins: Er sollte endlich ehrlich zu mir sein. Und mir ins Gesicht sagen, dass er mich verlassen hat, weil ich ihm keine Kinder gebären kann. Aber er hat mir die Wahrheit verweigert. Ich habe ihn von mir gestoßen und er stürzte die Stufen hinunter. Dann war plötzlich alles voller Blut. Auch meine Hände waren über und über mit Blut besudelt.

Noch in derselben Nacht bin ich geflohen. Nach Berlin zurückzukehren schien mir die einfachste Lösung. Meine Eltern würden mich aus reinem Pflichtbewusstsein, nicht aus Liebe wieder aufnehmen. Ich selbst fühlte mich wie befreit von einer schweren Last. Als hätte Stefan diesen Teil von mir mit in den Tod genommen. Mit dem Handrücken wische ich mir über die Stirn, verscheuche die Erinnerungen.

»Ich hole mir nur, was mir zusteht«, flüstere ich. »Konrads Kind.«

Paula ist still geworden. Ihre Lider flattern. Sie reißt die Augen immer wieder auf, kämpft gegen die Bewusstlosigkeit. Ich könnte ihr sagen, dass es ein vergeblicher Kampf ist und sie sich ihre Kräfte lieber aufsparen soll, aber das tue ich nicht. Ich sehe wortlos zu, wie ihr Körper erschlafft und ihre Augen sich schließen.

Dann streife ich mir die Latexhandschuhe über, binde den Mundschutz um und nehme das Skalpell zur Hand.

Ohne ein Zögern setze ich den Schnitt an. Die Klinge des Messers taucht tief in das weiche Fleisch.

60

»Wie ist deine Handynummer?«

Daniel hält mit laufendem Motor in der Wiener Straße in zweiter Reihe. Sofort geht hinter ihm ein Hupkonzert los. Rick diktiert und Daniel tippt die Zahlenfolge ein. Kurz darauf klingelt das Handy in Ricks Hosentasche einmal und verstummt dann.

»Jetzt hast du auch meine Nummer, für alle Fälle. Ruf an, wenn irgendetwas ist.«

»Mach ich«, sagt Rick.

»Ich suche einen Parkplatz und komme in wenigen Minuten nach. Die Kollegen müssten jede Sekunde aufkreuzen.«

Während der kurzen Fahrt vom Urban-Krankenhaus hierher hat Daniel einen befreundeten Kommissar des Morddezernates informiert und ihm das Versprechen aus den Rippen geleiert, wenigstens eine Streife vorbeizuschicken.

»Mach nichts Unüberlegtes«, mahnt Daniel, als Rick die Wagentür öffnet.

Er schüttelt verneinend den Kopf und steigt aus. Daniel fährt mit quietschenden Reifen davon. Rick mustert das schmutzig braune Gebäude, vor dem sie gehalten haben. Trotz der zahlreichen farbenfrohen Graffiti, die den unteren Teil der Fassade einen guten Meter breit bedecken, wirkt es trostlos und abweisend auf ihn. Der heruntergekommene Eindruck verstärkt sich, je näher er dem Haus kommt. Überall blättert der Putz in großen Stücken ab. Direkt neben der Eingangstür lehnt ein Fahrrad. Der rote Ledersattel glänzt wie frisch poliert. Rechts am Lenker prangt die schwarze Ballonhupe, die Rick auf dem Flohmarkt am Fehrbelliner Platz entdeckt und Chris geschenkt hat. Das ungute Gefühl in seiner Magengegend verstärkt sich.

Rick stößt die Tür auf und betritt den dunklen Hausflur. Er drückt auf den rotleuchtenden Lichtschalter an der Wand. Eine funzelige Lampe über dem Eingang springt an, beleuchtet den Treppenflur aber nur spärlich. Ein paar ausgetretene Betonstufen führen zum Hochparterre. In dem schmalen Durchgang zum Hinterhof entdeckt er eine Reihe verbeulter Briefkästen. Rick braucht nur wenige Sekunden, um sich zu vergewissern, dass ihm die Namensschilder nicht weiterhelfen. Er macht kehrt und läuft die Stufen zum ersten Stock hoch, klingelt an beiden Wohnungstüren. Niemand öffnet. Erst ganz oben im vierten Stock hat er Glück. Eine verschlafene Frau mit einem wilden Dreadlock-Schopf, in den bunte Bänder eingeflochten sind, öffnet ihm. Sie gähnt ihn ungeniert an.

Rick kommt ohne Umschweife zur Sache. »Kennst du eine Rachel? Oder Judith? Die soll hier in dem Haus wohnen. Klein, zierlich, schwarze kurze Haare. Sieht ein bisschen aus wie Nena.«

»Nena?«, grinst die Dreadlock-Frau und entblößt ein erstaunlich weißes Gebiss. »Nee«, sagt sie. »Aber frag doch mal beim Saufmeister nach.«

Sie lacht laut auf, als sie Ricks erstaunten Blick bemerkt. »So nenne ich unseren Hausmeister«, erklärt sie und formt die Hand zu einem Becher und deutet eine Trinkbewegung an. »Der und seine Püppi registrieren jeden, der hier einen Fuß über die Türschwelle setzt.« Sie zwinkert Rick zu. »Rechter Seitenflügel, zweiter Stock.«

»Danke«, sagt Rick und eilt zwei Stufen auf einmal nehmend die Treppen wieder hinunter. Er hastet durch den Hinterhof. Im Eingang zum Seitenflügel stößt er fast mit einer vermummten Türkin zusammen. Er murmelt eine Entschuldigung und lässt der Frau den Vortritt. Mit gesenktem Blick drängt sie sich ohne ein Wort an ihm vorbei. Der Koffer in ihrer Hand schlägt gegen Ricks Bein. Er bemerkt es kaum. Seine Gedanken kreisen unaufhörlich um Paula und Chris.

Rick sprintet die Stufen zum zweiten Stock hoch. Drückt auf die Klingel. Ein Mann in einem schmuddelig grauen Arbeitsoverall öffnet. Die Alkoholfahne, die Rick entgegenweht, könnte glatt eine ganze Herde Elefanten umhauen. Der Mann, der Pfeiffer heißt, wenn Rick dem Namen auf dem Klingelschild glauben darf, hält sich bedenklich schwankend am Türrahmen fest und stiert ihn aus leeren, blutunterlaufenen Augen an.

Rick hat wenig Hoffnung, eine verwertbare Information aus ihm herauszuholen, leiert sein Sprüchlein aber dennoch herunter.

Der Mann bleckt nikotingelbe Zähne. »Dubisschodazweidederfragt«, nuschelt er. Rick braucht ein paar Sekunden, bis er geschnallt hat, was der Mann ihm sagen will.

Das kann nur Chris gewesen sein. »Ja, und? Wohnt sie hier?«, fragt er scharf und macht einen Schritt auf ihn zu.

»Vierderschtock«, bringt der Mann erschrocken hervor, weicht zurück in die Wohnung und knallt die Tür zu.

In wenigen Sätzen ist Rick zwei Stockwerke höher. Die Tür steht einen Spaltbreit offen. Er drückt sie mit der

Handfläche auf. Der Flur dahinter ist ein schmaler, düsterer Schlauch. Etwas in Rick sperrt sich, will ihn daran hindern, einzutreten. Eine diffuse Angst vor dem, was ihn in dieser Wohnung erwarten wird, überfällt ihn. Er atmet tief durch, dann geht er rein. Ein ekelerregender Geruch steigt ihm in die Nase. Er würgt, atmet durch den Mund weiter. Auf dem Boden liegt ein Zettel. Rick bückt sich danach, liest. *Die innovativste Geschäftsidee des Jahres: die Beicht-Hotline.* Wie ist der alte Zeitungsartikel hierhergekommen? Das Foto zeigt ihn und die anderen Gründungsmitglieder. Paulas Gesicht ist durch einen braunen Fleck, der aussieht wie getrocknetes Blut, unkenntlich gemacht. Quer durch Konrads Gesicht zieht sich ein Riss. Rick schluckt und schleicht weiter. Mit einem raschen Seitenblick überzeugt er sich davon, dass in der Küche niemand ist. Erst jetzt bemerkt er die feucht schimmernde Spur, die sich quer über den Boden zieht. Was ist das? Blut? Sein Herzschlag beschleunigt sich.

Lärm aus dem Treppenhaus dringt plötzlich an sein Ohr, seltsam gedämpft, als trenne ihn eine unsichtbare Wand von allem, was um ihn herum geschieht.

Bitte, fleht er stumm, lass Paula nichts passiert sein. Er fühlt sich zurückkatapultiert in die furchtbare Zeit nach Maries Verschwinden, in der ihn nur die Hoffnung, dass sich alles noch zum Guten wenden und Marie lebend wieder auftauchen würde, aufrecht gehalten hat.

Die trampelnden Schritte sickern nur langsam in Ricks Bewusstsein. Eine Stimme brüllt »Rick? Wo steckst du?« und reißt ihn zurück in die Gegenwart.

Daniel! Rick dreht sich halb zur Wohnungstür um und ruft. »Hier bin ich, Daniel. Im vierten Stock. Rechts«, fügt er hinzu.

Rasch bewegt er sich auf die Tür am Ende des Flurs zu, drückt die Klinke herunter und tritt ein. Grelles Licht blendet ihn. Rick hebt eine Hand vor die Augen, blinzelt durch die gespreizten Finger. Eine nackte Birne baumelt von der Decke, direkt darunter im Zentrum des Lichtkegels steht ein schmales Bett. Hinter sich hört er eine männliche Stimme, Anweisungen geben. Offensichtlich ist die Polizei zusammen mit Daniel eingetroffen.

Ricks Herz pocht mit einem Mal so heftig, dass er das Gefühl hat, es müsse jeden Moment seinen Brustkorb sprengen. Er spürt seinen Puls bis in die Haarwurzeln und muss sich zwingen, näher heranzugehen. Das grüne Tuch bedeckt den Körper, der auf dem Bett liegt, nur unvollständig. Rick sieht zwei Beine, die schmalen Waden einer Frau, lackierte Zehennägel. An der Seite baumelt ein Arm herunter.

Rick tritt neben das Bett, will das Tuch zurückschlagen. Seine Hand zittert.

»Warte!« Jemand reißt ihn an der Schulter zurück. »Nichts anfassen.«

Mit einer abrupten Bewegung schüttelt Rick die Hand ab und reißt das Tuch vom Körper der Frau.

Es ist Paula. Aus ihrem Gesicht ist jede Farbe gewichen. Sogar ihre Lippen sind farblos. Die Augen geschlossen, als würde sie schlafen. Die dunklen Haare liegen ausgebreitet wie ein Fächer auf dem weißen Laken. Ihr nackter Körper ist über und über mit Blut besudelt. Rick starrt, ohne zu verstehen, auf den klaffenden Schnitt knapp über dem dunklen Dreieck ihrer Scham.

»Oh, nein. Was …« Seine Stimme bebt. Er schwankt, seine Beine geben nach, als er mit Verzögerung begreift. Er sinkt neben dem Bett auf die Knie, sein Entsetzen ist so groß, dass er kein Wort herausbringt. Mit einem lauten Schluchzer vergräbt er sein Gesicht in den Händen.

Daniel tritt neben ihn, legt zwei Finger seitlich an Paulas Hals. »Ein Arzt«, schreit er. »Die Frau lebt noch.«

»Der Krankenwagen ist schon unterwegs«, hört Rick jemanden sagen. Er schaut hoch zu Daniel. »Sie lebt?«, stammelt er.

»Ja«, sagt Daniel und reicht ihm die Hand. »Ihr Puls ist kaum spürbar, aber sie lebt.«

»Gott sei Dank!« Rick stemmt sich vom Boden hoch. »Paula ist zäh«, flüstert er. »Sie schafft das. Sie muss es schaffen.« Es klingt wie eine Beschwörung.

»Rick«, sagt Daniel und legt eine Hand auf seinen Arm.

Etwas in Daniels Tonfall lässt Rick aufhorchen. »Ja?«

»Wir haben eine männliche Leiche gefunden.«

»Wo?« Rick spürt, wie alles Blut in seinen Kopf schießt. »Wo?«, wiederholt er mit rauer Stimme.

Daniel macht eine vage Kopfbewegung. »Rechts. Im Badezimmer.«

Rick schluckt trocken und bewegt sich wie eine Marionette in die Richtung. Auf der Schwelle zum Badezimmer verharrt er. Für den Bruchteil einer Sekunde überwiegt die Erleichterung. Dann schlägt das Gefühl in Entsetzen um. Verwesungsgeruch steigt ihm in die Nase.

Der Tote hockt zwischen Toilette und Badewanne. Unter dem Körper ein riesiger Fleck aus angetrocknetem Blut. Der Kopf lehnt an der Wand. Das Gesicht ist bleich, wächsern, der Blick seltsam starr. Er geht an Rick vorbei, als würde er etwas weit hinter ihm fixieren. Quer über seinem Hals klafft ein Schnitt.

Rick schlägt die Hand vor den Mund, unterdrückt ein Würgen und wendet sich ab.

61

Mein Herz klopft zum Zerspringen. Er ist gerade so dicht an mir vorbeigegangen, dass ich seinen Angstschweiß riechen konnte. Hat er mich wirklich nicht erkannt? Ich werfe einen hastigen Blick über die Schulter. Nein. Er ist mir nicht gefolgt. Erleichtert stoße ich die angestaute Luft aus meiner Lunge und schaue mich nach einem Taxi um. Ich presse das warme Bündel fest an mich und überquere eilig die Straße. Die wenigen Meter zum Taxistand kommen mir unendlich lang vor. Ich steige in das einzige bereitstehende Taxi und lehne mich aufatmend in den Sitz zurück. Der Mann hinterm Steuer dreht sich zu mir um und fragt, wohin es gehen soll. Ich sage es ihm.

Er startet den Motor und biegt in die Wiener Straße ein. Vor dem Haus, aus dem ich gerade geflohen bin, hat sich eine Menschentraube gebildet. Ein Krankenwagen fährt mit rotierendem Blaulicht vor und hält in zweiter Reihe. Zwei Sanitäter springen heraus.

»Was ist denn da los?«, fragt der Taxifahrer und reckt neugierig den Kopf. Hinter dem Krankenwagen hält ein Polizeiwagen. Ein zweiter setzt sich davor.

»Keine Ahnung«, behaupte ich.

Ich senke den Blick auf das Baby in meinem Arm. Es zappelt mit den Ärmchen. Die Augen fest zugekniffen. Das winzige Gesicht scheint nur aus Runzeln zu bestehen. Zahnlos und runzelig. Wie sehr das Antlitz der Geburt und das des Todes sich doch gleichen, denke ich und wundere mich gleichzeitig, warum ich keine Liebe zu diesem kleinen Wesen empfinde.

Im Rückspiegel fange ich den neugierigen Blick des Taxifahrers ein. Ich weiche seinen Augen aus und schaue konzentriert aus dem Fenster. Mir ist nicht nach einem Gespräch.

Die Fahrt dauert keine fünfzehn Minuten. Ich klettere umständlich aus dem Taxi und warte bis es um die Ecke verschwunden ist. Erst dann schreite ich durch das Eingangstor. Es ist dunkel geworden. Die Schatten auf dem Weg ähneln riesigen schwarzen Ungetümen. Die Birken wispern leise im aufkommenden Wind. Es klingt wie das Flüstern der verlorenen Seelen, die keine Ruhe finden können.

»Bald«, flüstere ich. »Bald.«

Das Herz in meiner Brust pocht schnell und immer schneller. Das kleine Bündel in meinem Arm ist still geworden. Und kalt. Es bewegt sich nicht mehr.

62

»Rick?« Daniels Stimme dringt dumpf, wie durch einen Filter gepresst an sein Ohr.

»Das ist nicht Chris«, stammelt Rick.

Zwei Sanitäter mit einer Liege betreten die Wohnung, sehen sich suchend um.

»Hier!«, ruft Daniel und weist ihnen die Richtung. Rick drückt sich gegen die Wand und lässt die beiden Männer vorbei. Mittlerweile wimmelt es in der Wohnung von Polizisten. Sie scheinen überall zu sein. Reden halblaut miteinander. Jemand bellt irgendwelche Befehle, deren Sinn Rick verschlossen bleibt.

Daniel wendet sich wieder Rick zu. »Kennst du den Mann?«

Rick nickt. Sein Mund ist trocken. Er bekommt die Worte kaum heraus. »Das ist Frederick. Der Bruder von Chris.«

Daniel runzelt die Stirn. »Was hat Chris' Bruder mit der Sache zu tun?«

»Da kann ich nur Vermutungen anstellen«, sagt Rick. »Womöglich hat er mit Judith gemeinsame Sache gemacht. Er hatte einen ziemlichen Hass auf uns. Wir haben ihn aus dem Team der Beicht-Hotline gekickt, nachdem er wiederholt mit Drogen vollgeknallt zur Arbeit erschienen war.«

»Das würde auch erklären, woher Judith all die Informationen über euch hatte«, sagt Daniel. »Aber warum hat sie ihn umgebracht?«

Rick zuckt mit den Schultern. »Vielleicht wollte er aussteigen, als er mitbekommen hat, worum es ihr tatsächlich ging.«

»Möglich.«

»Ich frage mich nur, wo Chris steckt. Er müsste doch auch hier sein.« Rick streicht sich fahrig durchs Haar.

»In der Wohnung ist er jedenfalls nicht«, sagt Daniel und legt eine Hand auf Ricks Arm. »Hör mal, willst du nicht mit ins Krankenhaus fahren? Du kannst hier sowieso nichts mehr ausrichten.« Er bugsiert Rick mit sanfter Gewalt aus der Wohnung in den Hausflur.

Rick lässt es sich widerstandslos gefallen. In seinem Kopf rotiert es. »Was ist mit Judith? Und dem Kind? Sucht die Polizei schon nach ihnen?«

»Es ist bereits alles für eine Fahndung in die Wege geleitet«, versichert ihm Daniel. »Mach dir keine Sorgen. Wir finden die beiden.«

»Was glaubst du, hat Judith vor? «

Daniel hebt in einer hilflosen Geste beide Hände. »Ich weiß zu wenig von ihr, um dazu etwas Konkretes sagen zu können. Vielleicht will sie sich mit dem Kind ins Ausland absetzen. Die Kollegen werden sicherheitshalber die Flughäfen in der Umgebung überwachen.«

Rick fährt sich über die Augen. Er schüttelt den Kopf. »Das glaube ich nicht. Sie hat etwas anderes vor. Da bin ich mir sicher. Mir schwirrt nur so viel im Kopf rum, dass ich die einzelnen Fragmente nicht zu einem Ganzen zusammensetzen kann.«

»Rick«, sagt Daniel. »Lass das die Sorge der Polizei sein.«

»Judith verfolgt einen Plan«, murmelt Rick, ohne auf

Daniels Worte zu achten. »Sie ruft bei der Beicht-Hotline an und kündigt ein Verbrechen an, das sie nicht beziehungsweise nur symbolisch begeht.«

Daniel grüßt zwei Polizisten in Zivil, die sich an ihnen vorbei in die Wohnung drängen. »Die Kollegen von der Spurensicherung«, sagt er an Rick gewandt.

Doch der hört ihm gar nicht zu. Zwischen seinen Augenbrauen hat sich eine steile Falte gebildet. »Unter dem Namen Rachel freundet Judith sich mit Paula an. Sie weiß, dass Konrads Freundin schwanger ist. Sie hat es von Anfang an auf das Baby abgesehen. Also sorgt sie dafür, dass Paula von uns, ihren Freunden, isoliert wird.« Rick nickt grimmig vor sich hin.

Daniel runzelt die Stirn. Doch bevor er sich dazu äußern kann, spricht Rick auch schon weiter. »Sie arrangiert den Überfall auf Konrad. Dann entführt sie meine Mutter. Zu guter Letzt lockt sie Chris unter einem Vorwand nach Köln.«

Daniel streicht sich mit einer Hand nachdenklich über den Bart. »Das würde allerdings bedeuten, dass sie das alles von langer Hand geplant hat. Das setzt eine gründliche Recherche voraus. Sie muss über jeden von euch gut informiert gewesen sein.«

»Hier kommt Frederick ins Spiel. Von ihm erfährt sie alles über uns, was sie wissen muss.«

»Okay«, sagt Daniel. »Gehen wir mal davon aus, dass deine Annahme stimmt, dann ist Judiths eigentliche Motivation Rache an Konrad. Sie gibt ihm die Schuld, dass sie ihr Kind durch die von ihm forcierte Abtreibung verloren hat. Das heißt …«

»Sie wird das Kind umbringen.« Rick vervollständigt Daniels Satz mit tonloser Stimme.

»Das ist zu befürchten«, bestätigt Daniel und holt sein klingelndes Handy aus der Hosentasche. »Entschuldige«, sagt er zu Rick und entfernt sich ein paar Schritte.

Rick lehnt sich neben der Tür an die Wand. Daniels Stimme dringt nur gedämpft an sein Ohr. Er fühlt sich wie eingesponnen in einem Kokon aus Watte. Alles, was um ihn herum geschieht, nimmt er nur schemenhaft wahr. Als wäre er selbst nicht anwesend, sondern irgendwo weit, weit weg. In seinem Kopf kreist unaufhörlich ein einziger Gedanke: Wo ist Judith? Und dann - schlagartig - weiß er es. Er stößt sich von der Wand ab und springt die Treppenstufen hinunter.

Daniels aufgeregte Rufe hinter seinem Rücken nimmt er nicht mehr wahr.

63

Rick rennt aus dem Haus. Straßenlärm brandet ihm entgegen. Für den Bruchteil einer Sekunde fühlt er sich orientierungslos. Auf dem Bürgersteig hat sich eine Menschentraube gebildet. Rick hört die aufgeregt durcheinander plärrenden Stimmen. Jemand aus der Gruppe erspäht ihn, weist mit dem Finger in seine Richtung. Plötzlich sieht er sich im Fokus der Aufmerksamkeit dieser Menschen. Wie gehetzt schaut er sich um. Sein Blick fällt auf das Fahrrad mit dem roten Sattel, das immer noch an der Hauswand lehnt. Das Rad von Chris. Wo zum Teufel steckt er? Rick verdrängt die aufkeimende Sorge um seinen Freund. Er hat jetzt andere Sorgen.

Aus den Augenwinkeln registriert er, wie jemand sich aus der Menschengruppe löst und auf ihn zustapft. Rick sieht die unverhohlene Neugier in den Augen des Mannes glitzern und fühlt einen unbändigen Zorn in sich auflodern. Alles in ihm verlangt danach, sich auf diesen Kerl zu stürzen und ihm die lüsterne Sensationslust aus dem Leib zu prügeln. Es kostet ihn all seine Selbstbeherrschung, sich umzudrehen, das Fahrrad zu schnappen und es mit einer gemurmelten Entschuldigung an dem Typen vorbeizuschieben.

»Hey, warten Sie«, ruft der Mann ihm hinterher. »Was is'n da drin los?«

Rick schwingt sich aufs Fahrrad und tritt in die Pedale. Innerhalb von Minuten ist er schweißgebadet. Unter Missachtung aller Verkehrsregeln schafft er es, fünfzehn Minuten später am Ziel zu sein. Er zögert, aber dann springt er vom Sattel und lässt das Fahrrad gegen die Friedhofsmauer fallen. Er wird zu Fuß weitergehen. Die engen, holprigen Wege zwischen den Gräbern eignen sich nicht zum Fahrradfahren. Rick hetzt die engen Pfade entlang. Er fällt über eine Wurzel, rennt stolpernd weiter. Eine Krähe erhebt sich mit schwerem Flügelschlag von einem der zerfallenen Grabmäler und schwingt sich mit einem lauten Krächzen über die Baumwipfel in den nachtgrauen Himmel.

Dieses Mal findet Rick den Weg wie von selbst. Schon von Weitem sieht er das Flackern der roten Lichter. Bitte, lass mich nicht zu spät kommen, betet er stumm und beschleunigt seine Schritte. Gott, wenn es dich doch geben sollte, dann lass mich Paulas Kind retten. BITTE.

Es ist das erste Mal seit dem Verschwinden von Marie, dass Rick Gott um etwas bittet.

64

Rick stoppt seinen Lauf so abrupt, dass er um ein Haar das Gleichgewicht verliert. Sein Atem geht keuchend. Rachel steht mit weit ausgebreiteten Armen, den Rücken zu ihm gekehrt, den Kopf im Nacken, inmitten der Grablichter, die einen großen Kreis bilden. Sie wirkt vollkommen entrückt. Ricks Blick irrt im roten Schein der Lichter umher. Wo ist das Kind? Er zwingt sich zur Ruhe, atmet tief durch und macht einen vorsichtigen Schritt in Rachels Richtung. In diesem Moment dreht sie sich zu ihm um.

Das zuckende Licht der Kerzen lässt ihre Gesichtszüge seltsam hart erscheinen. Ihre Augen wirken wie schwarze Löcher. Als sie Rick wahrnimmt, erhellt ein Lächeln für einen winzigen Moment ihr Gesicht. So flüchtig, dass Rick nicht sicher ist, ob er es sich nicht eingebildet hat.

»Rachel«, sagt er mit heiserer Stimme. »Wo ist …«

»Ich bin Judith«, fällt sie ihm ins Wort. Es klingt wie eine Zurechtweisung.

Rick nickt und sagt: »Judith.« Wieder huscht ein Lächeln über ihr Gesicht.

»Konrad«, flüstert sie. »Wie schön, dass du gekommen bist.«

Rick öffnet den Mund, will sie korrigieren, lässt es aber. Er darf sie auf keinen Fall verärgern.

»Komm her«, sagt sie mit sanfter Stimme und streckt ihm die Hand entgegen.

Rick macht einen großen Schritt über die brennenden Grablichter hinweg und nimmt ihre Hand. Sie ist kalt wie Eis. Er versucht, das Schaudern zu unterdrücken, das ihn durchzuckt. »Wo ist das Baby?«, fragt er leise. »Was hast du mit ihm gemacht.«

Judith sieht zu ihm auf. In ihren Augen glitzert der Wahnsinn. Rick hält ihrem Blick stand, so schwer es ihm auch fällt.

»Weißt du, dass ich nie jemanden so sehr geliebt habe wie dich?« Ihr Blick wird glasig. Plötzlich stellt sie sich auf die Zehenspitzen, presst ihre Lippen fest auf Ricks Mund. Er schreckt zurück.

»Du hast Angst vor mir.« Judith klingt gleichzeitig erstaunt und verletzt. »Liebster, wieso fürchtest du dich vor mir?«

»Wo ist das Baby?«, fragt Rick. Er betont jedes einzelne Wort. »Was hast du mit ihm gemacht?«

»Es ist tot. Das weißt du doch.« Judith deutet auf den Boden zu ihren Füßen. Rick folgt ihrer Bewegung mit den Augen. Die Erde dort sieht aufgewühlt, wie frisch ausgehoben aus. »Ich habe es hier begraben.«

Rick spürt, wie das Adrenalin durch seinen Körper schießt. Mit einer heftigen Bewegung stößt er Judith beiseite, sinkt auf die Knie und beginnt mit bloßen Händen zu graben.

»Nein!« Judiths schriller Schrei zerreißt die Stille. »Das darfst du nicht!«

Rick spürt einen heftigen Stoß im Rücken, dann umklammert sie seine Arme. Er schüttelt sie ab, gräbt weiter. Sein Herz hämmert schmerzhaft gegen die Rippen.

»Hör auf!«, kreischt Judith und wirft sich wieder auf ihn.

Etwas sticht in Ricks Schulter. Er schreit auf, schüttelt sich und gräbt unbeirrt weiter. Er spürt nichts außer der weichen, bröckeligen Erde unter den Händen. Als der gleißende Schmerz anfängt, in Wellen durch seinen Körper zu toben, stoßen seine tastenden Finger endlich auf Widerstand. Wie besessen gräbt er weiter und legt einen rechteckigen Gegenstand frei. Ein Koffer. Er zerrt ihn heraus. Ohne zu zögern, öffnet er den Deckel.

Der Koffer ist mit weißem Stoff ausgelegt, darauf gebettet liegt das Kind. Das kleine Gesicht ist durchscheinend blass, die Lider über den geschlossenen Augen schimmern bläulich.

Es ist tot.

Es war alles umsonst.

Rick stößt einen heiseren Schrei aus. Aus seinen Augen stürzen Tränen. Er fühlt nichts als Schmerz. Es ist, als würde sein Körper in einzelne Stücke zerrissen. Vorsichtig nimmt er das Kind hoch. Der kleine Körper ist starr, kalt. Rick heult laut und verzweifelt auf.

»Paula, es tut mir so leid.« Er lässt sich auf seine Fersen zurücksinken, hält das Köpfchen des Kindes und wiegt sich mit dem kleinen Körper in den Armen vor und zurück.

»Es tut mir so schrecklich leid.«

Er spürt, wie seine Sinne schwinden. Der Schmerz in seiner rechten Schulter ist unerträglich geworden. Er tastet danach, spürt den tiefen Schnitt. Seine Hand ist rot von Blut. Aus der Ferne dringt das monotone Heulen von Martinshörnern an sein Ohr. Dann hört er Schreie. Jemand ruft seinen Namen. Er öffnet den Mund, aber er hat keine Kraft mehr, zu antworten.

65
SPÄTER

»Ich wäre so gerne bei der Beerdigung dabei gewesen«, sagt Paula. Ihre Stimme klingt, als würde sie jeden Moment versagen. Konrad legt wortlos den Arm um ihre Schultern, sie lehnt sich an ihn. »Ich kann es immer noch nicht richtig fassen.«

»Ich glaube, das kann keiner von uns.« Konrads Stimme klingt gepresst.

Paula nickt und schaut zu ihm hoch. »Du weinst ja«, stellt sie erstaunt fest. »Ich habe dich, glaube ich, noch nie weinen sehen.«

Konrad grinst sie unter Tränen schief an. »Seit ich dich kenne, habe ich auch wenig Grund dazu.« Mit der Hand wischt er sich über die feuchten Wangen.

Paula löst sich sanft von ihm, beugt sich nach vorne und legt eine weiße Rose auf das Grab. »Du fehlst uns so sehr«, sagt sie und bricht in Tränen aus.

Konrad nimmt Paulas Hand und drückt sie. Sie verharren eine Weile schweigend vor dem Grab und treten dann zur Seite, um den anderen Platz zu machen.

Bei der Beerdigung lagen Paula und Konrad noch im Krankenhaus. Sie hatten Glück im Unglück gehabt. Konrad würde noch eine Weile eine Gehhilfe brauchen, aber bleibende Schäden waren laut Auskunft der Ärzte bei beiden nicht zu befürchten. Konrad hatte dann die Idee, nach ihrer Entlassung alle zusammenzutrommeln, um in der Runde der Freunde und Kollegen noch mal gemeinsam Abschied zu nehmen. Alle sind sie gekommen, bis auf Nasti. Sie war schon bei der offiziellen Beerdigung nicht dabei. Das sei nicht ihre Art, Abschied zu nehmen, hat sie Paula anvertraut. In der Nacht nach seinem Tod ist sie zum Teufelsberg geradelt. Sie hat in den mit Sternen übersäten Nachthimmel geschaut und sich vorgestellt, er sei nun auf einem dieser Sterne zu Hause. Von dort schaue er auf sie herunter und begleite sie von nun an auf ihrem Weg.

Durch den Tränenschleier vor ihren Augen sieht Paula alle nacheinander an die Grabstätte treten. Jeder mit einer weißen Rose in der Hand. Nach und nach verschwindet der Grabhügel unter einem weißen Blütenmeer.

Als der letzte der Trauernden nach vorne tritt, nimmt Konrad Paulas Hand. »Komm«, sagt er leise. »Lassen wir ihn allein.«

Paula nickt und erwidert Konrads sanften Händedruck. In einigem Abstand folgen sie den anderen über den Friedhof zum Ausgang. Wie kann ausgerechnet heute die Sonne scheinen, denkt Paula und legt den Kopf in den Nacken. Das passt nicht. Es müsste regnen, stürmen. Aber hoch über ihr spannt sich ein wolkenloser Himmel von einem so intensiven Blau, dass Paula geblendet die Augen schließt. In der Luft liegt der Duft nach frisch gemähtem Gras. Paula atmet tief ein, saugt den Geruch bis in ihre Lungenspitzen hinein.

Ich lebe.

Die zwei Worte sind ganz plötzlich in ihrem Kopf, und für einen winzigen Moment durchströmt sie ein geradezu irrsinniges Glücksgefühl.

Wir leben.

Sie umfasst das kleine Bündel, das sie in einem Tuch vor sich trägt, mit beiden Händen und ist so voller Liebe, dass es ihr die Kehle zuschnürt. Mit einem Lächeln betrachtet sie das winzige Gesicht des schlafenden Babys.

»Mein kleiner Chris«, flüstert sie zärtlich. Der Name geht ihr immer noch schwer über die Lippen. Zu eng ist er mit dem Freund verknüpft. Aber dennoch fühlt es sich richtig an. Richtig und gut.

Sie bleibt auf dem staubigen Weg stehen und dreht sich zum Grab um. Eine einsame Gestalt verharrt noch immer regungslos davor. Sie würde ihm so gerne wenigstens einen Teil seines Schmerzes abnehmen, aber sie weiß, das kann sie nicht. Das kann niemand.

Vielleicht, denkt sie, heilt die Zeit ja wirklich alle Wunden. Glauben tut sie es nicht.

66

Rick dreht die Rose in seinen Händen. Alle sind gegangen, haben ihn am Grab der beiden Brüder alleingelassen. Wie er es gewollt hatte.

Frederick & Christian Stein steht in tiefschwarzen Lettern auf dem schlichten Holzkreuz. Rick spürt, wie ihm die Tränen in die Augen schießen.

»Es ist nicht fair«, flüstert er.

Es gibt keine Fairness. Nicht im Leben und schon gar nicht im Tod, glaubt er, den Freund mit einem leisen Lachen in der Stimme sagen zu hören. *Ich habe bis in alle Ewigkeit Frederick an meiner Seite. Ist das fair? Denk nicht über die Toten nach. Du lebst. Nur das zählt.*

Rick schnaubt. Einfacher gesagt als getan. Ein Einwand, den Chris nie hätte gelten lassen. Mit einem Lächeln und einer passenden Bemerkung hätte er ihn weggewischt.

Rick erfuhr es erst einen Tag später. Als die Ärzte seinen Zustand nicht mehr als lebensbedrohlich einstuften. Das Skalpell, mit dem Judith ihn auf dem Friedhof attackiert hatte, hatte seine Lunge nur um Millimeter verfehlt. Rick hat Glück gehabt. Chris leider nicht. Für ihn kam jede Hilfe zu spät. Ein Polizist entdeckte ihn vor der Tür zum Dachboden. Verblutet. Frederick war zu dem Zeitpunkt schon drei Tage tot. Warum Judith ihn getötet hatte, würde wohl für immer ihr Geheimnis bleiben.

Die Mutter erlitt einen schweren Nervenzusammenbruch, als sie vom Tod ihrer Söhne erfuhr. Die Beerdigung musste ohne sie stattfinden.

Typisch meine Mutter, hätte Chris wohl gesagt und mit der Schulter gezuckt. *Wenn's schwierig wird, flüchtet sie sich in irgendwelche Krankheiten. Vermeidungsstrategie nennt man das.*

Auch Rick hat Chris' Tod den Boden unter den Füßen weggerissen. Er fühlte sich so elend, dass er nur eins wollte: sterben. Wie ein wucherndes Krebsgeschwür nistete sich der Gedanke in seinem Kopf ein. Er fühlte dieselbe schwarze Leere in sich wie damals, als Marie verschwand, und niemand wusste, ob sie je wieder lebend auftauchen würde. Selbst Paula lässt er nicht an sich heran. Ihre überschwängliche Dankbarkeit, dass er ihr Kind gerettet hat, ist ihm unangenehm, geradezu peinlich.

Daniel hat, nachdem Rick aus der Wohnung in der Wiener Straße gerannt war, zwei und zwei zusammengezählt, und ist mit seinen Kollegen zum Friedhof am Friedrichshain gerast. Letztendlich ist es ihm zu verdanken, dass Rick und das Kind überlebt haben. Von Judith fehlt allerdings jede Spur. Sie war schon verschwunden, als die Polizei auf dem Friedhof anrückte. Seitdem ist Rick wachsam. Er beobachtet seine Umgebung genau. Er will nicht noch einen seiner Freunde verlieren.

Manchmal fühlt Rick sie immer noch in sich: die Todessehnsucht. An Tagen wie heute ist sie besonders präsent. Aber da sind Ruth und Leo, die gerade wieder anfangen, nach vorne zu schauen. Zusammen, nicht getrennt, wollen sie mit der Vergangenheit abschließen. *Wir wollen sie nicht vergessen*, hat Leo ihm versichert. *Das nicht. Aber wir wollen ein neues Kapitel aufschlagen. Marie darf darin ruhig auch eine Rolle spielen, aber nicht mehr die alles dominierende.*

Das ist ein Grund, warum er den Wunsch zu sterben, so gut es geht, verdrängt. Das kann er seinen Eltern nicht antun. Wenn sie jetzt auch noch ihn verlieren, würden sie daran endgültig zerbrechen.

Du hast es erfasst, sagt Chris in Ricks Kopf. *Sterben ist eine beknackte Idee. Außerdem muss sich ja auch jemand um die Hotline kümmern.*

Es gab einige Diskussionen, ob sie ihr Unternehmen zusammen mit Chris sterben lassen sollten. Konrad war dafür, Paula dagegen. Rick hat mit sich gerungen und sich dann fürs Weitermachen entschieden. Er weiß, wie viel Chris die Idee, die dahintersteckt, bedeutet hat. Er hätte gewollt, dass sie weitermachen. Auch ohne ihn.

Rick wischt sich mit einer Hand eine Träne von der Wange. Er beugt sich vor und legt seine Rose zu den anderen auf das Grab.

»See you in heaven«, sagt er leise und richtet sich auf. Nach einem letzten Blick auf das Holzkreuz wendet er sich um und geht den anderen hinterher.

67

Ich nehme die Sonnenbrille ab und schaue ihm über die Gräber hinweg nach. Er stapft mit schweren Schritten den schmalen Pfad entlang seinen Freunden hinterher. Seine Haltung ist gebeugt, als würde eine schwere Last seine Schultern niederdrücken. Er ist gealtert in den letzten Wochen. Sein Gesicht ist schmal geworden. Es steht ihm gut. Das Weiche, das seine Gesichtszüge so kindlich erscheinen ließ, ist einer gewissen Härte gewichen. Es macht ihn männlicher.

Er hat mich nicht erkannt, obwohl ich keine fünfzig Meter von ihm entfernt die Zeremonie verfolgt habe. Zum Greifen nah und doch so fern, kommt mir in den Sinn.

Meinen ursprünglichen Plan, mich in die Reihe der Trauernden einzuordnen, habe ich wieder fallen lassen. Auch wenn ich mein Outfit verändert habe, meine Haare jetzt länger und blond gefärbt sind, wollte ich das Risiko, entdeckt zu werden, nicht eingehen.

Konrad mit ihr und dem Baby zu sehen, hat den Hass, von dem ich befürchtet hatte, er würde nur noch glimmen, wieder neu entfacht. Ich spüre die Flammen in meinem Innern. Sie erhitzen meinen Körper, geben mir neue Kraft.

Es ist noch nicht zu Ende.

In gebührendem Abstand folge ich Rick. Plötzlich dreht er sich. Mein Herz setzt für den Bruchteil einer Sekunde aus. Sein Blick streift mich, flüchtig nur, ohne

Erkennen. Dann wendet er sich ab und schließt zu den anderen auf.

Ich habe Zeit. Ich kann warten. Ich werde in ihrer Nähe bleiben und sie beobachten. Tag für Tag. Woche für Woche. So lange, bis einer von ihnen einen Fehler macht, und ich mir endlich nehmen kann, was mir gehört.

Das Kind.

Printed in Poland
by Amazon Fulfillment
Poland Sp. z o.o., Wrocław

37581214R00154